清末民初筆記小說史

吳禮權 著

臺灣商務印書館

目錄

第一章
引言

一、筆記小說的概念內涵

　　「筆記小說」的名稱，在中國由來已久。長期以來，它與「筆記」的概念事實上是劃等號的。下面我們不妨先看一看學術界對「筆記」與「筆記小說」這兩個概念是如何界定的，便知這兩個概念所指的內涵有沒有什麼區別。

　　關於「筆記」的概念，大陸上海辭書出版社 1989 年版《辭海》所作的界定是這樣的：

　　　　筆記，泛指隨筆記錄、不拘體例的作品。其題材亦很廣泛。有的著作可涉及政治、歷史、經濟、文化、自然科學、社會生活等許多領域，但亦可專門記敘、論述某一個方面。[1]

　　由此定義，我們可以瞭解到，「筆記」作為中國古已有之的一種文體，「它實際所包涵的範圍是十分廣泛的，凡是不可歸類的各種隨筆記錄的雜識、箚記、筆談等，都可統稱之為『筆記』」。[2] 這是中國學術界對「筆記」這一文體的基本而普遍的認識。

　　下面我們再看看中國學術界對「筆記小說」的概念是如何界定

的。1999年至2007年，上海古籍出版社陸續出版了一套《歷代筆記小說大觀叢書》（整理點校本）。這是目前大陸學術界對中國歷代筆記小說研究整理的最新成果。這套叢書有一個《出版簡介》，其中給「筆記小說」概念作了這樣一番界定：

> 「筆記小說」是泛指一切用文言寫的志怪、傳奇、雜錄、瑣聞、傳記、隨筆之類的著作，內容廣泛駁雜，舉凡天文地理、朝章國典、草木蟲魚、風俗民情、學術考證、鬼怪神仙、豔情傳奇、笑話奇談、逸事瑣聞等等，宇宙之大，芥子之微，琳瑯滿目，真是萬象包羅。文筆有的簡潔樸實，有的情文相生、美麗動人，常為一般讀者所喜愛。它是一座非常豐富、值得珍視的寶庫，有著後人取之不盡的無價寶藏。治史者可以利用它增補辯證「正史」的闕失，治文者可以從中考察某一時代的文壇風氣、文學作品的源流嬗變，治專門史者可以從中挖掘資料，文藝創作者可以從中尋找素材，可以說是各盡其能，各取所需。[3]

從這個定義可以看出，這裡所說的「筆記小說」與傳統的「筆記」概念以及《辭海》上述界定的概念並無二致。可以說，《辭海》對「筆記」所下的定義與上述這段「筆記小說」所界定的概念是劃等號的。

我們認為，作為一種文體名稱，或曰一種科學術語，「筆記」與「筆記小說」是應該嚴格區分開來的。從概念內涵來說，「筆記」包括的範疇比較廣，而「筆記小說」則相對範圍較小。換句話說，「筆記」可以包括「筆記小說」，而「筆記小說」不能等同於「筆記」。關於這兩個概念不能混淆的觀點，我在1993年8月臺灣商務印書館出版的《中國筆記小說史》中曾專門強調過，並就「筆記小說」的特定涵義作了一個開宗明義的明確界定。事隔十多年，但是看到時至今日

學術界仍然將「筆記小說」與「筆記」混為一談的現狀，覺得在此仍
有必要強調「筆記小說」這個特定的概念內涵：

> 所謂「筆記小說」，它應該具備下列內容與形式兩方面的特
> 徵：在描寫內容上，它所記述、描寫的文字應該有人物活動於
> 其中，有必要的故事情節，那怕是最簡單的；在形式上，它用
> 於敘寫的文字應是文言，篇幅短小，字數每則當在五千字以
> 下。記敘文字中應該有故事發生的時代、地點、人物，即使如
> 《聊齋志異》中的許多篇什完全出於作者個人的藝術虛構，但
> 也應有所虛構的時代、地點、人物，否則就沒有「筆記」的特
> 點。

> 概括起來說，所謂「筆記小說」，就是那些以記敘人物活動
> （包括歷史人物活動、虛構的人物及其活動）為中心、以必要
> 的故事情節相貫穿、以隨筆雜錄的筆法與簡潔的文言、短小的
> 篇幅為特點的文學作品。

> 這裡我們應該特別強調指出的是，「筆記小說」是文學作
> 品，是屬於小說範疇。它與其他文言小說、白話小說一樣，也
> 需要刻劃人物性格、塑造人物形象、講究情節結構、重視語言
> 運用等，只不過不像其他小說特別是白話小說中長篇小說在這
> 些方面有嚴格的要求罷了。

> 如果我們說得再質樸一點，那麼本書所說的「筆記小說」的
> 概念就是那些具有小說性質、富有文學意趣的筆記作品。[4]

當年筆者草創《中國筆記小說史》這門學科時因為「無複傍
依」，所以下完「筆記小說」這個定義後，心中仍有些惴惴不安。於
是，便有了緊接著的一段「卸責」之語：

> 既然我們對「筆記小說」的概念作了如上這般界定，自然本

書將要展開的中國筆記小說史的敘寫也就有了一定的理論根據
了。最起碼可以說，按照筆者的「一家之言」，我們可以將中
國筆記小說史「名正言順」的寫下去了。雖然不一定「名正言
順」都能「事必成」，但是，欲使「事必成」，則無疑「名正
言順」是必要的，至少對於《中國筆記小說史》這樣的發凡之
作，首先予以「筆記小說」一個「名正言順」的明確概念界定
是必要的。[5]

　　不過，今日回首中國筆記小說史研究走過的路，筆者欣喜地發
現，當初寫作《中國筆記小說史》的思路與框架如今都得到了海峽兩
岸學者的認同，特別是「筆記小說」概念的明確界定，除了「字數每
則當在五千字以下」這一硬性規定學術界有爭議外[6]，其他觀點基本都
得到學術界同仁的認可。因此，近二十年後的今天，重操舊業續寫
《中國筆記小說史》的新章《清末民初筆記小說史》時，就稍稍有了
點自信，最起碼不必為「筆記小說」的概念界定而心有惴惴了，大可
引舊文以申述其意，不必再頗費周章另下定義了。也就是說，這部
《清末民初筆記小說史》所說的「筆記小說」概念仍同於筆者前此所
著《中國筆記小說史》。

　　說清了本書所指「筆記小說」的明確概念，下面我們便可進入本
書所要探討的主旨，並展開各章節的論述了。

二、清末民初筆記小說創作概況

　　眾所周知，中國歷代文人不僅喜歡讀筆記，更熱衷於撰寫筆記。
「據粗略的估計，中國的筆記小說，截至清末，大約不下於三千

種」。[7] 清末民初的筆記作品雖然沒有這麼多，但據現在已披露或面世的情況看，至少也有數百種之多。不過，就像歷代筆記作品雖多，但屬於「筆記小說」者有限的情況一樣，清末民初的筆記作品雖然不少，但真正屬於本書界定的「筆記小說」者則數量有限。如大陸中華書局出版的「近代史料筆記叢刊」數十種，山西古籍出版社與山西教育出版社聯合出版的「民國筆記小說大觀」四輯五十種，上海書店出版社出版的「民國史料筆記叢刊」，以及北京古籍出版社出版的「清代野史叢書」、遼寧教育出版社出版的「新世紀萬有文庫」等數十種筆記作品，都是清末民初筆記作品的代表作。但其中很大一部分僅僅是「筆記」，而非本書所界定的「筆記小說」。因此，就現已出版面世，包括互聯網各文學或國學網站相繼披露的清末民初的筆記小說，其數量並不是特別多，僅在數百種之內耳。

　　清末民初的這些筆記小說，雖然所寫內容較為龐雜，但大體上可以劃分為這樣四類：一是「國史派」作品，二是「軼事派」作品，三是「事類派」作品，四是「雜俎派」作品。

　　所謂「國史派」筆記小說，是指那些意在「補正史之未逮」的筆記小說。具體說來，就是創作者所記述的內容都是有關史實的，有一定的故事情節，有人物對話，敘事文字有一定的可讀性與趣味性，可資修史時備用。一般說來，這種作品的創作，作者在開筆之前就已立定了主意，「補史」目的是主要的，文筆則順其自然，不刻意求工。「國史派」作為一個正式的筆記小說創作流派，其源頭可以追溯到唐代。之所以形成於唐代，那也是有其獨特歷史背景與社會原因的。關於這一點，筆者曾在《中國筆記小說史》中作過這樣的論述：

　　　　由於種種原因，大唐王朝雖自立國始便有意於修撰一部完整
　　的國史，這從唐太宗十分重視起居注的修撰工作就足可見出。
　　然而直到唐王朝的天下被朱溫氏所取代後，卻仍然不見修成一

部唐國史。這種情形，在一向便有修史優良傳統的中國，在史學十分發達的唐代，自然會引起許多有志有識史家的不滿與遺憾。但是，由於種種客觀條件的限制，這些有志史家最終也無法修出一部完整的唐國史。無奈中，他們只得如歷代許多史家一樣，把自己的見聞形諸一部部的筆記小說，希冀能補國史之缺，以備後人修有唐一代國史之用。這種寫作意圖，許多筆記小說作者自己就說得明白。如著名史家李肇就曾在其筆記小說《國史補》的自序中這樣說過：「昔劉餗集小說，涉南北朝至開元，著為傳記（禮權案：指《隋唐嘉話》，此書當又名《國朝傳記》）。予自開元至長慶撰《國史補》，慮史氏或闕則補之意，續傳記而有不為。」可見，其補史、續史的目的是很明確的。正因為有唐一代諸如劉餗、李肇這樣有「補史」之志的學者很多，而且他們事實上也盡了自己最大的努力，搜集逸聞舊事，寫出了一朝或幾朝的有關筆記小說作品。這樣，我們今日便看到了一大批「網羅遺逸三百載」的唐代「國史派」筆記小說。[8]

唐代筆記小說作家有意「補史」之志及其努力，促成了「國史派」筆記小說創作流派的正式形成。之後，各個朝代都踵繼其跡而續有創作。清末民初之有「國史派」筆記小說的創作，正是循著唐代以來「國史派」筆記小說創作之文脈而來，是其餘脈之所在。今所見清末民初筆記小說，「國史派」作品所占比重頗大。其中，較有影響者就有不少。如朱德裳的《三十年聞見錄》、劉體智的《異辭錄》、張祖翼的《清代野記》、胡思敬的《國聞備乘》、何剛德的《春明夢錄》、李嶽瑞的《春冰室野乘》、佚名者的《蕉窗雨話》、王照的《方家園雜詠紀事》、汪增武的《劫餘私志》、陳灨一的《睇向齋祕錄》、《睇向齋逞臆談》、《睇向齋談往》、陳夔龍的《夢蕉亭雜

記》、漢史氏的《滿清興亡史》、汪詩儂的《所聞錄》等。其他如許寅輝的《客韓筆記》、何剛德的《客座偶談》、徐一士的《一士類稿》、《一士談薈》、高樹的《金鑾瑣記》、王照的《德宗遺事》（王樹枏筆錄）、張一麐的《古紅梅閣筆記》、侯毅的《洪憲舊聞》、捫蝨談虎客的《近世中國祕史》、金梁輯錄的《清帝外紀》、《清後外紀》等等，也都是有志於「補正史之未逮」的「國史派」筆記小說作品。

所謂「軼事派」筆記小說，是指那些專記人物軼事瑣聞或文壇掌故之類的筆記小說。「軼事派」筆記小說創作歷史悠久，但漸成流派則始于魏晉南北朝時代。之所以會在此一時期，那也是有其獨特的歷史背景。關於這一點，筆者曾在《中國筆記小說史》中有過論述：

> 魏晉南北朝時代是士族統治的時期，士族階層憑藉門閥制度壟斷了政治、經濟和文化，過著寄生腐朽的生活，一味追求享樂；雖然他們大多依仗門第把持高官顯位，卻又要「不以物務嬰心」。在這種情況下，清談玄理的風氣更為興盛。他們襲取漢末清議的形式，換上士族階級的內容，製造一個精神的象牙之塔。一方面以此逃避充滿矛盾的現實，用老莊的任誕思想支持自己不受任何拘束的縱欲享樂生活；一方面又從老莊超然物外的思想中尋求苟安生活中的恬靜心境，以清談高妙的玄理點綴風雅、炫耀才華；以所謂放誕曠達的舉動自命風流賣弄風度，以掩飾精神的空虛。正是由於魏晉南北朝時代這種特定的時代背景與社會風氣，使「標格語言相尚」的玄談與「舉止故為疏放」的風流成為當時一般士子文人所景慕的風雅與所效尤的佳話。這樣，「世之所尚，因有撰集，或者掇拾舊聞，或者記述近事」，遂形成一批「雖不過叢殘小語，而俱為人間言動」的軼事類筆記小說，使我們今日能親見魏晉南北朝時代

「清談為經濟，放達托人生」的一批活靈活現的人兒。[9]

「軼事派」筆記小說在魏晉南北朝時代漸成流派後，對其後各個歷史時期的筆記小說創作都產生了重要影響，自此「軼事派」作品創作漸成各個時期筆記小說創作的主要內容之一。清末民初的筆記小說創作，情況亦然。這一時期出現的「軼事派」作品約占全部數量的比重較大。其中，較為人熟知的代表性作品就有幾十種，如許指嚴的《十葉野聞》、李嶽瑞的《悔逸齋筆乘》、佚名者的《慧因室雜綴》、佚名者的《秦鬢樓談錄》、蔣芷儕的《都門識小錄》、易宗夔的《新世說》、陳瀟一的《新語林》、孫靜安的《樓霞閣野乘》、佚名者的《啁啾漫記》、辜鴻銘的《張文襄幕府紀聞》、葛存虛的《清代名人軼事》、李詳的《藥裹慵談》、李伯元的《南亭筆記》、季默的《北國見聞錄》、如愚的《也是齋隨筆》、佚名者的《清代名人趣史》、宣南吏隱的《民國官場現形記》等等，都是人們耳熟能詳的。其他如顧恩瀚的《竹素園叢談》、寧調元的《太一叢話》、姚穎的《京話》、佚名者的《名人軼事》、虞公的《民國奇聞》等等，也是這一時期的「軼事派」筆記小說。

所謂「事類派」筆記小說，是指那些專記某一類歷史事件或人物的筆記小說。這一類作品正式形成流派始於唐代，諸如《雲溪友議》（範攄撰）之專寫歌詠之事，《琵琶錄》（段安節撰）之專寫與琵琶有關之事，《翰林志》（李肇撰）之專記翰林中人事，《羯鼓錄》（南卓撰）之專記西域羯鼓音樂在中土的傳播，《本事詩》（孟棨撰）之專寫歷代詩人緣情而作背後的軼事，《北裡志》（孫棨撰）之專述唐大中進士游平康裡以及歌妓事蹟，等等，都是這一流派作品的代表作。這一流派在唐末形成後，對此後各個朝代的筆記小說創作也產生了重要影響。雖然宋、元、明、清等不同歷史時期的「事類派」筆記小說並不是很多，但創作亦賡續不絕。到了清末民初，則更是絕

地反彈，出現了一次小小的創作高峰。如陶菊隱的《近代軼聞》之專寫北洋派系人事，許指嚴的《南巡祕記》之專寫乾隆皇帝南巡之人事，許指嚴的《新華祕記》之專記袁世凱辛亥革命勝利後竊國稱帝的各種祕聞軼事，天懺生的《復辟之黑幕》之專述張勳復辟的種種內幕，袁克文的《辛丙祕苑》之專敘與袁世凱就任大總統和恢復帝制等重大歷史事件相關史事，劉以芬的《民國政史拾遺》之專記民國初年政壇人事，佚名者的《貪官汙吏傳》之專敘清代特別是晚清貪官劣跡，繼昌的《外交小史》之專述晚清中國外交軼事，等等，都是典型的以事劃類的「事類派」筆記小說。其他如老吏的《奴才小史》、佚名者的《康雍乾間文字之獄》、佚名者的《檮杌近志》、陶菊隱的《政海軼聞》等，也都是典型的「事類派」作品。

　　所謂「雜俎派」筆記小說，是指那些兼有「軼事派」、「國史派」、「事類派」的內容而又雜有大量考辨名物、縷述典章制度等內容的筆記作品。也就是說，這種作品是「筆記」與「筆記小說」的合集。因為我們介紹這種作品時是以書為單位的，故名之曰「雜俎派」筆記小說。「雜俎派」筆記小說成為一個創作流派，始於唐代。如《酉陽雜俎》、《封氏聞見記》、《獨異志》等，「既有『張皇鬼神，稱道靈異』的志怪內容，又有搜逸聞、敘軼事的志人篇章，有的甚至還雜有考據辨證之類的文字」。[10]唐代之後，歷代筆記小說中「雜俎派」作品數量越來越多，所占比例也越來越大。清末民初的情況亦然。這一時期創作的筆記小說，就現已面世的作品看，屬於「雜俎派」的數量相當多。其中，為人所熟知的代表作就有幾十種。如劉成禺的《世載堂雜憶》、陳其元的《庸閑齋筆記》、馬敘倫的《石屋餘瀋》、《石屋續瀋》、佚名者的《小奢摩館脞錄》、黃濬的《花隨人聖庵摭憶》、蔡雲萬的《蟄存齋筆記》、張慧劍的《辰子說林》、孫家振的《退醒廬筆記》、薑泣群的《民國野史》（一名《朝野新譚》）、瞿兌之的《杶廬所聞錄》、昂孫的《網廬漫墨》、柴小梵的

《梵天廬叢錄》、徐珂的《康居筆記匯函》、況周頤的《眉廬叢話》等等，都是其類。另外，如汪康年的《汪穰卿筆記》、郭沛霖的《日知堂筆記》、瞿兌之的《養和堂隨筆》、何聖生的《簷醉雜記》、陳伯熙的《上海軼事大觀》、金梁的《光宣小記》、王伯恭的《蜷廬隨筆》、李定夷的《民國趣史》，等等，也是屬於這一派的作品。

說完了清末民初筆記小說創作的四個流派及其主要作品的概況，還有三點須在此作一說明。一是本書所說的「清末民初筆記小說」的含義，二是四個流派作品劃分的依據，三是「白話筆記小說」的處理問題。

先說第一點。本書所說的「清末民初筆記小說」，是特指生活於晚清但又過渡到民國初年的人所創作的作品，如《古紅梅閣筆記》的作者張一麐、《夢蕉亭雜記》的作者陳夔龍、《三十年聞見錄》的作者朱德裳、《異辭錄》的作者劉體智、《國聞備乘》的作者胡思敬、《新世說》的作者易宗夔、《張文襄幕府紀聞》的作者辜鴻銘等等，他們都是晚清官場上的重要人物甚至是權力中樞中的人物，他們在清亡而民國建立後都還健在，他們的筆記小說一般都是在民國初年寫作並出版的。本書所涉及到的內容，正是與這些作品有關。

再說第二點。本書所涉及到的作品都被分別歸入到「國史派」、「軼事派」、「事類派」、「雜俎派」等四個類別，其依據是看所涉及的作品（指書）內容。如果整個作品中是以記史實為主，且創作旨意亦在於「補正史之未逮」，那麼則歸入「國史派」；如果整部書是以談政壇、學界及社會各界人士的瑣聞逸事為主體，則歸入「軼事派」；如果整個作品是以寫某一類事或某一類人為指歸，則歸入「事類派」；如果整部書中兼包上述三個方面內容，但又有很多篇幅涉及名物原始、典章制度考辨、文獻載錄等「筆記」內容，則姑且歸之於「雜俎派」。也就是說，作品的歸類是著眼於整體，以大部分內容為歸類的依據。比方說，一部書中絕大多數是記名人軼事的，其中雖有

少數篇什事涉考辨等，我們仍歸之於「軼事派」。其他各類的歸類，依此類推。眾所周知，歸類或曰分類，其實都是為了說明或論述的方便，不是為分類而分類。因為分類是很難做到絕對的準確，分類中出現些許的交叉，也是在所難免。

最後說一下白話筆記小說問題。清末民初，特別是民初，除了上面我們所說的筆記小說外，還出現了一種「白話筆記小說」。這種小說的形制、篇幅也較小，也有一定的故事情節或人物對話，但是敘事語言不用文言，而是直接用白話，而且句法也是現代漢語的句法結構，不用古代漢語的句式。這類作品雖然不多，但也不僅是一部，如陳邦賢的《自勉齋隨筆》、鄭騫的《永嘉室雜文》、申曉雲的《民國掌故》、陸丹林的《革命史譚》、冷眼的《魯風》、大華烈士的《西北風》、《東南風》、《東南風拾遺》、鬱慕俠的《上海鱗爪》、胡開明的《漢奸內幕》、佚名者的《漢奸醜史》等，都是這一類。因為這種作品數量少，與前此的所有筆記小說都不一樣，而且從此以後再也沒人寫作，只能算是中國筆記小說史上倏忽一閃的插曲，因此本書不將之納入其中，也不予以介紹，特此說明。

三、清末民初筆記小說創作的特點及其形成原因

清末民初的筆記小說創作，概括起來有如下幾個特點。

其一，在內容上重在表現人事，而避談「怪力亂神」。對中國筆記小說發展史稍有瞭解者都知道，筆記小說自肇始以來，「張皇鬼神，稱道靈異」的「志怪派」一直居於主流地位，其創作從魏晉時代開始，一直到清朝中後期，從未消歇過。魏晉南北朝時代，筆記小說的創作，在數量與聲勢上都絕對是以《搜神記》為代表的「志怪派」

占主流甚至統治地位。這一時期出現的「志怪派」代表作，人們隨口便能列舉出很多。如幹寶的《搜神記》、題名魏文帝曹丕的《列異傳》、舊題陶潛的《搜神後記》、題名宋散騎侍郎東陽無疑的《齊諧記》、題名吳均的《續齊諧記》、劉義慶的《幽明錄》、《宣驗記》、劉敬叔的《異苑》、王浮的《神異記》、王琰的《冥祥記》、顏之推的《冤魂志》等，其他如祖台之的《志怪》、荀氏的《靈鬼志》、郭氏的《玄中記》、陸氏的《異林》、戴祚的《甄異傳》、侯白的《旌異記》、祖沖之的《述民記》、無名氏的《續異記》、《錄異傳》等等，更是不一而足。[11] 而這一時期的「志人派」作品，則僅有劉義慶的《世說新語》、邯鄲淳的《笑林》、裴啟的《語林》、郭澄之的《郭子》、沈約的《俗說》、殷芸的《小說》、侯白的《啟顏錄》等可數的幾部。[12] 唐、宋、元、明諸朝代，「志怪派」筆記小說的創作，雖然隨時代而有所消長，但一直未曾中斷。到了清初與清中期，以蒲松齡《聊齋志異》為代表的一大批「志怪派」作品的出現，更將「志怪派」的發展推到了登峰造極的地步。但是，到清末民初，其時的筆記小說創作，卻很少有「志怪」內容，更遑論「志怪派」的出現了。雖然偶爾在個別筆記小說集中有一二寫怪異之事的篇什（如張祖翼《清代野記》卷下有《妖狐為祟》一則，李定夷《民國趣史》中有「神怪談」一類，算是「志怪」的筆觸），絕大多數的筆記小說集中是難得看到「張皇鬼神，稱道靈異」的內容。

那麼，為什麼會出現這種情況呢？眾所周知，清帝國沉重而堅厚的封建大門，自 1840 年被英帝國的船堅炮利打出五個「大窟窿」（五口通商）之後，就再也關鎖不住了。隨著西方列強接踵闖入，中國一步步走向了半封建半殖民地的深淵。與此同時，伴隨著歐風美雨的洗禮，中國社會在政治、經濟、軍事、文化諸方面都逐漸發生了深刻的變化。特別是到後期，在東西方強大外力的推動下，中國社會的變化是越來越大，絕非清朝統治者所能左右。正如有的歷史學者所指出的

那樣：「從清王朝鎮壓起義到它垮臺之間的四十年並不是中國社會秩序大動盪的時期，而是中國社會內部發生轉變的時期。在本世紀之初，劉鶚和吳沃堯的小說描寫了一些受到新人物——例如南方的革命者、北方的義和團、以及實力雄厚而與外國人有聯繫的巨賈等——包圍的文人和官僚。這些新人對後者的影響是與日俱增的。有些上層人士清楚地意識到社會正在發生變化，並且確認 1894 到 1904 年的十年是變化加速而不可逆轉的轉折期。1904 年快到年底時張謇就曾指出：『此十年中，風雲變幻，殆如百歲。』」[13] 在如此「十年殆如百歲」的社會劇變過程中，中國的讀書人不可能端坐書齋「兩耳不問窗外事，一心唯讀聖賢書」了。即使有心再讀聖賢書，這時也毫無用處了，因為光緒帝的百日維新已經將實行一千多年的科舉考試制度結束了。在這種情勢下，國家的前途，個人的命運，都不能不讓每一個讀書人思慮深深。這時候，有心創作筆記小說者相信絕無心情與興致去「張皇鬼神，稱道靈異」的。而到了民國初年，舊王朝已經覆滅，共和新政體初建，前清的遺老遺少們懷念的是他們舊日的榮辱與悲喜，新朝的革命者則陶醉於他們的勝利。因此，這時的遺老遺少操弧弄筆做小說，必然是深情憶往；新派人物援筆作筆記，則必然是津津樂道於革命內幕與政壇權謀。故此晚清與民初的筆記小說在內容上少有「張皇鬼神，稱道靈異」的志怪內容，乃是理之當然。除此，晚清與民初，沐浴歐風美雨，感受東洋文明，有識之士為了救國圖存，出國留學蔚然成風；洋務運動、工業革命、教育改革、政體改良等等的艱難嘗試，使現代文明在古老的中國社會漸漸紮根。在民智漸開，改革與革命成為時代潮流的情勢下，再談「怪力亂神」就顯得不合時宜了。這一點，恐怕也是清末民初筆記小說少有「志怪」內容的重要原因。

其二，許多作品皆表現出樂道宮闈祕辛、喜寫政壇軼事的傾向。關於這一點，我們看一看清末民初，特別是民初的一些作家創作的筆記小說，就能看得非常清楚。如寫乾隆皇帝南巡之人事的《南巡祕

記》，記袁世凱辛亥革命勝利後竊國稱帝的各種祕聞軼事的《新華祕記》，專述張勳復辟種種內幕的《復辟之黑幕》，專敘與袁世凱就任大總統和恢復帝制二大歷史事件相關史事的《辛丙祕苑》，專記民國初年政壇人事的《民國政史拾遺》，專述晚清中國外交祕辛的《外交小史》等等，都有很多涉及宮闈祕辛、政壇軼事的內容。至於陳夔龍的《夢蕉亭雜記》、劉體智的《異辭錄》、胡思敬的《國聞備乘》、辜鴻銘的《張文襄幕府紀聞》、朱德裳的《三十年聞見錄》、易宗夔的《新世說》等作品，則更是記宮闈祕辛、述政壇軼事的集大成之作。因為這些作品的作者或是晚清朝廷中樞人物，是許多重大歷史事件的親歷者或參與者；或是在晚清與民國官場上都很活躍的政治人物。清朝如何滅亡，民國如何建立起來，他們都身在其中。如《夢蕉亭雜記》的作者陳夔龍，曾先後出任晚清漕運總督、河南巡撫、江蘇巡撫、四川總督、湖廣總督、直隸總督兼北洋大臣。八國聯軍攻入北京、慈禧與光緒西逃時，他曾被朝廷指定為留京辦事八大臣之一，與李鴻章等人參與了《辛丑和約》的談判與簽訂。由是，戊戌變法失敗及六君子遇害內幕，義和團運動起因以及八國聯軍進犯北京後慈禧西逃、議和過程及《辛醜和約》簽訂等細節，在他的書中都有如數家珍的詳細記述。又如《異辭錄》的作者劉體智，乃晚清重臣、四川總督劉秉璋第四子，晚清大學士孫家鼐之婿，其伯姊嫁李鴻章之子李經方。少時入讀李氏家塾，從習英文。由是「與李氏父子叔侄、門生故吏，朝夕談燕，不拘形跡。廷臣徐桐、瞿鴻禨，亦於作者為父執姻長。作者婚後，館於孫氏。板蕩多事，孫李徐瞿諸人商討大計，時或命作者傳遞口訊，往來奔走。」[14] 由是，同光以後清廷若干舉措，在作者筆下都能娓娓敘來，鑿鑿有據。再如《張文襄幕府紀聞》的作者辜鴻銘，乃晚清重臣、兩江總督張之洞的入幕之賓，深為張氏所倚重，其所記張幕之軼聞，自是第一手的資料，令人無法有置疑的可能。其他如胡思敬、朱德裳、易宗夔，前者居官清廷時間甚久、張勳

復辟時還被委以重任，而後二人則在晚清與民國政壇上都有活動，因此他們著述中所記內容自然少不了宮闈祕辛或政壇軼事。

那麼，這些筆記小說的作者何以那麼熱衷於記述宮闈祕辛、政壇軼事呢？關於這一點，其實是非常容易理解的。這類筆記小說的創作，其目的不外兩種。一是經濟上的考慮。如陳夔龍、胡思敬等人雖是前朝權貴，但在民國時代則淪為一介平民。為了自謀生計，他們必須寫作，靠鬻文為生，同時打發寂寞的晚年生活。二是給後人留點資料，同時滿足普通民眾對宮廷與政壇中人事的好奇心。心理學告訴我們，大凡是人，都有好奇心，對於未知之事都有一窺其真相的欲望。中國封建時代的宮廷是最具神祕色彩的所在，宮闈內的人事與鬥爭，更是普通人所想瞭解的。正因為如此，我們才會看到民間很多說書人「鄉下人說朝廷事」的故事不斷搬演。對中國文化傳統有所瞭解者都知道，中國是一個「官本位」的社會，老百姓怕官人，心中卻想著當官人。因為現實生活中絕大多數人是沒有當官人的機會，自然也無從知道官場中發生的事。但是，越是不能進入官場親身體驗，就越有一種「一窺究竟」的好奇心。雖然聽人講說官場軼事並不能幫助自己進入官場，但對他們有一種心理補償作用。明清時代有很多才子佳人小說，其實都是落第秀才「做夢娶媳婦」的幻想，是一種自我麻醉、自我滿足的心理補償行為。清末民初官場中人物熱衷於記述宮闈祕辛、政壇軼事，除了滿足作者自己陶醉於往昔榮光的懷舊心理外，更多的是為了滿足普通民眾的好奇心理，令其有一種心理補償。

其三，不少作品懷舊味道濃厚，特別是那些寫晚清宮廷、政壇、學界等人物軼事的作品。如陳夔龍的《夢蕉亭雜記》、漢史氏的《滿清興亡史》、劉體智的《異辭錄》、張祖翼的《清代野記》、胡思敬的《國聞備乘》、王照的《方家園雜詠紀事》、陳灨一的《睇向齋祕錄》、高樹的《金鑾瑣記》、王照的《德宗遺事》（王樹枏筆錄）、張一麐的《古紅梅閣筆記》、許寅輝的《客韓筆記》、辜鴻銘的《張

文襄幕府紀聞》、易宗夔的《新世說》等作品,其寫晚清人事往往有意或無意間流露出濃濃的懷舊情緒,行文之間,情不自禁地對筆下的人事表現出或喜或怒,或感慨,或感傷等等情感。至於寫民初人事的作品,也時見有懷舊感傷的篇什。如朱德裳的《三十年聞見錄》、陳瀛一的《睇向齋逞臆談》和《睇向齋談往》、侯毅的《洪憲舊聞》、汪增武的《劫餘私志》等主要寫民初人事的作品,作者往往都以親歷者、參與者或「過來人」的口吻敘而述之,字裡行間也帶有許多感慨、感歎、感傷等懷舊的情緒。其實,不管這些寫晚清或民初人事的作者是晚清官場中人物,還是民初政治舞臺上的參與者或看客,他們執筆寫筆記時,實際都是在他們退出歷史舞臺之時,或是當歷史的背景即將遠去之時。因此,他們的寫作行為本身就是一種潛在的懷舊情緒的表露。而這種懷舊情緒的表露,在新舊交替的時代尤其常見。如唐代大詩人杜甫在「安史之亂」後曾寫有一首《憶昔》詩,深情追憶唐玄宗開元時代的輝煌,這便是治亂交替時代典型的懷舊心理表現。

那麼,為什麼會出現這種情況呢?心理學告訴我,對於當前的人、事、物,人們往往有一種習以為常而漫不經心的感覺。而當這些人、事、物都成「過去式」時,人們「驀然回首」,卻突然有了追究、珍惜的心理。所以,在日常生活中,我們往往會在一個人死後才想起他/她的好,在一件物品丟失後才想到它的用處,在一件事成為歷史時才有了追憶它的興趣。清末民初的筆記小說,時有作者的懷舊情緒浸淫其中,其實道理也是一樣。晚清時代,朝廷腐敗,國事日非,不僅老百姓怨聲載道,民怨沸騰,即使是身在官場甚至居於權力中樞的人,也會因種種利益或名位爭鬥而心有怨嗟,並不覺得滿清王朝有什麼好,居廟堂之高有什麼快樂。可是,當滿清政權不復存在之後,這些遺老遺少們突然心理失落,一夜間,他們驀然回首,覺得當初的時光是那麼美好,當初執政居官時的恩怨情仇、是非憂喜,都是那麼值得回味,令人魂牽夢縈。他們本身都是文人,生性多愁善感,山河

易色，物是人非，必然讓他們感慨萬端。感慨系之，他們遂以晚清宮廷、政壇或學界等人物為對象，撰寫出一部部記述其人其事的筆記小說，或總結滿清覆亡的教訓，或懷念往日的人事，陶醉自己，也娛樂大眾。

其四，民初的筆記小說，有少數作品除了繼續保持傳統筆記小說的基本特徵外，在形式上也有些微與時俱進的變化。比方說，形制上仍然短小，故事情節簡單，語言簡潔，敘事語言仍用文言，句法亦屬古代漢語。但是，在記述人物對話時則直錄人物所說的大白話。如季默的《北國見聞錄》，就是這種類型。現舉其中《戀愛》一則：

> 某君與某女士在北平結婚，行禮既畢，來賓堅請新娘宣佈戀愛經過，女士被迫無奈，乃面紅耳赤，忸怩而言曰：「……我和×君戀愛的次數並不多，一共才有兩次。一次是去年 9 月某星期日，在北平；一次是今年 3 月 1 號，在上海……」聽眾為之鼓掌不已。如此詮釋戀愛，真匪夷所思也。

這則筆記小說敘事語言基本上都是用文言，句法亦屬古代漢語，特別是「曰」、「也」（句末表示判斷的語氣助詞）的運用，更顯傳統筆記小說的語言特徵。但是，人物對話中卻一反常態，不用文言改寫，而直錄其人所說的大白話。這種情況，不僅在清朝以前沒有，就是晚清也未出現。又如如愚的《也是齋隨筆》，情況亦然。現舉其中《武人謀缺》一則：

> 十七年，何應欽先生任總司令部總參謀長，有求謀工作者，前來請謁，舉止粗魯，入室即大聲呼曰：「報告總參謀長，總司令部有××隊隊長缺出，××（某君之大名也）願當。」何氏不悅，隨即答曰：「現在有個副司令缺出，你願當嗎？」

這則筆記小說，同樣篇幅短小，敘事語言基本用文言，也用

「曰」、「者」等古代漢語常用詞，但人物對話則全是現代大白話。

　　那麼，民初筆記小說創作何以會出現這種以現代白話來寫人物對話的情況呢？從上舉《北國見聞錄》和《也是齋隨筆》二書的兩個例子看，我們似乎也容易自己找到答案。眾所周知，民初隨著政治體制的革新，新文化運動亦在同步進行中，文言文與語體文矛盾對立的藩籬在時代潮流的衝擊下也漸漸鬆動，「言文合一」，說寫皆使用白話文已經勢在必行。「五四」新文化運動的成功，白話文學地位的確立，正是時代所造就。民初筆記小說的創作者，身處新文化潮流洶湧澎湃的時代，不可能不受時代風氣的影響。因此，他們在寫作中自覺不自覺地使用白話來寫人物對話，也是理之當然。除此，還有一個原因，也是民初作家不得不用白話寫人物對話的關鍵因素。這個關鍵因素便是，隨著時代的演進，許多新事物、新概念都已經產生或出現，還有學習西方文明而引進的新概念、新名詞，皆是人們說寫中不可回避的。如果按傳統筆記小說的寫作慣例，人物對話一律用文言表達，恐怕任何作者都難以應付。因此，基於上述主觀與客觀方面的原因，便出現了以白話寫人物對話的形式，使民初筆記小說創作烙上了一記深深的時代印記。

〔注〕

1　《辭海》（縮印本）第 2112 頁，上海辭書出版社 1990 年 12 月。
2　吳禮權《中國筆記小說史》第 2 頁，臺灣商務印書館，1993 年 8 月。
3　《歷代筆記小說大觀叢書·出版簡介》，上海古籍出版社，1999 年 12

月。

4　同注 2，第 3－4 頁，臺灣商務印書館，1993 年 8 月。

5　同注 2，第 4 頁，臺灣商務印書館，1993 年 8 月。

6　苗壯《筆記小說史》第 6 頁，浙江古籍出版社，1998 年 12 月。

7　《歷代筆記小說大觀叢書・出版簡介》，上海古籍出版社，1999 年。

8　同注 2，第 125 頁，臺灣商務印書館，1993 年 8 月。

9　同注 2，第 73－74 頁，臺灣商務印書館，1993 年 8 月。

10 同注 2，第 147－148 頁，臺灣商務印書館，1993 年 8 月。

11 同注 2，第 50－73 頁，臺灣商務印書館，1993 年 8 月。

12 同注 2，第 74－97 頁，臺灣商務印書館，1993 年 8 月。

13 （美）費正清 等編（中國社會科學院歷史研究所編譯室譯）《劍橋中國晚清史（1800－1911 年）》下卷第 615 頁，中國社會科學出版社，1985 年 2 月。

14 劉篤齡《異辭錄・前言》，中華書局，1997 年 12 月。

第二章
國史派筆記小說

　　清末民初，志在「補正史之未逮」的筆記作品很多。但真正屬於本書所界定的「筆記小說」者，在數量上則並不是太多。下面我們擇其要者略陳於後，以見清末民初「國史派」筆記小說創作之梗概。

　　這裡值得說明的是，以下所介紹的所謂「國史派」筆記小說，是指內容上關涉清末或民初政治、經濟、軍事等重大史實以及社會變遷過程中的種種人事，但筆觸上則有小說趣味、形制短小的筆記體作品。另一點也應予以說明，在我們後文將要介紹的「國史派」筆記小說的代表作中，有些書中可能不乏有考辨名物、述說典章制度的篇什，但是我們仍將其列入「國史派」作品予以介紹，這是因為本章我們所涉及的「國史派」筆記小說是以書為主體進行介紹，只要書中的主體內容是記清末或民初政治、經濟、軍事等重大史實以及社會變遷過程中的種種人事者，則就歸屬於「國史派」。如果主體內容不是這方面的，則歸屬於後文我們所要介紹的「雜俎派」筆記小說。

一、三十年聞見錄

　　《三十年聞見錄》，朱德裳撰。朱德裳（1874－1936），原名
還，字師晦、子佩，湖南湘潭人。光緒二十九年（1903）以縣試第一
名被選為留日官費生，與陳天華、易宗夔等人東渡扶桑。光緒三十二
年（1906）回國，主辦湖南警政學堂。後調任京外城警所僉事，右分
廳廳丞。宣統二年（1910）升任民政部郎中，民國元年（1911）任交
通部僉事。所著除《三十年聞見錄》，尚有《續湘軍志》、《六書哲
學》等。

　　與作者其他著作一樣，《三十年聞見錄》在作者生前未予出版，
1985 年 2 月始由湖南嶽麓書社付梓面世。全書共一百四十則，所記多
是清末民初史事，大多涉及當時的政壇重要人物的行事，如《黃克強
督辦粵漢鐵路》、《蔡松坡出京》、《劉忠城一電救德宗》、《裕隆
太后欲殺袁世凱》、《李鴻章一貫主和》、《載澤死後無以為殮》、
《張之洞大拜謝恩摺》、《張文襄逸事》、《王湘綺一言殺羅研
生》、《劉坤一軼事》、《裕長不願升將軍》等。記其他人物軼事者
也有不少，如《傅彩雲末路》、《跑街名士》等。除了這些堪可補史
的篇什外，其中也有少量考辨掌故的文字，如《滿清以龍旗為國
旗》、《張之洞十六歲領解》、《洗馬》、《〈石遺室詩話〉記左文
襄事有誤》、《端茶送客》等。

　　由於作者身在清末鼎革與民國草創時期，加上與清末民初政壇、
文壇上的許多重要人物有密切關係，因此書中所記有關清末民初的史
事多具可靠性，有「補正史之未逮」的特殊價值。正如有學者所指出
的那樣：「《三十年聞見錄》所涉人物，如黃興、蔡鍔、宋教仁、袁
世凱、楊度、張之洞、康有為、譚嗣同、唐才常、王闓運、俞曲園等
等，都是近代中國思想界、政治界、學術界的知名人士，作者與他們
都有不同程度的交往，所記這些人的言行軼事，為近代史的研究提供

了某些資料。間有已見於他書者，此說可作為印證；有的鮮為人知，則更可資參考。」[1]

《三十年聞見錄》雖然補史的價值較大，但從性質上看，它仍是屬於筆記小說。其大部分篇什都有完整的故事情節，也有多少不等的人物對話，且形制短小，體現了筆記小說的典型特徵。如《徐夫人》一則：

> 辛亥冬十月，孫中山自法國歸，至上海被選為臨時大總統。議設總理，以克強應選，中山大不謂然，以去就爭。遂罷此議。黃克強被選為陸軍總長，設行館於鐵湯谿。於時豪俊雲集。總統府庶務吞飽膏萬金，中山處以死刑。一時傳為清明。克強居鐵湯谿，與徐女士偕。每歸，徐進桂元，以匙承而獻之，儼然妾媵也。其首妻亦自長沙至，與徐同居。不相容，怒而去。徐名宗漢，有兩弟隨克強為侍從。家頗饒，人比之清河寡婦。為革命費財至一百餘萬。有華屋在申江白克路九十二號。余曾至其家，大廈也。平生最傾倒克強，廣東燒總督衙門，克強傷其指，賴徐夫人力得保生命。克強為京漢鐵路督辦，與交通部齟齬。徐夫人聞之，大不謂然，遂駕兵輪至漢口迓克強歸滬。袁世凱斃，克強歸。頃之卒于滬，徐夫人泣涕盡禮，儼然未亡人焉。生兩子，則未知其姓黃歟？姓徐歟？

這則故事雖形制短小，文字質樸，但所寫徐夫人對革命家黃興的癡情深意，其不為名份、不圖利益的純情，讀來讓人為之深切感動。

又如《隆裕太后欲殺袁世凱》一則：

> 戊戌政變，袁大總統賣友叛君，終至亡國。一身所安享者：魯撫、直督、宮保、軍機大臣也。種瓜得瓜，豈有絲毫國家觀念哉！西后逝，隆裕必欲殺之。而五王懦弱，僅予以開缺回

籍。是日項城進內，張孝達告之曰：「有旨意，公可候之。」
項城汗透重綿。及聞新命，叩頭謝曰：「聖恩高厚。」嗟乎！
此一線天良未泯之言也。

這則故事通過袁世凱在得知隆裕皇太后的殺機而「汗透重綿」的
細節描寫，鮮明地再現了一代梟雄也有貪生畏死的普通人一面，讀之
讓人覺得鮮活、真實。

又如《黃克強二次獨立》一則：

　　黃克強以宋案故，甘與同敗，不可謂不篤于友朋。與其二次
南京獨立，則亦明知其不敵也。時四川程雪樓為南京都督，克
強忽自上海至，徒黨約數十人。至以夜，即豎獨立旗。明晨，
克強至都督府見程雪樓。雪樓曰：「少緩十日可得中央一百
萬，今手無一文，而妄言獨立，何事能辦乎？」克強俯首無
辭，率其徒黨跪於雪樓前哀求主持。雪樓曰：「此席可以讓
君。」克強遂自稱南京大元帥。未一月即赴日本去矣。時羅品
山為其員警廳長，其去也並未以告。品山晨赴府尋元帥，則渺
不知所之矣。其後會于申江，品山有慍色，克強亦無慰藉之
詞。克強歿後，品山至京，以語其友，共為太息焉。

這則故事雖篇幅不大，但所寫的三個人物形象都栩栩如生：黃興
深明大義而又行事草率、程德全沉著冷靜而又義氣幹雲、羅品山胸無
城府而又率直可愛，一讀讓人久久難忘。

再如《蔡松坡出京》一則：

　　蔡松坡到京時，與楊度等共遊，求所以固結于袁世凱者甚
至。凡友朋中與國民黨關係稍深即不與其酒食之會，其用心可
謂苦矣。嘗自總統府歸謂其密友曰：「袁世凱必為皇帝，我不
許之。」籌安會出，世凱將以松坡為參謀總長，忽謂京師總監

吳炳湘曰:「蔡松坡在京未?」炳湘歸署即囑祕書問之,祕書
飭署長查明,署長即飭巡長往蔡宅探問。於是以訛傳訛,風聲
鶴淚(唳),蔡松坡微行出京矣。聞此時袁世凱于松坡尚無惡
意。其出京也,實炳湘促成之。

此則故事寫一個歷史懸案,雖寥寥幾筆,卻將民國倒袁首功之臣
蔡鍔將軍出京的真實內幕揭示清楚,不僅具有可讀性,而且具有「補
正史之未逮」的史料價值。

《三十年聞見錄》作為筆記小說雖有很多文筆生動的篇章,所記
時政內容以及文人軼事都不乏可讀性,但是也有少數篇目不屬於我們
所說的「筆記小說」,如《石遺室詩話》記「左文襄事有誤」、「吳
藹帥記飛車失實」等篇,是考辨故實的文字;《胡漢民等為召開國民
黨五全代表大會聯電中央之原文》一則,則是歷史文獻的原稿文本。
這些明顯都不是筆記小說。至於《戊戌新党王照》、《談岑春煊》、
《孫蔚鰲別傳》等篇什,字數有數千之多,近於一篇傳記,也與我們
所說的「筆記小說」概念有別。

二、異辭錄

《異辭錄》,劉體智撰。劉體智(1879-1963),字晦之,晚號
善齋老人,安徽廬江人。曾任清戶部郎中、大清銀行安徽總辦。1919
年任中國實業銀行上海分行經理,後任總經理。1935 年離職。1962 起
任上海市文史館館員。生平所著甚豐,如《說文諧聲》、《說文切
韻》、《說文類聚》、《尚書傳箋》、《禮記注疏》、《元史會注》
等,總數計約百卷。刊行者則有《善齋吉金錄》、《小校經閣金文拓

本》等。關於此書的作者問題，或言乃劉體智的仲兄劉體仁所撰。不過，此說已有學者駁正之。（參見劉篤齡《異辭錄·前言》，中華書局，1997 年 12 月）

《異辭錄》，四卷，計三百六十三則。1997 年 12 月大陸中華書局出版「清代史料筆記」叢書，將其列為其中之一種。此書作者乃晚清重臣、四川總督劉秉璋第四子，娶晚清大學士孫家鼐之女，其伯姊嫁李鴻章之子李經方。因為劉李兩家有如此深厚的淵源關係，故作者少時曾得李鴻章函招，入讀李氏家塾，從習英文。由此「遂與李氏父子叔姪、門生故吏，朝夕談燕，不拘形跡。廷臣徐桐、瞿鴻禨，亦於作者為父執姻長。作者婚後，館於孫氏。板蕩多事，孫李徐瞿諸人商討大計，時或命作者傳遞口訊，往來奔走。是故作者雖僅五品微員，特於同光以後清廷若干舉措，頗有記聞。作者之父，新曆戎行，鎮壓太平軍、撚軍。以後作者旅居京華，目擊大事踵至。此書所記，按《四種》自序云：『記今事悉取諸先公日記，類皆當日耳目之所及，中 朝 士 大 夫 之 所 道。』並 及 所 藏 函 牘 等，聞 見 較 切」。[2]正因為如此，此書在「補正史之未逮」方面，其參考價值是較大的。其實，作者撰寫此書，其目的也正在於此。因為國史之編撰大抵都有忌諱，往往需要曲筆回護乃至迎合、粉飾。作者有感於官修正史之文飾虛譽，故於此書之中往往對歷史真相直筆道破。書取「異辭」之名，用意正在於此。

《異辭錄》所記皆軍國大事、時政要聞，說的都是「朝廷事」。由於作者身處清末民初特定的歷史時期，又往往是許多重大歷史事件的親歷者或參與者，因此其書所記晚清京師各種掌故與典章故實，都有較大的可信度，有「朝中人說朝廷事」的親切感與確鑿感，不同於一般道聽途的野史那種「鄉下人說朝廷事」的特點。正因為如此，在清末民初的「國史」類筆記小說中，此書的學術與文獻價值是不可小覷的。但是，從「小說」的角度看，其書內容則是記史實有餘，而文

學性較弱。很多篇什有事實而無情節發展，或無人物對話等，因而缺乏生動性。儘管如此，但其中仍有不少篇什較具可讀性。如卷二《議立光緒》條：

　　同治十三年十二月四日，穆宗龍馭上賓，年僅十九歲。前十日已屢瀕危殆，宮中議立皇嗣，而文宗無他裔，宣宗諸王孫皆少，無生兒者。貝勒載治，宣宗長男隱志郡王之繼嗣也，有二子，幼者曰溥侃，生甫八月。召入，未及立儲而上已晏駕，乃止。宮庭隔絕，莫能詳也。次日，兩宮召見內廷行走、御前軍機、內務府王公大臣、弘德殿行走、南書房行走諸臣與焉。慈禧皇太后問曰：「皇帝賓天，天下不可無君，孰為宜？」皆伏泣，不知所對。慈禧皇太后目視恭邸而言曰：「奕訢其為之？」恭邸悲痛絕於地。慈禧皇太后複徐言曰：「汝不欲任天下之重耶？其令奕譞之子入嗣。」醇邸亦昏絕於地。惇邸進言曰：「然則今上不為立後耶？」兩宮如弗聞焉而入內。二王仍昏踣不興，內監扶置板上，舁以出。其後榮文忠語人曰：「醇邸誠長者，聞其子立為帝，中途輒欲自起，餘掣其衣方已。」恭王罷政，醇邸隱執朝綱，果以榮文忠事己不如事其兄，心滋不悅，外放為陝西西安將軍，久而始歸。旗人居京者專事修飾，衣冠齊楚，視為重要之務。迨出都門，無可講習，放弛日久，歸時行裝不免減色矣。文忠服飾修短合度，容儀之美冠乎等輩。西征之役，雖留滯數載，及返都門，仍還舊觀，在當時頗以為一絕。

　　這則故事寫議立光緒皇帝的經過，不僅寫出了議立的具體內幕，而且細緻地刻畫了議立過程中當事人各方的種種作態及其微妙的心理活動，讀之讓人回味不已。

　　又如卷二《李鴻章能知大勢》條：

　　李文忠生平以洋務受謗，固由於吾國人之昧於大勢，抑亦西
人不知內情，過於崇奉之故也。伊犁之役，戈登遠至，文忠欣
逢舊雨，欲舉閫外以相屬，戈登許諾。俄人抗議，戈登願脫英
軍籍，而外交政策無如之何。出觀隊伍，喜盛軍，曰：「率此
以往，足以禦敵矣。」戈登者，客將也。先引至譯署，將加重
用。當時王大臣十餘人，莫有所主，惟視恭王言動為進止。王
一啟口，則群聲相應，無一語得其要領。戈登怒，歸謂文忠
曰：「速予兵五千，先入京清君側，再議西征。」於是不歡而
去。穆宗賓天，以無嗣子聞於外。法使熱福理曰：「不如李某
為帝。」雖屬空談，不免流露。其後八國聯軍至京，深恨吾國
攻擊使館之不道，有言立曲阜衍聖公為主者，有言立明後者，
究以不當事情而旋止。瓦德西至，見吾國無釁可乘，使德璀琳
謂文忠曰：「各國軍艦百餘艘，擁公為帝，可乎？」文忠笑謝
之而罷。以此言之，匪特吾人不知敵形也，敵人欲知吾國虛
實，殆亦不易。惟文忠為能知之，故任何笑罵，不失英雄本
色。不然，使人耳而目之，曰此欲為帝者也，其將何以自容
哉！

　　這則故事寫晚清重臣李鴻章婉拒洋人擁立之議，以小見大，生動
地表現了李鴻章的卓識與通達，讀之讓人在瞭解歷史的同時，也對李
鴻章之所以在晚清政權風雨飄搖、岌岌可危的情勢下仍然屹立政壇不
倒的原因予以了深刻揭示。

　　前文我們說過，《異辭錄》中所記多是軍國與時政大事。但其中
也偶爾記一些文人軼事，雖仍與政治有關，但可資談助，令人解頤。
如卷二「奸案判詞」條：

　　奸案格殺勿論，按律應在奸所登時捉獲。苟非然者，不能引

此條為例。光緒間,粵中有本夫與婦隨人逃後兩年,蹤跡得之
於數百裡外,因並殺之者。援例釋罪,部員挑剔勿允。時李勤
恪為粵督,楊蓮府制府為入幕之賓,改判詞云:「竊負而逃,
到處皆為奸所;久覓不獲,乍見即系登時。」薛雲階尚書在
部,見而大賞之,立允其請。舊案中,女子在樓上,見牆外有
小遺者,指其陽示之,羞忿自盡死。欲構其罪,既無言語調
戲,又非手足勾引。一老吏為批曰:「調戲雖無言語,勾引甚
於手足。」乃定獄。薛尚書謂此二句,尚不如新案讞語之警策
云。

這則寫晚清粵督李瀚章幕僚楊蓮府改寫判詞而解司法難題的故
事,讀之既可瞭解中國古代文人斷案的歷史真相,亦可由此見識中國
封建時代官府書辦或師爺的機心與語言智慧。

三、清代野記

《清代野記》,舊題「梁溪坐觀老人」撰。據徐一士《一士譚
薈》引該書所記,作者當為晚清張祖翼。張祖翼(生卒年不詳),江
蘇無錫人(梁溪為無錫別稱),出生世家。其父南北入幕,祖翼隨之
多年,故時政及官場中事知之甚多。後又因結識滿洲名士覺羅炳成
(自號「半聾」),對滿人習俗、宮闈祕事、親貴軼事等,聞知亦
夥。光緒十三年(1887),以遊歷官隨員身份參訪英國,因此對域外
之情亦略知一二。(參見《清代野記・整理說明》,中華書局,2007
年4月)

《清代野記》,初名《四朝野記》,後易為今名。其書《例言》

云：「初名《四朝野記》，茲以四朝未能並包，故易今名。」 1996 年 9 月山西古籍出版社出版「民國筆記小說大觀」第二輯，將其列為其中之一種。2007 年 4 月大陸中華書局出版「近代史料筆記叢刊」，也將其列為其中之一種。

《清代野記》所記內容，以咸同光宣四朝之事居多，但又旁及其他朝代。關於這一點，作者在其書《例言》中說得很清楚：「凡朝廷、社會、京師、外省，事無大小，皆據所聞所見錄之，不為鑿空之談，不作理想之語。」。「大事有重大歷史事件，有清人軼事，有典章制度；小事有優伶義舉，書賈著書，藝人絕技，挽聯巧對以及賭棍、騙子、強盜、小偷的種種情態，等等，確可謂是森羅萬象，無所不包，儼然一幅晚清社會生活的全景圖。」[3] 由於作者特定的身份背景及遊學經歷，書中所記之事可信度頗高，屬於可「補正史之未逮」的「國史派」筆記小說的性質。

《清代野記》共三卷，卷上有《親王秉政之始》、《文宗密諭》等五十一則，卷中有《京師志盜五則》、《賭棍姚四寶》等四十六則；卷下有《戕官類記》、《刺馬詳情》等二十八則。內中所記故事，在時序上並不嚴整，這一點作者在《例言》中說得很清楚：「前清之事有聞必錄，不分先後，故有咸豐朝之事而錄於光緒後者。」書中所記咸同光宣四朝之事，雖多涉政事，但一般偏重於宮闈祕聞色彩，如《皇帝扮劇之賢否》、《詞臣導淫》、《慈禧之侈縱》、《載澂之淫惡》、《慈禧之濫賞》、《毅皇后之被逼死》、《皇室無骨肉情》等，皆是其類。甚至還有寫到同治皇帝染梅毒之事的：

> 穆宗後，崇綺之女。端莊貞靜，美而有德。帝甚愛之，以格於慈禧之威，不能相款洽。慈禧又強其愛所不愛之妃，帝遂於家庭無樂趣矣。乃出而縱淫，又不敢至外城著名之妓寮，恐為臣下所睹，遂專覓內城之私賣淫者取樂焉。從行者亦惟一二小

內監而已。人初不知為帝，後亦知之，佯為不知耳。久之毒發，始猶不覺，繼而見於面盎於背，傳太醫院治之。太醫院一見大驚，知為淫毒，而不敢言，反請命慈禧是何病症。慈禧傳旨曰：「恐為天花耳。」遂以治痘藥治之，不效。帝躁怒，罵曰：「我非患天花，何得以天花治？」太醫奏之曰：「太后命也。」帝乃不言，恨恨而已。將死之前數日，下部潰爛，臭不可聞，至洞見腰腎而死。顙！自古中國帝王以色而夭者不知凡幾，然未有死於淫創者。惟法國佛郎西士一世患淫創而死，可謂無獨有偶矣。（卷上《皇帝患淫創》）

這則宮闈祕聞，雖是記同治皇帝染梅毒的不堪之事，但並不是意在指責同治皇帝的的荒淫，而是在字裡行間充分展露了對同治皇帝處境的同情與對西太后殘酷無情的譴責。在揭示歷史真相的同時，也讓世人瞭解到一個皇帝的無奈與悲哀，從而深切認識到人生的真諦。

作者在書的《例言》中有云：「此記近三十年事，所聞所見，當時有所忌諱而不敢記者，今皆一一追憶而錄之。」觀上引一則，可知不為虛言。除了記晚清宮闈祕聞，對於清代中期的政壇之事，作者也據實直筆而錄。如：

乾隆帝之幸江南也，有內侍江姓者，精拳勇，號萬人敵。常侍帝遊幸，頗寵信。揚州綱總與通譜，結為兄弟，骨肉至交也。帝還京後，江太監以竊宮中珍寶事逃去，敕下步軍統領五城查拿。江思匿我者惟揚州綱總，江某往投當得保護。既至揚，綱總大為歡迎，設盛筵款之。飲畢，邀至密室謂曰：「君事大不妙，我處耳目多，藏匿非計，不如逃至海外為佳。今奉黃金千，乘夜即行，至某處海口，有我商號在彼，可設法也。」遂以金屬江圍腰中，導至後門出。門外乃甬道，夾牆皆高三丈許。既出，即聞闔門聲甚屬。江心動，窺甬道中有埋

伏，乃一躍登牆，孰知上亦伏勇士數十人，見江上牆，挺擊而
顛，縛而獻於巡鹽禦史。奏聞，帝賞綱總布政使銜孔雀翎，同
業中無不以為至榮焉。蓋彼時鹽商中僅此一枝孔雀翎也。（卷
中《賣友換孔雀翎》）

這則寫商人賣友求榮的故事，既表現了鹽商為人之奸詐，也揭示
了官場之險惡，讀之讓局內人驚出一身冷汗，讓局外人窺見其中黑暗
之一斑。

除了寫官場黑暗、人心險惡外，小說中還寫到了晚清京官的迂
謬。如：

清光緒丙戌，曾惠敏公紀澤由西洋歸國，忿京曹官多迂謬，
好大言，不達外情，乃建議考遊歷官，專取甲乙科出身之部
曹，使之分遊歐美諸國，練習外事。試畢，選十二人，惟一人
乃禮邸家臣之子，非科甲，餘皆甲乙榜也。游英法者，為兵部
主事劉啟彤，江蘇寶應人；刑部主事孔昭乾，江蘇吳縣人；工
部主事陳燨唐，江蘇江陰人；刑部主事李某，山東文登人。命
既下，李與陳皆知劉久客津海關署，通習洋情，遂奉劉為指
南，聽命惟謹。孔獨不服，謂人曰：「彼何人，我乃庶常散館
者，豈反不如彼，而必聽命於彼乎？」隨行兩翻譯，皆延自總
理衙門同文館者，亦惟劉命是聽，孔愈不平，所言皆如小兒爭
餅果語，眾皆笑之。一日者，行至意國境，船主號于眾曰：
「明日有東行郵船往上海，諸君有寄家報者可於今日書之。」
於是皆報平安。次日晚餐，席上忽無牛肉，蓋西行已浹旬之
久，牛適罄也。孔忽謂劉曰：「船主私拆我家信矣。」劉曰：
「何以知之？」孔曰：「我家世守文昌帝君戒，不食牛肉已數
代，及登舟，每飯皆牛，嘗不得飽，昨於家書中及之，今忽無
牛肉，是以知其拆我家信也。」劉笑曰：「船主未必如此仰體

尊意，公自視太尊貴矣，且船主未必識中國字，拆信何為，況歐人以私拆人信為無行乎，公何疑及此？」孔指二舌人謂劉曰：「彼中國人也，何以能識洋字，安保船主不識中文耶？」劉嗤之以鼻。及抵英倫，以舌人不聽彼使令，遍訴于使館中人，初不知其有神經病也。凡遊歷各廠各要塞，皆劉語舌人，按路之遠近為遊之先後。一日游阿模司大炮廠，見所鑄炮彈有長三尺許者，羅列無數。孔問舌人，以炮彈對。孔大怒曰：「爾以我為童呆耶！炮彈乃圓物，我自幼即見之，此明明是一尊小炮，何云炮彈？」舌人亦不答。凡經遊之地，其門者皆有冊請留名，孔必大書翰林院庶起士，劉每笑而阻之，孔謂是妒，大不懌。久之，使館中人皆知其有神經病矣。彼所言或勸之，或不直之，孔鬱愈甚，而病發矣。一日，忽具衣冠書狀呈公使，大聲呼冤。公使命人收其狀，而卻其見。視其狀則皆控劉語，大可噴飯。閱數日，見公使無動作，遂竊同伴之鴉片膏半茶甌全吞之，複至廚下覓冷飯半盂，咽而下之。人初不知，及毒發，眾詢之，自言如此。急覓醫診救，已無及矣，至夜半斃焉。床頭有遺書一通，上公使者。略云劉將殺我，前日引我至蠟人館指所塑印度野蠻酷刑相示，是將以此法處我也，我不如自盡，免遭其屠戮之慘，並乞公使代奏，為之理枉云云。於是倫敦各報館大書遊歷官自盡，所言皆一面之詞。幸公使及眾人皆知其由，不然劉受其累矣。孔死後，公使奏請給恤如例，並函致其父述其情。其父歎曰：「是兒素有痰疾，其鄉試落第時，亦曾作此狀，幸防護周至，獲免。今又犯此病而死，是乃命也，于劉乎何尤。」時余亦隨使英倫，親見之，悉其詳。（卷中《孔翰林出洋話柄》）

這則故事，作者以局內人（隨使英倫之一員）口眼寫孔翰林出洋

的話柄，情節詳細生動，主角孔翰林的言動形象栩栩如生，讀之既讓人發噱，又讓人為中國的封建科舉制度以及這種考試制度下培養出來的人才而感到悲哀。

除了揭露科舉制度的腐朽落後，小說也在一定程度上揭露了清末司法制度的黑暗面。如：

> 浙之上虞縣有土娼葛畢氏者，葛品蓮之妻也。豔名噪一時，縣令劉某之子昵焉，邑諸生楊乃武亦昵焉。楊固虎而冠者，邑人皆畏之，劉之子更嫉之。楊欲娶葛為妾，葛曰：「俟爾今科中式則從爾。」榜發，楊果雋。謂葛曰：「今可如願矣。」葛曰：「前言戲之耳，吾有夫在，不能自主也。」楊曰：「是何傷？」正言間，劉子至，聞楊語，返身去。楊聞有人來，亦去。次日而葛夫中毒死矣，報官請驗，縣令遣典史攜件作往，草草驗訖。聞楊有納妾語，即逮楊，訊不承。令怒，詳革舉人，刑訊終不服。遂系楊、葛於獄，延至四年之久。每更一官，楊必具辯狀，皆不直楊，然又無佐證，而劉令子又死福星輪船之難，浙之大吏將以楊定讞抵罪，而坐葛以謀死親夫矣。會有某國公使在總署宣言，貴國刑獄不過楊乃武案含糊了結耳。恭親王聞之，立命提全案至京，發刑部嚴訊。原審之劉令，葛品蓮之屍棺，皆提至京。及開棺檢驗，見屍有白鬚，且以絲棉包裹，兩手指甲皆修潔，既不類寠人子，又非少年，又無毒斃痕跡。訊劉，劉亦無從置對，蓋始終未見屍也。於是，劉遣戍，楊、葛皆釋放，案遂結。此案到京之日，刑部署中觀者如堵牆，幾無插足地。陸確齋比部，江西司司員也，亦往觀。據云：「葛氏肥白，頗有風致云。」葛出後，削髮為尼。楊則不知所之。或云當劉子聞楊語時，即潛以毒置葛品蓮茶甌中，品蓮飲之致死，或又曰劉子常攜毒，備覬便毒楊者，未知

孰是。要之劉子之死於海，似有天道。楊雖非佳士，此案似非
所為。又聞楊每於供詞畫押時，以屈打成招四字編為花押書
之。吾以為楊必有隱匿，冥冥中特借此以懲之耳。（卷中《書
楊乃武獄》）

　　這則故事所寫書生楊乃武冤案形成的原因、過程以及審結的結
果，所涉及的人物有案件當事人楊乃武、土娼葛畢氏、縣令之子，浙
江各級官員，還有洋大人（某國公使）和朝廷重臣恭親王。案情的撲
朔迷離、判案的艱難困頓、結案的戲劇化，讀之讓人有一種觀劇的感
覺。正因為如此，晚清以降，以此故事為藍本，中國各省都有名曰
《楊乃武與小白菜》的地方戲在搬演。

　　除了軍國大事、時政新聞外，《清代野記》中偶爾也會記述一些
當代的社會新聞。如：

　　同治季年蕪湖有厘卡委員俞某者，浙人而北籍也。婦為狐所
憑，夫入房，輒有物擊之，遂不敢近。在蕪湖時，一日清晨，
有僕婦人入房灑掃，忽見一裝年男子，冠白氈冠，衣灰色繭綢
袍，腰系大綠皮煙荷包，坐主婦床上。大駭，欲詢，轉眼即不
見。俞自北南來，此狐即隨之而至，歷有年所矣。婦日漸枯
瘠，遂死。俞亦無子。予其時亦在蕪湖，一時喧傳以為怪事。
（卷下《妖狐為祟》）

　　這則「妖狐為祟」害死俞委員之妻的故事，類似於清初蒲松齡
《聊齋志異》中所寫到的妖狐故事，屬於「張皇鬼神」一類。但因事
主是晚清官場中人物，所以故事本身仍有時政新聞的色彩。大概是這
個原因，作者才會將此類故事記入書中。

四、國聞備乘

　　《國聞備乘》，胡思敬撰。胡思敬（1869－1922），字漱唐，一字笑緣，晚號退廬居士，江西新昌（今宜豐）人。光緒二十年（1894）進士，選翰林庶起士，後改為吏部考功司主事。宣統元年（1908）補遼沈道監察禦史，轉掌廣東道監察禦史。辛亥（1911）三月，見滿清大勢已去、國事不可為，遂掛冠南歸。政治上，他既不滿清廷的腐敗，又仇恨革命黨人黨同伐異的行為。張勳復辟時，曾授都察院左副都禦史之職，未就任而張即敗。生平喜搜求經籍，無所不收，亦無所不讀。離京南歸時，將所藏二十萬卷書悉數攜回江西，築室湖濱，盡納藏書於其中。樓上稱「問影樓」，樓下命名「江西私立胡氏退廬圖書館」，開放給社會大眾閱覽。胡氏不僅性喜藏書、讀書，也雅好著書，所著有《退廬疏稿》、《戊戌履霜錄》、《驢背集》、《丙午釐定官制芻論》、《九朝新語》、《王船山讀通鑒論辨正》等多種，另編地方誌《鹽乘》一種。除此，還校刻《問影樓叢刻初編》九種三十六卷，編刻《問影樓輿地叢書》（包括輿地書十五種四十四卷，校勘記二卷）。又訪求江西鄉賢遺著，校刻《豫章叢書》六百九十四卷，共一百零三種，計二百六十六冊。所著之書，生前皆未付梓，死後由其親友搜羅整理，刊為《退廬全書》。

　　《國聞備乘》，共四卷。1997 年上海書店出版社出版「民國史料叢刊」，將其列為其中之一種。2007 年大陸中華書局出版「近代史料筆記叢刊」，也將其列為其中之一種。

　　作者為晚清官場中的重要人物，且在京為官有日，故對晚清朝中大事多所瞭解，故書中所記清末掌故、軼事，敘之翔實，述之確鑿，讀之讓人有一種親歷感。因此，其對為研究晚清政治所具有的參考價值是顯而易見的。從小說的角度，它有「國史派」筆記小說的典型特徵。雖然作者著此書的目的，是意在「補正史之未逮」，但所敘之

事、所記之人，多有可讀性。如：

> 李鴻章待皖人，鄉誼最厚。晚年坐鎮北洋，凡鄉人有求，無
> 不應之。久之，聞風麕集，局所軍營，安置殆遍，外省人幾無
> 容足之所。自謂率鄉井子弟為國家捐軀殺賊保疆土，今幸遇太
> 平，當令積錢財、長子孫，一切小過悉寬縱勿問。劉銘傳與鴻
> 章同縣，因事至天津，觀其所用人，大駭曰：「如某某者，識
> 字無多，是嘗負販於鄉，而亦委以道府要差，幾何而不敗
> 耶！」因私戒所親，謂北洋當有大亂，汝輩遊橐稍充者，宜及
> 早還家，毋令公私俱敗。未幾，中東事起，大東溝一戰，海軍
> 盡毀，皖人治軍務者，若丁汝昌、衛汝貴、龔照璵等俱誤國獲
> 重咎。內外彈章蜂起，鴻章亦不自安，力求解任。知其事者，
> 皆服銘傳先見。（卷一《李文忠濫用鄉人》）

這則寫李鴻章濫用鄉人的故事，既表現了李鴻章任人唯親的鄉愿
性格，又顯示了劉銘傳明察秋毫的遠見卓識，同時也揭示了中日甲午
海戰失敗的深層原因，讀之不能不讓人深思。

除了寫政壇人物，《國聞備乘》有時也會寫到一些文人。如：

> 辜鴻銘出洋最早，能通數國語言文字。辛亥冬，張謇、唐紹
> 儀皆聚上海，極力效忠于袁，欲羅致鴻銘入黨，因設宴款之，
> 啗以甘言，且引孟子「君之視臣如犬馬，則臣視君如國人；君
> 之視臣如土芥，則臣視君如寇仇」數語以動之。鴻銘曰：「鄙
> 人命不猶人，誠當見棄。然則汝兩人者，一為土芥尚書，一為
> 犬馬狀元乎？」擲卮不辭而去。（卷四《辜鴻銘堅拒袁黨》）

這則故事寫晚清怪傑辜鴻銘拒袁世凱黨人拉攏的軼事，通過其獨
特的辜氏語言與口吻，表現了中國傳統士大夫「富貴不能淫，貧賤不
能移，威武不能屈」的錚錚風骨。讀之不由人不頓然生出無限的敬佩

之情，並為其人格魅力所征服。

五、春明夢錄

　　《春明夢錄》，何剛德撰。何剛德（1885－1936？），字肖雅，號平齋，福建閩縣（今福州）人，清光緒三年（1877 年）進士。歷任吏部主事等京曹十九年，後外放出任江西建昌、江蘇蘇州等地知府。光緒二十六年（1900 年），在蘇州知府任上，為維護社會治安，組建員警隊伍，成為中國員警制度的創始人。清廷遜退後，告老退隱。民國三年（1914 年），應北洋政府之請，先後出任江西內務司司長、豫章道尹，代理江西省省長。民國十一年後，因政治上受排擠而退出政壇，寓居上海，專心著述。生平所著，除《春明夢錄》外，尚有《客座偶談》、《郡齋影事》、《江西贅語》、《家園舊話》等，後結集為《平齋家言》刊行。

　　《春明夢錄》，兩卷。原有民國 23 年（1934 年）刻本，1983 年9 月上海古籍書店出版了其影印本，將其與作者的另一種筆記小說《客座偶談》合為一冊予以出版，列入《清代歷史資料叢刊》。此書雜記清代宮廷掌故、科場見聞、名人軼事，包括一些清末民初的重要史事。由於作者長期居官京師，身在朝中，書中所記很多都是其親身經歷，內容又涉及中法戰爭、甲午戰爭、義和團運動等重大史事，因此頗具史料價值，作為筆記小說看，是典型的「國史派」作品。不過，由於作者寫作意在「補正史之未逮」 的目的性太強，在文筆意趣方面不夠注重，故很多掌故作為小說來讀，就少了些娓娓動人的韻致。如：

　　咸豐辛酉，洋兵燒毀圓明園，京師震動。文宗在熱河崩逝。時孝欽太后方二十八歲也，端華、肅順意存不軌，醇邸奉懿旨捕肅順於客邸。天時極早，屋門尚閉，醇邸捶門呼曰：「有旨意！」內即應曰：「若是母旨意，我卻不受！」乃破扉入，擒而治之。於是梓宮回京，穆宗遂承大統，兩宮垂簾聽政。此雖恭邸與諸王大臣翊贊之力，然遇事皆取懿旨進止，不得謂毫無主持也。但孝欽太后精明雖勝於孝貞太后，而甫經聽政，諸事究未嫻熟，故當曾文正功成入覲之日，召對問答，不過敷衍數語而已。文正集中所載，自非虛語。嗣後歷四十餘年之世變，備嘗艱險，體悉下情。余在寶師處熟聞。其召對情形，早有所知，故余甲午放蘇州時，召見侃侃而談。其英明處，不能不令人欽服。惟平日在宮中馭下過嚴，且性喜遊觀。如重修頤和園一事，寶師談次，亦頗有微詞。且自西幸迴鑾後，因宮中舊物半多散失，不免喜受貢獻，雖系晚景無聊，究不免盛德之累。然其四十餘年，支持危局之功，不能以一二事掩也。（卷上）

　　這則寫宮廷政變的故事，本來可以寫得驚心動魄，但作者以史家筆觸簡約敘事，再加雜入個人議論，就使本可寫得引人入勝的故事讀來了無趣味了。

　　又如：

　　從前朝殿考試，雖不無暗通關節，究不能坦然為之。故三鼎甲次序，必以讀卷大臣官階為準，雖系錮習，亦足以示制防。昆師屢與閱卷之役，遇不如意事，輒與余痛言之。某科殿試，讀卷官有吏戶兩尚書。戶部尚書得一卷，取第一，要作狀元。雖礙於習慣，須讓憲綱在前者所取為首選，然究非官話。因商之大眾，非以其所取第一為狀元不可。吏部尚書乃怒曰：「論

此卷之字，不必為狀元；即論此人，亦不必為狀元。」昆師告余曰：「彌封閱卷，何以知其人之該做狀元與否？此老說話，亦太不檢點矣。」後來賭氣累日，大家調停，卒以戶部尚書所取者居首。然名次黃箋已貼，更改為難。又有一最好事之某尚書，起而言曰：「若要改名次，我卻帶有刮刀。」乃袖出刮刀改之。汝想應試者帶刮刀，豈有閱卷者亦帶刮刀？此真無奇不有矣。又一次殿試閱卷，榜眼已取定矣，其卷中「閭閻」二字，誤作「閭面」。昆師與福中堂同在讀卷之列，福中堂挑出「閭面」二字，以為不典。有素著文名之某尚書乃曰：「閭面對簷牙。古人詩句，記曾有之。」大家遂隨聲附和，不復更動。榜發後，士論嘩然。昆師舉以告余，而深恨福中堂之無用也。又一次大考翰詹，昆師派閱卷，到南書房時特早。太監持一詩片出，曰：「有旨，要取此卷為第一。」昆師對曰：「今日是尚書孫毓汶領銜，俟其來時再承旨。」孫到，師告之曰：「我閱卷多次，未奉過如此旨意。今日是君領銜，且又是軍機，消息靈通，請君斟酌可也。」後揭曉，人言嘖嘖，師乃以此事緣起與余言之。蓋當時館選漸寬，品流漸雜，不無越軌舉動，相摩相盪，水火混爭。而詆言其科舉者，遂得有所藉口矣。（卷上）

這則故事寫殿試取狀元的內幕，也是令人感興趣的內容。其中有情節、有對話，也是小說的規模，但由於文筆不夠生動，讀來並無令人興味盎然的效果。這大概就是「史筆」與「文筆」矛盾的地方，但這種矛盾也並非不可調和。若能調和有度，自然也能「史」、「筆」兼顧，寫出搖曳生姿的「國史派」筆記小說來。

六、春冰室野乘

《春冰室野乘》，李嶽瑞撰。李嶽瑞（1862－1927），字孟符，陝西鹹陽人。清光緒九年（1883）癸未科進士，授翰林院編修，歷任工部員外郎、總理衙門章京兼辦鐵路礦務事宜。光緒二十四年（1898年）遭罷還鄉。光緒三十一年（1905 年），應張元濟之邀，至上海任商務印書館編輯。民國後曾參纂《清史稿》。生平所著，除有《春冰室野乘》外，尚有《評注〈國史讀本〉》、《郢雲詞集》等，又曾與梁啟超合著《中國六大政治家》一書。

《春冰室野乘》三卷。1996 年山西古籍出版社出版「民國筆記小說大觀」，將其列為第一輯第一種予以印行。北京古籍出版社 1999 出版「清代野史叢書」，也將其作為其中一種，歸入《棲霞閣野乘》的「外六種」（其他五種分別是《啁啾漫記》、《小奢摩館脞錄》、《董小宛別傳》、《董妃行狀》、《蕉窗雨話》）。

《春冰室野乘》，三卷一百五十則（有些篇目包括幾個小故事）。所記大多是有關清代政治、軍事、科舉等方面的軼事，亦有一些事涉考辨等其他方面內容的篇目。篇幅上是筆記小說的規模。所寫人物各色皆備，有皇帝，有官員，有文人，也有民間人士如俠客、術士、烈婦等等。許多篇什都寫得比較生動，較有可讀性。如卷上《雍乾遺事》（二則之一）：

> 昔客京師，聞諸故老：世宗、高宗皆好微行，故閭井疾苦無不周知。雍正時，內閣供事有藍某者，富陽人，在閣當差頗勤慎，雍正六年元夕，同事者皆歸家，藍獨留閣中，對月獨酌，忽來一偉丈夫，冠服甚麗。藍疑為內廷直宿官，急起迎，奉觴致敬。其人欣然就坐，問：「君何官？」曰：「非官，供事耳。」問：「何姓名？」具以對。問：「何職掌？」曰：「收

發文牘」。問：「同事若干人？」曰：「四十餘人。」問：「皆安往？」曰：「今日令節，皆假歸矣。」問：「君何獨留？」曰：「朝廷公事綦重，若人人自便，萬一事起意外，咎將誰歸？」問：「當此差有好處否？」曰：「將來差滿，冀注選一小官。」問：「小官樂乎？」曰：「若運好，選廣東一河泊所官，則大樂矣。」問：「河泊所官何以獨樂？」曰：「以其近海，舟楫往來，多有饋送耳。」其人笑頷之。又飲數杯別去。明日上視朝，召諸大臣問曰：「廣東有河泊所官乎？」曰：「有。」曰：「可以內閣供事藍某補授是缺。」諸大臣領旨出，方共駭詫間，一內監密曰昨夜上微行事，乃共往內閣宣旨。藍聞命咋舌久之，後官至郡守。

這則寫雍正皇帝微服私訪宮廷值班制度的故事，通過雍正皇帝與藍某的對話，生動地再現了一位勤政明察、言必有信的帝王形象與一個恪守職責、坦誠質樸的低層宮廷小吏的形象。讀之讓人有一種如見其人、如聞其聲的親切感。

又如卷中《左文襄軼事》：

左文襄之捷秋試也，與同年生湘潭歐陽某，同舟北上。一日文襄伏几作書，歐陽生問何為，曰：「作家書耳。」有頃，舟已泊。文襄匆匆登岸縱眺，書稿置几上，尚未緘封也。歐陽生因取視之，書中敘別家後情事，了無足異者。惟中間敘及一夕泊舟僻處，夜已三鼓，忽水盜十餘人，皆明火持刀入倉，以刃啟己帳，己則大呼，拔劍起，力與諸賊鬥，諸賊皆披靡，退至倉外。已又大呼追之，賊不能支，紛紛逃入水中。頗恨己不習泅，致群盜逸去，不得執而殲旃也。歐陽生讀之，大愕，自念同舟已十餘日，果有此事，己何以不知？然家書特鄭重其事，又似非子虛，因召文襄從者問之，亦愕然不知，又召舟人問

之，皆矢言實無其事。未幾，文襄徐步返舟，歐陽生急詰之。
文襄笑曰：「子非與我同夢者，安知吾所為耶？」歐陽生曰：
「夢耶？何以家書中所言，又若真有其事也？」曰：「子真癡
人矣，昨晚吾偶讀《後漢書‧光武紀》，見其敘昆陽之戰，雲
垂海立，使人精神飛舞，晚即感此夢。乃悟前史所敘戰事，大
半皆夢境耳。安知昆陽之役，非光武偶然作此夢者？子胡為獨
怪我耶？信矣！癡人之不可與說夢事。」

　　吳縣吳清卿中丞之督學陝甘也，按試至蘭州。于時左文襄甫
肅清關內，方佈置恢復新疆之策。文襄固夙以武侯自命者，平
時與友人書箚，常署名為今亮。中丞下車觀風，即以「諸葛大
名垂宇宙」命題，文襄聞之，甚喜。次日班見司道，故問新學
使昨日觀風，其命題云何，司道具以對，文襄撚髭微笑，不語
者久之，徐曰：「豈敢！豈敢！」

　　這則故事通過晚清重臣左宗棠早年家書中杜撰勇力殺賊之事與晚
年收復新疆後自負自大的表現，以生動的細節再現了左宗棠縱貫其一
生的自信、自負而又曠達、灑脫的性格特徵，讀之讓人如見其人。
　　再如卷下《紀大刀王五事》：

　　大刀王五者，光緒時京師大俠也，業為人保鑣，河北山東群
盜，鹹奉為祭酒。王五因為制法律約束之，其所劫必贓吏猾
胥，非不義之財無取也。己卯庚辰間，三輔劫案數十起，吏逐
捕不一得，皆心疑王五，以屬刑部。於是刑部總司讞事兼提牢
者，為溧水濮青士太守文邏，奉堂官命，檄五城禦史，以吏卒
往捕。王所居在宣武城外，禦史得檄，發卒數百人圍其宅。王
以二十餘人，持械俟門內。數百人者，皆弗敢入，第叫呼示威
勢而已。會日暮，尚不得要領，吏窣窣散歸。既散，始知王五
不知何時，亦著城卒號衣，雜稠人中，而官吏不之知也。翼

日，王五忽詣刑部自首。太守召而詢之，則曰：「曩以兵取我，我故不肯從命，今兵既罷，故自歸也。」詰以數月來劫案，則孰為其徒黨所為，孰為他路賊所為，侃侃言無少遁飾。太守固廉知其材勇義烈，欲全之，乃謬曰：「吾固知諸劫案，於汝無與，然汝一匹夫，而廣交遊，酗酒縱博，此決非善類。吾逮汝者，將以小懲而大戒也。」笞之二十，逐之出。歲癸末，太守出為河南南陽知府，將之官，資斧不繼，稱貸無所得，憂悶甚。一日，王五忽來求見，門者卻之。固以請，乃命召入。入則頓首曰：「小人蒙公再生恩，無可為報，今聞公出守南陽，此去皆暴客所充斥，並小人為衛，必不免。且聞公資斧無所出，今攜二百金來，請以為贐。」太守力辭之，且曰：「吾今已得金矣。」五笑曰：「公何欺小人為？公今晨尚往某西商處，貸百金，議不諧，安所得金乎？無已，公盍署券付小人，俟到任相償何如？至於執羈鞠，從左右，公即不許，小人亦決從行矣。」太守不得已，如其言，署券與之，遂同行。至衛輝，大雨連旬，黃河盛漲，不得度，所攜金又垂盡，乃謀之五，曰：「資又竭矣，河不得度，奈何？」五笑曰：「是戔戔者，胡足難王五？」言畢，乃匹馬要佩刀，絕塵馳去。從者嘩曰：「王五往行劫矣。」太守大駭，旁皇終日不能食。薄暮，五始歸，解腰纏五百金擲幾上。太守正色曰：「吾雖渴，決不飲盜泉一滴，速將去，毋汙我。」五啞然大笑曰：「公疑我行劫乎？王五雖微，區區五百金，何至無所稱貸，而出此乎？此固假之某商者，公不信，試為折簡召之。」即書片紙，令從者持之去。次日，某商果來，以五所署券呈太守，信然，太守始謝而受之。五送太守至南陽，仍返京師，理故業。安曉峰侍禦之戍軍台也，五實護之往，車馱資皆其所贈。五故與譚複生善，戊戌之變，五指譚君所，勸之出奔，願出身護其行，譚君

固不可,乃已。譚君既死,五潛結壯士數百人,欲有所建立,
所志未遂,而拳亂作,五遂罹其禍。

這則寫晚清京師大俠王五的故事,通過拒捕、自首、贈金等三個
細節,將江湖俠士王五為人坦蕩、俠義的性格特點,以及其「神龍見
首不見尾」的行事風格,都鮮明地呈現出來,讀之讓人印象深刻,歷
久難忘。其所寫配角人物濮文暹太守奉公守法、明辨是非的形象,也
較鮮明,讓人看到末世仍有好人,腐敗已極的晚清官場也不是一個好
官都沒有的事實。

七、蕉窗雨話

《蕉窗雨話》,不知撰人。1999 年北京古籍出版社出版「清代野
史叢書」,將其列為其中之一種。

《蕉窗雨話》,不分卷,共九則,分別是:「記乾隆間吏部郎中
郝雲士諂事和珅事」、「記杜文秀踞大理事」、「記石達開老鴉漩被
擒異聞」、「記董琬欲從張申伯不果事」、「記申伯為太平天國朝解
元事」、「記王漁洋宋牧仲逸事」、「記說降洪承疇事」、「記嶽大
將軍平青海事」、「記準噶爾與俄人戰事」等九則。每則長短不一,
但都不會超過千字,都是筆記小說的規格。其中篇幅最長、文筆最為
生動者,當推「記說降洪承疇事」一則。

孝莊文皇后者,清太宗皇太極之妻,世祖福臨母也。有殊
色,資質穠豔,氣體芳馥,見者無不魂消。父母牧羊于伯都
納,群牧涎其女豔,爭以善草地相讓,以故所牧蕃息冠全伯。
崇禎初,清帝皇太極將圖大舉,治兵伯都納,千乘萬騎,夾道

爭弛，戈矛旌旗，蜿蜒數百里，輝煌耀日，軍容之盛，古未有
也。皇太極纜彎徐驅，群貝勒扈從，僉以諛辭相頌祝，謂「吾
主神武，行將統一夷夏」。皇太極聞言，目左右顧，意甚得。
瞥見山陬石壁下，一垂髫女子，辮髮蠻裝，容華絕世。停驂注
視，魂為之蕩。回顧群貝勒曰：「豔哉此雛，誰氏子也？」群
貝勒知旨，馳而前，挾女以反。是夜即行營定情焉，寵壓一
寨。女之乍至也，皇太極方據地胡坐，縱酒大嚼，見女張手
曰：「來，妮子坐此。」女低首弄帶不語，亦不前。諸寺人或
後或前，強納諸帝膝。女羞暈雙頰，色如雨後海棠，嬌豔欲
滴，皇太極樂甚。酒闌，寺人導入寢帳，繡幕狐衾，備極華
麗。女知不免，始婉轉陳辭。自言出身微賤，不足偶至尊。今
蒙賞及蒲柳，獲采葑菲，固非所望。但慮天威不測，一旦色
衰，恩移情替，使女蘿無托，秋扇見捐，此身渺渺，其何以
堪？皇太極矢言不相背負，指誠日月，引諭山河，女始歡然。
解衣之際，態有餘妍。低幬昵枕，極甚歡愛。皇太極飄飄如
仙，自不知此身尚在塵世間也。由是夜無虛席，出必與俱，後
宮粉黛，無複再邀顧盼者矣。女之獲寵也，不僅妖豔尤態，丰
姿過人。其才智明慧，善巧便佞，每能先意承旨，有足多者。
崇禎九年四月，皇太極稱帝改元，建國號曰「清」，立女為
後。於是牧羊賤女，正位中宮，母臨全國矣。皇太極四寇明
邊，所獲玉帛錦繡，夥如山積。駝車纍載，相望於道，累月不
絕。每行賞賚，後將士而先後宮，而軍士卒無變志，蓋胡後明
眸善睞，一顧傾城，實足折服其心也。崇禎十四年，清兵寇錦
州，環城列炮，百道圍攻。並縱兵四掠，四周禾稼，刈割殆
盡。城中屢出戰不利，守將祖大壽困甚。告急至京，詔經略大
臣洪承疇援錦州。承疇調馬科吳三桂等八總兵，軍十三萬，次
松山。皇太極聞之，親統驍騎善戰者，卷甲星馳，一晝夜行四

百里。列陣松山、杏山之間，橫截大路。承疇令前哨三千騎略陣，相距百步。皇太極張黃蓋，親自督滿洲兵，勇氣百倍，馳突益力。明師不能支，三桂遁。滿洲兵往來截擊，勢若飆風驟雨，承疇軍士皆奔竄。自杏山迤南沿海至塔山，赴海死者，不可勝計。明師敗績，承疇被困。明年二月，副將夏承德獻城降，松山遂陷，皇太極獲承疇以歸。洪承疇者，中原才士，久歷行陣，負知兵名。中原之形勢，風俗掌故，均了了於胸。皇太極久欲蠶食幽燕，併吞華夏。於是遣賓客辨士，百計說之降，承疇心弗動也。絕粒引吭，誓以死殉。皇太極嘉其忠烈，愈欲降之，令於國中曰：「有能出奇謀降洪經略者，受上賞。」當是時，貝勒、將軍、賓客、說士、文武以千計，瞪目搖首，卒無畫一策，紓主患者。承疇有狎僕曰金升，習主性最悉，獻計清帝曰：「我主人賦性沉毅，爵祿刀鋸，弗足動厥志。惟頗喜女色，粉白黛綠，滿貯金屋，後宮如夫人，蓋不止六人也。苟飾麗姝，婉辭相勸，或足稍動厥心乎。」皇太極於是大索國中，千紅萬紫，群萃禁門，遍閱蠻花，無一當意者。喟然而顙，入宮長歎。胡後進曰：「國主虎長百蠻，威淩華夏。入宮發歎，憂何深也？」皇太極曰：「爾女子焉知國事？」胡後笑曰：「察哈內附，朝鮮已平，錦州松山，名城迭克，長城而外，悉屬我矣。惟禹域塊土，未隸版圖，國主之意，其在斯乎？」皇太極瞿然曰：「卿誠敏慧，悉我心曲。經略洪承疇，中邦傑士，我甚愛其才。蓋欲有事中原，非羅彼都人士為鷹犬，何足展吾驥足，而渠矢志不降，奈何？」胡後曰：「曷不動以利祿，威以刀鋸！」皇太極搖首曰：「否！否！」乃以金升之言，並選擇未當事告。胡後悄然以思，有間，頻以目視皇太極，兩頰暈紅，似有所陳白。皇太極曰：「愛卿亦有奇謀祕計，利吾國乎？」胡後秋波瑩瑩，未遑答

奏，一若此中有難言之隱者。皇太極意殊不忍，擁之懷中，低語曰：「苟利社稷，一切便宜從卿。」胡後附皇太極耳絮語良久，語祕莫聞。但見皇太極作色曰：「朕貴為國主，乃為一頂綠頭巾壓殺耶！」胡後徐曰：「主子勿怒妾，妾豈自謀，為國計耳，聽否由主，妾弗強也。」皇太極尋思半響，憮然曰：「無已，從卿矣，好自為之，毋令後人齒冷？」於是，胡後豔裝盛服，屏從人，至囚所。見承疇閉目危坐，道貌岸然，凜乎若不可犯也。悄問曰：「此位是中朝洪經略否？」語音清脆，宛似九轉黃鶯。吹氣如蘭，芬芳沁鼻。承疇冥心待死，聞嬌聲頓觸素好，自不覺目之張也。胡後曰：「先生，爾竟欲殉節乎？」承疇驚問：「爾何人？爾何由知我？爾之來，奉何人命？有何事？」胡後笑曰：「我非食人者，何事恐怖！且先生矢志殉國，至怖事亦無過一死，何恐為？」言時嫣然微笑，眉態撩人。承疇曰：「吾非怯死者！卿來殊孟浪，獨不許一詢芳躅乎？」胡後曰：「先生且弗問妾，此來實挾一片菩提心，欲拯救先生，脫離此苦海。」承疇曰：「欲說我降乎！我心匪石，不可轉也，請閉口無多談！」胡後曰：「先生勿輕視我，我雖女子，頗識大義。以先生一意死節，忠貫日月，義薄雲天。凡有血氣，宜無不敬愛，而謂我忍奪先生志耶？」承疇曰：「顯然子來必有所為。」胡後曰：「先生絕粒不食，非絕意求死乎？然而絕粒者，非經七、八日不能氣絕。當將死未死之頃，餓火中燒，心緒潮湧，心昏目眩，其苦楚有百倍于死者。妾心慈善，忍令先生受此苦乎！因手煎猛毒湯藥一壺，來敬先生。先生所求者，死耳！絕粒而死，與服毒而死，固無甚殊異。先生畏死則已，先生而不畏死，請盡此壺。」言次捧壺以進。承疇此時身不自主，連呼好好。接壺狂吸，流急氣促，不禁大吐。藥沫飛濺，胡後衣襟盡濕。承疇自慚孟浪，冰霜老

臉，不禁飛上紅雲。胡後談笑自若，出繡帕徐徐拂拭。謂承疇曰：「先生如是，不能死矣，似先生祿壽猶未盡也。」承疇急曰：「是何言？我立志已決，不死不休！」接壺狂吸，霎時傾盡。胡後笑曰：「壯哉先生！竟能視死如歸，曷勝欽佩。然而，妾還有一言相瀆，去家萬里，身喪異邦，逝者已矣。其如深閨少婦，秋月春風，夢想為勞，此境此情，其何以堪？多情如先生，乃忍恝置若是！」承疇被胡後勾起心事，中懷酸楚，淚湧如泉。歎曰：「事到臨頭，何能複顧。」因吟唐人舊句曰：「可憐無定河邊骨，猶是春閨夢裡人。」胡後知渠心已少動，因複挑之曰：「決志殉國，在先生自謂忠貞不貳，無愧臣節。由我觀之，殊不值識者一笑也。」承疇曰：「子言何為？豈降將軍反足稱識時俊傑乎？」胡後曰：「先生中朝柱石，國家棟樑，棟折榱崩，國于何托？為先生計，自宜忍辱一時，漸圖恢復，方不負明帝重托。不知務此，徒效匹夫匹婦，自經溝瀆，於國家究有何補？雖然，士各有志，我言贅矣。先生既已服毒，其少安毋躁。」言次微笑，若不勝揶揄者。承疇既醉其貌，又服其識，中心憧憧，莫知所之。胡後又曰：「先生身後，亦有遺語詔家人否？我二人既然相遇，青鳥之職，後死者責也。願先生語我！」承疇聞言大戚，淚出如珠。胡後手繡帕代為揩拭。且曰：「先生勿悲！汙矣先生之袍。」脂香粉氣，馥馥襲人，承疇心不覺大動，潛引其臂，亦不甚拒，覺膚滑如脂，柔若無骨，斯時也，幾自忘身為楚囚矣。是夜聯床共話，引臂作枕，洛浦巫山，其樂無極。次日，而大明國經略大臣，竟與胡後連袂朝清帝矣。蓋所謂毒藥者，老山參汁也。承疇既降清，擘畫朝政，部署軍事，謀之無不盡，行之無不臧。卒賴其力，得以兼併諸夏，統一寰宇。淩煙高閣上，宜繪美人圖。孝莊後荐席之功，可泯乎哉？

　　這則故事，既寫了清孝莊皇太后的美貌以及她早年與皇太極的結縭經過，更詳細描寫了她如何激將法與溫情法互用，從而最終收服大明王朝守志頗堅的一代重臣洪承疇之心的細節。讀之既讓人看到了一個才貌兼具、神祕鮮活的胡後形象，也從中領悟到滿清之所以得天下、大明之所以失天下的歷史原因。

八、方家園雜詠紀事

　　《方家園雜詠紀事》，王照撰。王照（1859－1933），字小航，號蘆中窮士，晚號水東。河北寧河縣（今屬天津市）人。光緒二十年（1894）進士，任禮部主事，與徐世昌等合辦八旗奉直第一號小學堂，為全國首創州縣地方學校。「百日維新」期間，積極上書言事，昌言維新，受光緒皇帝重視，拔擢為四品京堂候補，賞三品頂戴。戊戌變法失敗，逃亡日本，潛心研究中文拼音字母，仿日本語假名，取漢字偏旁或部分筆劃創制「官話合聲字母」。後僑裝變換身份潛回國內，先隱居天津，後祕密往北京，創立「官話字母義塾」，將《官話合聲字母》予以重印，改題為《重刊官話合聲字母序例及關係論說》，出版「字母書」《官話字母義塾叢刊》。光緒三十年（1904），向清廷自首獲釋後，往保定創立拼音官話書報社，次年移設北京，編輯出版《拼音官話報》。由於其所創制的官話合聲字母具有相當的科學性，對拼寫漢字讀音、提升漢字教學效果等效果明顯，加上各地「官話字母義塾」與「簡字學堂」等傳習機構的推廣，以及諸如袁世凱、吳汝綸等上層人物的贊許加持，因而推廣速度之快、聲勢之大，都出乎意料。前後共推行十年，遍及北方諸省。辛亥革命成功後，繼續潛心研究拼音字母。民國二年（1913），受民國政府教育

部聘請，出任「讀音統一會」副議長，並據其《官話合聲字母》提出中文拼音方案。其在中國文字改革史上的突出地位，早為學術界所肯定。生平所著頗豐，除《方家園雜詠紀事》、《官話合聲字母》外，尚有《拼音對文百家姓》、《拼音對文三字經》、《拼音對文千字文》、《官話字母字彙》、《官話字母讀物》、《初學拼音官話書》系列，以及《水東集初編五種》、《水東集下編四種》等多種。

　　《方家園雜詠紀事》，一卷，為《水東集初編五種》之一，1928年由吳向辰氏出資刊印。2007 年中華書局出版「近代史料筆記叢刊」，由鐘碧容據 1928 年刻本整理，列入叢刊之一種，作為《樂齋漫筆》、《崇陵傳信錄》二書的外二種。全書「以方家園二十詠為綱，而分紀各事於其後」（《自序》），有些紀事後還有「附記」。紀事與附記部分多是筆記小說的規模，所記皆晚清軼聞，「除戊戌變法外，大部分記述義和團運動，具有較高的史料價值。」 4 同時，不少篇什都具有可讀性，屬於形式不同於一般筆記小說且可「補正史之未逮」的「國史派」作品。如書中「其二」：

　　　　伯禽受撻血模糊，高坐監刑外戚奴。
　　　　多少宗人齊戰慄，驚心霍顯示威初。
　　　　隆裕胞妹，為貝勒載澍妻。載澍者，景皇之嫡堂弟，顯皇之胞侄，孚郡王之子，成皇之孫也。當隆裕不禮皇上之日，澍妻亦作獅吼，澍與爭。桂祥妻（桂祥，慈禧之弟，隆裕之父也）來責孚王福晉曰：「爾子欺吾女，爾何以不管。」福晉曰：「彼小夫妻房中口角，你我作老人的，何必干預？」祥妻怒曰：「你是不管哪？」福晉曰：「我不管。」祥妻曰：「你既不管，以後可莫再管。」登輿去，譖諸太后。太后召恭王，欲致死澍。恭王苦求，始允從輕，褫爵奪府，杖一百，永遠禁宗人府獄。明發上諭，謂澍忤逆不孝。恭王遵諭回軍機處擬旨，

面青手顫，久不能語。從來宗人府行杖，但舉杖作虛勢，口呼一二三四而已。及杖澍，桂祥妻遣人監之。言杖不力則複奏。澍受杖流血昏暈。及入獄，藍綢單褲粘於血肉脫不能下。太福晉避居孚王墓地小屋，獄中不許人入視，唯有兩餐糙米飯。澍無一錢。某司官亦宗室也，商諸同僚，釀金每月三兩，密托禁卒供澍茶點。及庚子洋兵放獄，澍往從太福晉於墓地，遂家焉。某司官壬寅春養屙於湯山，與趙先生說言其事。且曰：「澍貝勒加罪之重，乃所以震嚇皇上。故恭王當日之顫，不僅痛胞弟孚王之斬祀也。

附記　庚子團匪彌漫之日，守西陵貝子奕謨，告逃難至西陵之齊令辰曰：「我有兩語賅括十年之事：因夫妻反目，而母子不和，因母子不和而載漪謀篡。」謨貝子，成皇之胞侄也。

這則故事通過慈禧弟媳（桂祥妻）上門與貝勒載澍之妻口角，讒言於慈禧太后又親自監杖貝勒載澍兩個細節，即事見人，生動地再現了慈禧弟媳狐假虎威、仗勢欺人的囂張嘴臉，同時也真切地再現了慈禧太后為人之殘忍、皇室內部鬥爭之激烈的情形，讀之讓人心涼。

又如《其七》：

胡騎原來識代宗，共飲中國有英雄。

早教撥霧青天見，單騎何勞郭令公。

太后之將奔也，皇上求之曰：「無須出走，外人皆友邦，其兵來討拳匪，對我國家非有惡意。臣請自往東交民巷，向各國使臣面談，必無事矣。」太后不許。上還宮，著朝服，欲自赴使館。小閹奔告太后。太后自來，命褫去朝服，僅留一洋布衫，嚴禁出戶。旋即牽之出狩矣。鑾輿出德勝門，暮駐貫市李家。明日至昌平，遇岑春萱〔煊〕以甘肅馬隊來迎。上求春萱〔煊〕分護太后西巡，上自回京議和。春萱〔煊〕仰體太后之

意，俾不敢任。於是西狩之局遂定，而中外之交涉擴大矣。
（不必李合肥始能議和，諸臣始終不解此理。）

　　附記　貫市非大道，李家為京北一帶鏢行頭領，富而俠，迎
請駐蹕其家，任糧芻捍衛。壬寅余遇其保鏢之武士于湯山店
中，言皇上至李家時，尚身著藍布衫，亦奇觀也。李家鏢車高
插黃龍旗，云是太后所賞。是時國內商民尚無插國旗之例，以
為異數。

　　這則故事寫八國聯軍攻入北京後，慈禧太后與光緒皇帝對於是否
出奔西安發生意見分歧，而率甘肅馬隊前來勤王的封疆大吏岑春煊又
站在了慈禧的一邊，遂使光緒皇帝無能為力，只得無可奈何地隨行西
逃。雖然文字不多，情節簡單，但慈禧霸道專橫、光緒軟弱無奈、岑
春煊望風承旨的形象都栩栩如生地展現在讀者面前，讀之讓人不勝唏
噓，感慨萬千。

九、劫餘私志

　　《劫餘私志》，汪增武撰。汪增武（？－ 1956），字仲虎，江蘇
太倉人。1895 年，在北京參加會試期間，曾參加康有為發起的公車上
書。嗣後，供職巡警部和內閣法制院。民國以後任平政院第一庭書記
官。1949 年後任北京文史館館員。撰有《述德小識》、《平陽雜
識》、《外家紀聞》、《鶼龕隨筆》、《三餘瑣記》、《歷代泉幣考
略》等。（參見《整理說明》，中華書局，2007 年）

　　《劫餘私志》是由作者《鶼龕隨筆》中摘出，2007 年大陸中華書
局出版「近代史料筆記叢刊」，將之與《復辟之黑幕》並為一冊予以

出版，作為叢刊之一種。全書所記皆與民初袁世凱的活動以及張勳復辟之事有關，其中不少都是作者親身經歷，故讀來頗有鑿鑿有據的親切感。如第一則：

> 　　內閣總理之設，始於宣統三年秋八月，慶王奕劻為內閣總理，徐世昌、那桐為協理，尚無責任內閣之制。武昌革命，奕劻力保袁世凱膺其任，實行內閣制，中國責任內閣自袁世凱始。袁履任時，坐二人肩輿，至內閣門外，兩僕掖之而入，身穿黃馬褂，于內閣大堂接見僚屬。余時兼內閣法制院，同人以禮謁見。袁誡之曰：「方今國步日蹙，諸君當共體時艱，以紓國難。」余見其步履維艱，似有軟足之疾。曾幾何時，而為臨時大總統，康強逢吉矣。

這則故事通過袁世凱在革命黨武昌起義後出任清廷內閣總理時的言動，通過其肩輿入閣、步履維艱之行動與諄諄告誡同僚之口吻的細節描寫，以與末一句「曾幾何時，而為臨時大總統，康強逢吉矣」的評論相對照映襯，讀之讓人幡然省悟，原來他的軟足病是裝出來的，「共體時艱」之語也是假的。由此，於「不著一字」中將一代奸雄的本質揭露無遺。

又如第六則：

> 　　南京之遣使迎袁，袁以東單牌樓煤渣胡同貴冑學堂為南京專使駐節之所。壬子正月十二日，黃昏時候，三鎮曹錕部下驟變，焚掠東城民居。南使及從者倉卒聞變，不知所措，逾垣而遁。袁遣人慰之，極言北京地方情狀，不能無留守。專使未察其詐，受其紿而去，南京之議遂寢。是役也，先掠東城，翌日複掠西城，商民損失，不可勝數，政府允許賠償，終成口惠。城外商家，先已犒師，幸而獲免。唐紹儀時為總理，聞變宵

遁，袁迎之歸。旋知此次兵變，乃曹錕受命，特令軍人嘩變
也。

這則故事寫袁世凱在南京專使到達北京時，授意心腹曹錕鼓動部
下嘩變掠城，從而以維護北京穩定為藉口，冠冕堂皇地拒絕了革命黨
人要求其到南京就任中華民國總統的要求，輕而易舉地攫取了革命勝
利果實而又徹底擺脫了革命黨人的約束。敘述文字雖簡，但一代梟雄
機心莫測、奸詐偽善的形象則躍然紙上。

又如第四十四則：

　復辟旨下，熱中者紛紛入神武門、宮門請安並謝恩。厥有端
緒、江朝宗、梁敦彥、王達、雷震春、吳炳湘、章梫、陳毅、
黎湛枝、康有為、楊壽枏、陳曾壽、王乃徵、黃承恩、孟恩
遠、鈕傳善、恒安、司秉鈞、聯魁、毓善、寶銘、傅春、宮保
恒、奕壽、楊會康、薛寶辰、吳錡、吳鈁、陳昌穀、尹良、爽
良、常海、占鼇、胡敬修、常泰、沈曾植、熙彥、貢桑諾爾
布、達壽、顧瑗、梁用弧、載歧等若干人，莫不翎頂袍褂，花
衣數珠，行三跪九叩典禮。升允自入宮參預御前會議，得授大
學士，非常得意。內務部司長王揚濱、歐陽溥存，亦遞折請
安。守者問以何職，王等不敢舉首，低聲下氣，敬對曰：「前
內務部司長。」守者厲聲曰：「司長不過掌印郎中，五品官
耳！夠不上請安。」叱之出，王等怏怏而去。徐恩元亦紅頂花
翎，入宮請安，以為大清銀行總裁唾手可得。此復辟中之趣聞
也。

這則故事寫張勳復辟鬧劇中一系列遺老遺少的表演，特別是王揚
濱、歐陽溥存二位司長遞折請安而遭叱怏怏的細節描寫，讀之讓人有
如臨其境、如見其人的現場感，不禁省悟到復辟鬧劇之所以能夠上演

的深層歷史原因。

十、睇向齋祕錄

　　《睇向齋祕錄》，陳灨一撰。陳灨一（1882－1953），一作甘
簃，字藻青，號穎川生，別署睇向齋主人、聽天由命生、旁觀客等。
江西新城人。出身官宦世家，其先祖陳用光曾官至道光朝禮部侍郎，
叔祖陳孚恩在道咸兩朝曾歷任刑部尚書、吏部尚書、軍機大臣。又與
清末民初處於權力中樞的楊士琦（袁世凱核心幕僚）有表親關係。民
國初年，得楊士琦之援引，進入袁氏幕中為文案。袁世凱稱帝失敗
後，又入奉系張學良幕中參與機要多年。1928 年後，離開政界，在京
津從事教學與寫作。「九一八事變」後，目睹國家危亡，認為「學術
盛衰，誠國家存亡之關鍵」，乃創辦《青鶴》雜誌（半月刊，1932 年
11 月 15 日創刊於上海，至 1935 年 7 月 16 日止，歷時五年半，總共
刊出一百三十期），自任社長兼總編纂。生平所作，除《新語林》
外，尚有《睇向齋祕錄》、《睇向齋逞臆談》、《睇向齋談往》、
《辛亥和議之祕史》等多種。

　　《睇向齋祕錄》，1922 年由上海文明書局刊行，2007 年 4 月大陸
中華書局出版「近代史料筆記叢刊」，將其與《睇向齋逞臆談》、
《睇向齋談往》合為一冊，作為其中之一種予以刊行。全書不分卷，
共計一百一十三則（有些下轄幾個小則），所記「主要為清末政壇人
物軼事，每則文字不多，或一事，或數事，具體而微，生動有趣，可
作為寫實的清末官場外史來讀。其中亦有不少可資治史者採擷之史
料。」[5] 因此，從整體上看，此書既有「補正史所未逮」的史料價值，
也有作為小說閱讀的文學價值，堪稱「筆記小說」。如《德宗軼事》

（三則）：

　　清德宗（載湉）聰穎好讀書，尤留心外事，顧受制於慈禧，計不得逞。翁常熟、孫壽州同為師傅，諗帝有改革政治之決心，頻以強鄰陰謀、生民疾苦上達睿聽。德宗長太息曰：「朕豈為亡國之君哉！朕豈為亡國之君哉！」

　　德宗于師傅中，最善翁常熟。翁相美須髯，兩乳毛長五寸許。德宗幼時，嘗挌其須，並伸手入懷，撫其乳以為笑樂。

　　英日同盟之約成，德宗聞而歎曰：「此非吾福也。」慈禧叱止之曰：「外交問題，不宜妄發議論，爾不虞牆外有耳耶？」德宗曰：「斯語即聽于外，容何傷？」慈禧舉杖作欲擊狀。德宗急跪曰：「吾不復言矣。」

　　這三則故事，雖然所寫皆是生活細節，但卻即事見人，生動地再現了少年光緒天真可愛、仁慈可嘉的形象；同時，也以小見大，突顯了慈禧太后苟且偷安而又專制專橫的形象。

　　又如《孝欽軼事》（二則）：

　　戊申十月二十一日，光緒駕崩，孝欽病危，召軍機大臣奕劻、世續、張之洞、鹿傳霖、袁世凱入宮。孝欽詢諸人，近支王子，何人堪繼皇位，諸人同聲乞睿斷。孝欽默然良久。袁世凱曰：「貝子溥倫，才識兼優，為近支王子中傑出人才，堪勝萬乘之任。」孝欽恚曰：「爾毋喋喋，予自有主張。嗣後爾宜慎言謹行，仇爾者大有人在也。」袁駭汗伏地，不敢仰視者久之。孝欽複顧諸臣曰：「予意將載灃之子溥儀入嗣光緒，兼祧同治，繼承皇位，而以載灃攝政，可乎？」眾唯唯。孝欽嗚咽曰：「予病不可救，趣擬詔呈覽。」旋奕劻捧草詔入，孝欽閱畢，命趣下宣示天下，日未暮而崩。孝欽在日，袁項城權寵冠

君臣，自孝欽沒，輿論以為將不容於隆裕、載灃，必獲嚴遣。孰知僅以足疾難勝重任，放歸田裡，俾安享優遊林下之樂，微孝欽臨終一言曷至此。蓋孝欽諡隆裕以光緒故，恨之刺骨，載灃素亦不喜其人，乃於垂危時泣對二人曰：「袁世凱為先朝舊臣，勞苦功高，允宜待以殊禮，毋以予死而遠之也。」隆裕、載灃唯唯。旋遂有開缺養屙之旨。

世傳孝欽淫行，不下數十事，大都捕風捉影、牽強附會之談，識者疑焉。以余所聞，某部郎宵遁事，足以見孝欽之荒淫。此則政界大老多能道之也。某部郎，皖人，少年，貌白皙。孝欽於彼奏對時，目注神移久之，乃密遣李蓮英探部郎意，說將留諸宮中辦理機要。部郎悟，佯諾之，黃夜遁歸，變姓易名，終身不仕。

這兩則故事，一寫慈禧臨終遺命時的專斷情狀，一寫慈禧宮闈不修、荒淫無恥的生活作風，細節描寫逼真，讀之讓人有如臨其境、如見其人之感。

再如《胡林翼之智謀》：

胡文忠公（林翼）巡撫湖北時，方手握重兵，朝廷忌之，特任官文督鄂，陰為監視，識者憂焉。官抵任，卒無所掣肘，惟公之計是從，實文忠利用其妾，以收此良好結果也。官有幼妾，寵愛冠諸姬，其生日偽言夫人壽辰，通告百僚，蓋非如此必無人入賀也。及期，藩臬以次群集。甫遞手版，而巡捕以實告。方伯某大怒曰：「夫人壽辰，理應慶賀；今乃若是，吾為朝廷二品大員，烏能屈膝於賤妾裙帶之下哉！」某廉訪、某觀察亦繼之而罵，紛紛索回手版。方伯先返，余人尚待中丞駕，未即行。俄而文忠至，昂然入賀。眾大駭，以為或未悉底蘊，謁諸侍從，則云：「文忠固知之。」僉以巡撫猶屈尊入祝，自

不必拘執小節，遂魚貫而進。官為妾求榮，偽言以欺人，幾遭
大辱，得文忠乃保全體面。文忠諗官之愛而憚其妾，囑夫人常
邀之遊宴，更稟陳太夫人善待之。官妾善詞令，過從既密，太
夫人酷愛之，認為義女。自是官妾以母呼之，以兄嫂呼文忠及
其夫人。文忠於吏事、軍事之種種設施，慮官作梗者，預先由
太夫人密告其妾，妾乃向官終日絮絮不休。嘗曰：「胡大哥才
識勝你千萬倍，凡事都服從其辦理，決無貽誤，自己落得享清
閒。」官唯唯。自此，事無巨細，悉取決於文忠。而文忠建一
議，出一策，官從無異詞，蓋賴此婦人三寸舌之力也。黃幼農
世伯官鄂久，諗其詳，為余言如此。

這則寫晚清重臣胡林翼在湖北巡撫任上與滿人總督官文在官場互
動的故事，生動地再現了胡林翼處事機智、為人圓融的形象，同時也
揭示了胡氏在平定太平天國之亂中能夠有所作為，終至成為晚清中興
之臣的歷史原因。

十一、睇向齋逞臆錄

《睇向齋逞臆談》，陳灨一（生平前已述）撰。二十世紀三〇年
代曾刊載於作者主編的《青鶴》雜誌。2007 年 4 月大陸中華書局出版
「近代史料筆記叢刊」，將其與《睇向齋祕錄》、《睇向齋談往》合
為一冊，作為其中之一種予以刊行。

《睇向齋逞臆談》，不分卷，共計二十六則。所記幾乎都是清末
民初政壇重要人物的軼事，如康有為、梁啟超、岑春煊、楊度、熊希
齡、汪精衛、唐紹儀、鄭孝胥、王寵惠、趙秉鈞、伍廷芳等人的形

象，在此一編中皆有生動地展現，誠為典型的「國史派」筆記小說。
如《楊度》一則：

　　楊度之名滿天下，謗亦隨之。其得名始于湘綺老人，稱其
「美于文章，妙於言語」。其後嘗共康有為、梁啟超遊，蓋立
憲黨人也。清末被選入資政院，議刑律草案，與松江雷奮、武
進孟昭常爭辯，滔滔若決江河，而名益彰。當時所謂偽立憲，
以內閣欺蔽天下人。內閣設制誥、法制、統計、印鑄四局，以
度為法制副局長，移統計局長，非度所願。歲辛亥，項城遣唐
紹儀、楊士琦南下議和，度隨行，民黨欲得之。度聞報，兼程
北旋。項城既就臨時總統任，征度為顧問，出入府中無阻。每
組閣議起，部長間擬及度。一日，項城召度往，率然曰：「學
風澆漓，不時起伏，宜得通時達變者筦教育。予衡量久之，決
以斯席畀吾子，教習學生多好辯，必辯才如子，始足勝任愉
快。」度肅容對曰：「教育部長，閑曹也，吾願幫忙不幫
閒。」項城冷笑曰：「誠如子言，舍財、交兩部，俱不值一顧
矣？」度複曰：「非此之謂也。報國之日方長，事公之年彌
永，重在責任，羞為閑曹。」項城曰：「子且俟之，予所望於
子者無窮期也。」度退。項城顧士琦曰：「晳子不甘居人下，
於是見之，予殊喜其才耳。」洪憲僭號，造基籌安，雖定名於
度，而運籌帷幄者實梁某。某悚于五路參案之激烈，挾某伶宿
於西山，約袁雲台（克定）赴會。克定嘗欲近某伶，無術致
之，不禁狂喜，於是閉扉密議君憲事。克定對某曰：「晳子宿
主張君憲，可與共謀。公計畫度支，而以文字之責屬晳子。」
某曰：「善。」議遂定。詰旦，偕訪度。度大聲曰：「行則亟
行之，倘事洩，吾儕殆矣。」未三日，度著《君憲救國論》布
諸報端。府顧問西人古德諾從而和之，籌安會之名遂播遐邇。

其時，孫少侯（毓筠）希用事，胡經武（瑛）悴憔京華，均與其謀。瑛與鄉人李燮和善，以言動之，燮和亦首肯。度複說劉申叔（師培）、嚴又陵（複）張聲援。培諾，複猶豫，卒曰：「人壽幾何，吾老矣，且姑試之。」世稱洪憲六君子是也。往歲，余嘗過度滬上，語及薑登選為人，謂可稱將才；詢以張宗昌輩，則曰酒色之徒耳。比年，度鬻書海上，署虎公而不名（虎其別字，公早歲不嘗用）。生計非裕，憂憤而歿。其才可惜，其遇益可哀矣！

這則寫楊度與洪憲帝制關係的軼聞，敘事詳盡，娓娓道來，言之鑿鑿，不僅有「補正史之未逮」的史料價值，而且文筆簡潔而生動，富有文學趣味，楊度與袁克定以及洪憲六君子的形象皆栩栩如生，躍然紙上矣。

除了寫民初在政壇前臺翻手為雲覆手為雨的風雲人物外，書中也寫到了深藏幕後的隱士。如《岑熾》一則：

歷代有隱逸之士，而非所語。于近世，若高棲山泉，畸和異從，吾得一人焉，曰岑熾，字盛之，浙江余姚人，諸生。博通群籍，為文典雅可誦，書法亦超絕；粗如烹飪、縫紉，靡不工。家故貧，囊筆糊口于四方，嘗遠訪所親江右，其人有事於新城。新城，吾邑也，在贛之東，萬山重迭，途窄艱於行旅。熾至，人已先日如省垣，大失所望。行則乏資，留無宿糧，進退狼狽。姑以善制衣裳自薦於其地之縫工，意將稍稍積資，而後東返故鄉。縫工睹其豐儀俊偉，未之信，已見其手持針剪作工若素習，異而叩熾身世。熾太息曰：「事出意外，情不獲已，士之潦倒至此，可謂人厄而天複窮之。」縫工曰：「甫相見，識為非常人。果爾，則俗眼不謬。公達人，稍安毋戚戚。」其時先伯葆珊（景謨）以甘肅按察使乞病歸，將終老家

園。新年乘輿拜客,見某宅大門七言春對,詞句雅切,所書飛舞似襄陽,審非高雅之材莫能為,彌驚異。蓋先伯當時與魯芝友(琪光)並有善翰墨之雀,於鄉之親故恒往還,諸人之字跡皆可辨,是則未經見者。一時名流共睹,歎為不及,終莫得其人。乃詢其宅主某,某曰:「此名士之作也,宜公見而歡喜讚歎,其人方流落此間,始以縫紉為活,察其言觀其行,不獨文士,抑才士、奇士也。吾已事以事禮,行將歸越,公不可不見。」先伯曰:「今夕當令庖丁治豐饌以娛嘉賓。」及暮,某偕熾至。熾長身鶴立,雅度雍容。筵次暢論經史書畫之學,熾所言,發而皆中節,終述家世甚詳。詢以娶不?曰:「否。」先伯曰:「此天假之緣也,余季女未字,才德俱優,貌亦端正,偶君可乎?」熾肅容對曰:「令媛生長閥閱之門,我一空書生,非偶也。」伯曰:「君子固窮之說,子所素守。以如斯才學,他日之名位,當出老夫上,奈何以貧為辭?吾言由衷而吐矣。」卒議焉。因納粟為貳尹,入陝甘總督陶模幕,授長安縣縣丞。以模介,識布政使岑春煊。春煊先世固浙籍,序行輩,為同族兄弟。久之,二人交益厚。熾廉潔自好,方正不阿。春煊既擢陝撫,遂以師禮迎熾。居署中,百事咨商而後行。自是而晉、而蜀、而兩粵,未嘗一日離左右。故事,大府幕僚年終考績,例得請銓敘其官,俗所謂保者是。春煊每署熾名於疏首。熾往往執筆塗去,怫然不悦曰:「非吾所欲,不可強耳。」煊以為謙,抑曰:「此何說耶?」熾曰:「吾攬鏡自相,富貴於我無分焉。」煊笑曰:「公固嘗為貳尹,非官耶?」熾曰:「是亦足矣。」煊知其志莫可奪,遂不復言。熾於煊之舉措,適於情合於理者,無不贊其成;反是,面諍不稍恕。煊平日於諸人之言,言之當否,皆不屈;獨視熾為良師益友,言聽計從。糾彈奕劻等疏,俱出熾之手。辛亥鼎沸,煊再

起為蜀督，電召熾往，不赴。固請，然後渡輪之漢皐，語熾
曰：「天下將大亂，是不過微露其苗耳，退進出處，公自決。
吾老矣，不能相從。」遂歸。歸後易裝道士，徜徉山林泉石
間，吟詩高歌為樂。某歲，扶杖登泰山，謁聖曲阜，洛嗟太息
曰：「大道之不行也久矣，天下大亂不遠矣，吾不忍睹焉。」
年七十有幾而卒。子郊麟，能傳其家學，純正肖乃父，清末知
安徽無為州。入民國，累司榷稅，為宰武進，不苟取毫髮。明
德之後，必有達人，吾於是益信焉。

　　這則寫文士岑熾入賓晚清重臣岑春煊之幕的故事，敘事宛轉，即
事見人，生動地再現了一個末世才子高才卓識而淡泊名利的形象。讀
之讓人在感佩其人其行的同時，也洞悉了岑春煊在晚清風雨飄搖的情
勢下久處官場而屹立不倒的歷史原因。

十二、睇向齋談往

　　《睇向齋談往》，陳瀛一（生平前已述）撰。二十世紀三〇年代
曾刊載於作者主編的《青鶴》雜誌。2007 年 4 月大陸中華書局出版
「近代史料筆記叢刊」，將其與《睇向齋祕錄》、《睇向齋逞臆談》
合為一冊，作為其中之一種予以刊行。
　　《睇向齋談往》，不分卷，共計六十二則。所記主要是奉系張作
霖、張學良父子及其奉系將帥、策士、名士等要角的軼聞。因作者是
張學良幕府的入幕之賓，參與機要多年，因此所記幕中所見所聞多較
有史料價值；又因作者長於文筆，故所寫的每則軼事都較有可讀性。
如《輔帥》一則：

東北三省之地，似亡而非亡，假存而非存。帥於其地者眾，
地喪，土地、人民、政事隨之而喪。帥乃去而之他，何云乎
帥？以東北大員喜稱帥，黨治廢帥，而莫能及東北。東北亦有
黨，黨與帥並行。疑帥者謂其不忠於黨，譏黨者謂其何容有
帥？是乃未失地前之狀，今則帥、黨俱不見於東北矣。

輔帥，群稱張作相者也。作相，字輔忱，錦縣人。世指其與
作霖為昆玉，實誤。作霖，蓋遼之海城籍也。作相溫厚誠篤，
有古名將風，處事不較，遇人無忤，以褊裨位至專閫，作霖倚
若長城。東北軍有新舊之分，作相則舊軍之秀，久綰吉林軍
符，且莞民政，而大權落於左右之手。討郭之役，作霖命作相
為總敵總司令。郭敗，作霖喜，執其臂曰：「吾仲勞矣！」作
相對曰：「同室操戈，雖勝亦恥，藐躬何功足錄。公之福澤當
方興未艾也。」相與（革展）然。黨治望統一，學良舉三省之
地服從中央，先就作相議可否。作相曰：「割據之局不可久
恃。三省，中土也，宜歸政府節制。若居對等地位，干戈將無
已。吾子承父業，父在日，未嘗欲擾民，甚欲爾為一統天下之
疆吏，而不願爾為偏安政府之主人。」學良唯唯。庚午，南北
兩軍方酣戰開、歸、許、陳間，學良有舉足輕重勢，群遣使如
瀋陽，無殊鴇之拉客。其中事變，曷勝筆記，不贅。當學良擬
就巧電，召三省權要萃議，作相以斟酌字句為請。既布，而奉
軍三度入關，作相私歎曰：「匪佳兆也。」今其語驗矣。

這則故事寫奉軍老將張作相的事蹟，通過細節描寫，以小見大，
生動地再現了張作相為人仁慈、雍容大度、老成持重的愛國者形象。

又如《百科全書》一則：

凡走遼寧者，震百科全書名，往往撟舌不下。既之久，所謂

百科全書者，正如一部全書只見其題目累累，題目以內應有之文章則不見一字。蓋有一人焉，通英、日語言文字，於內政、外交、員警、鐵路、航空、教育、實業諸要務皆親躬與其事，諸官亦遍歷。與人語，四海之廣，無不知之事、不識之人。人以是奇其才，因有百科全書之目，其實固不若是之博也。北伐告終，遼於中央正謀統一。中央遣某為說客，某至，遼帥遴派「百科全書」接待。某訝曰：「此百科全書也，我輩奚足當之？」一時傳為趣談。「百科全書」，人極長厚，待人彬彬有禮，固幹材也，佚其名。

這則故事寫「百科全書」其人的才幹，舉一而見三，由點而知面，真實地再現了奉系幕中藏龍臥虎的情形。

十三、夢蕉亭雜記

《夢蕉亭雜記》，陳夔龍撰。陳夔龍（1857－1948），又名陳夔鱗，字筱石（一作小石、韶石），號庸庵居士、庸叟、花近樓主，室名花近樓、松壽堂。貴州貴陽（原籍江西撫州）人。光緒元年（1875）中舉人，光緒十二年（1886）中進士，授後部主事，未久遷升郎中，兼充總理務國事務衙門章京。光緒十六年（1900），任順天府尹。同年，八國聯軍攻入北京，慈禧與光緒西逃，任命李鴻章等八大臣為留京辦事大臣。陳夔龍不僅列名其中，且參與了簽訂《辛丑和約》。光緒二十七年（1901），外放為河南布政使，未上任即升為漕運總督。二十九年（1903），調任河南巡撫。三十一年（1905），調任江蘇巡撫。三十三年（1907），升任四川總督，未上任調湖廣總

督。宣統元年（1909），調任直隸總督兼北洋大臣。武昌舉義後，以保護地方安全為由，拒絕宣佈直隸獨立。民國成立後，退隱上海租界做寓公，但對民國切齒痛恨，對張勳復辟歡欣鼓舞，對廢帝溥儀被逐出故宮則痛心疾首。生平所著，除《夢蕉亭雜記》外，尚有《松壽堂詩存》、《庸庵尚書奏議》、《花近樓詩存》等，又曾刊印楊龍友《山水移》，刻《洵美堂詩集》、重印鄭珍《巢經巢詩集》等。

　　《夢蕉亭雜記》，分為兩卷。卷一計有四十三則，卷二計有四十一則。1996 年山西古籍出版社出版《民國筆記小說大觀》，將其列為第二輯第七種予以刊行。大陸中華書局 2007 年出版「近代史料筆記叢刊」，也將其列為其中之一種。書中所記內容，涉及到戊戌變法失敗及六君子遇害內幕，義和團運動起因以及八國聯軍進犯北京後慈禧西逃、議和過程及《辛醜和約》簽訂等細節，還有作者為官生涯中所交往到的晚清名人之軼事等等。由於作者身處高位，晚清很多重大歷史事件，他都是親歷者甚至是參與者，因此書中所記內容對中國近代史研究的史料價值自是不言而喻。除了史料價值外，書中所記內容多有可讀性，有筆記小說的文學趣味。如卷一第十五則《端邸倚勢欺淩大臣》：

　　　端邸挾貴倚勢，盛氣陵人。漢大臣中稍有才具者，必遭忌克。當拳匪火燒正陽門，中外釁端已啟，朝廷猶不忍毅然決裂，特於五月廿一、二、三等日連叫大起，召見王公、貝勒、軍機、內閣、六部九卿，面詢方略。每日兩次召見於西苑儀鸞殿東暖閣。兩宮背窗北面坐，門由西進。座前設禦案一，及闡相距尺尺。臣工揭簾入，由禦案前經過，均往後跪。案前數尺地，由近支親王、軍機重臣環跪，便於參贊密勿，他臣不敢越過。詎是日早起，嘉興許文肅公景澄進門稍遲，視閣內人數擁擠，無從退後，乃跪於御座旁。軍機大臣仁和王文勤公文韶，

首言外釁萬不可開，使館尤宜保護。端邸當面呵斥，文勤汗流
浹背，俯首不敢再言。皇上緊握文肅之手，謂爾出使外洋多
年，現又在譯署當差，必有處署善法。文肅對如文勤所言。近
支王公君相責備，人多言雜，不得要領而退。迨午後二次叫
起，各大臣咸在儀鸞門外朝房伺候。袁忠湣公昶忽謂濂公（名
載濂，端王兄）曰：「圍攻使館，此系野蠻辦法，德使已被
戕，倘各使再有傷害，各國豈肯幹休？彌天大禍，即在目前。
請向端邸切說，不可孟浪。」言時聲淚俱下，頓失常態。濂公
怫然曰：「此事我不能管，爾可逕向端王說話。」未幾，兩宮
叫起，各大臣懾于天威，咫尺不敢進言，但靜候上頭處分而
已。連叫三日大起，仍不得要領而散。從此端邸切恨許、袁二
公，殺機即伏於此。七月初三日，兩公菜市正命，舉國銜哀。

　　這則寫端王載漪欺凌殺戮對其行為決策持異議的漢大臣許景澄、
袁昶的故事，真實地再現了一個剛愎自用、不識時務而又心胸狹窄的
滿清權貴的形象。作者雖然僅用簡筆敘述事實，卻「不著一字」地指
出了導致八國聯軍攻入北京、國家蒙難的罪魁禍首，同時揭示了滿清
政權之所以行將傾覆的深層歷史原因。

　　又如卷二第二則《袁世凱二三事》：

甲午中日之役失敗後，軍務處王大臣鑒淮軍不足恃，改練新
軍。項城袁君世凱，以溫處道充新建陸軍督辦。該軍屯兵天津
小站，於乙未冬成立。當奏派時，常熟不甚謂然，高陽主之。
詎成立甫數月，津門官紳嘖有煩言，謂袁君辦事操切，嗜殺擅
權，不受北洋大臣節制。高陽雖不護前，因系原保，不能自歧
其說，乃諷同鄉胡侍禦景桂，摭拾多款參奏。奉旨命，榮文忠
公祿馳往查辦。文忠時官兵尚，約余同行。甫抵天津，直督王
文勤公文韶傳令，淮練各軍排隊遠迓，旌旗一色鮮明，頗有馬

鳴風蕭氣象。在津查辦機器局某道參案畢，文忠馳往小站。該軍僅七千人，勇丁身量一律四尺以上，整肅精壯，專練習德國操。馬隊五營，各按方辨色，較之淮練各營，壁壘一新。文忠默識之，謂余曰：「君觀新軍與舊軍比較何如？」余謂素不知兵，何能妄參末議，但觀表面，舊軍誠不免暮氣，新軍參用西法，生面獨開。文忠曰：「君言是也。此人必須保全，以策後效。」迨參款查竣，即以擅殺營門外賣菜傭一條，已幹嚴譴；其餘各條，亦有輕重出入。余擬覆奏稿，請下部議。文忠謂：「一經部議，至輕亦應撤差。此軍甫經成立，難易生手，不如乞恩姑從寬議，仍嚴飭認真操練，以勵將來。」覆奏上，奉旨俞允。時高陽已病，仍力疾入直，閱文忠折，拂然不悅。退直後，病遂增劇。嗣後遂不常入直，旋即告終。足見其惡之深矣。袁逾年升直隸臬，仍治軍事。戊戌四月，文勤內召，文忠出領北洋。袁君夙蒙恩遇，尚能恪守節制。維時新政流行，黨人用事，朝廷破格用人，一經廷臣保薦，即邀特簡。袁熱中賦性，豈能鬱鬱久居。倩其至友某太史入京，轉托某學士密保，冀可升一階。不意竟超擢以侍郎候補，舉朝驚駭。某學士以承筐菲薄，至索鉅款補酬。輦轂之下，傳為笑話。袁君遵旨來京，預備召見。入見後，傳聞有旨，以文忠大逆不道，令赴津傳旨，即行正法。所有直督一缺，即以袁補授；並帶兵入京圍頤和園。袁謂天津尚有蘆台聶士成一軍，曾經百戰，兵數倍於新建陸軍，圍園之事，萬不敢辦。至傳旨將直督正法，亦恐辦不到。或俟九月兩宮赴京閱操，相機進行。八月初三，袁探知朝局將變，悄悄回津。文忠佯作不知，迨其來謁，但言他事，絕不詢及朝政。袁請摒退左右，跪而言曰：「今日奉命而來，有一事萬不敢辦，亦不忍辦，惟有自請死。」文忠笑謂：「究系何事，何勿遽之甚？」袁袖出一紙呈閱，並觀文忠氣色行

事。文忠閱竣，正色告曰：「大臣事君，雨露雷霆，無非恩澤。但承旨責在樞臣，行刑亦有菜市。我若有罪，其願自首入京，束身司敗。豈能憑爾袖中片紙，便可欽此欽遵？」袁知事不諧，乃大哭失聲，長跪不起。文中曰：「君休矣，明日再談。」因夤夜乘火車入京，晤慶邸，請見慈聖，均各愕然。越日，奉朱諭以朕躬多病，恭請太后訓政，時局為之一變。首詔文忠入輔。慈聖以袁君存心叵測，欲置之重典。文忠仍以才可用，凡作亂犯上之事，諉之黨人，並以身家保之。袁仍得安其位，慈聖意不能釋，姑令來京召見。袁最機警，詔事東朝，前事不憚悉諉之主坐。而宮闈之地，母子之間，遂從此多故矣。上用非其人，轉蒙其害。一切無以自白，遂鬱鬱以上賓。沖皇禦宇，監國從寬，褫職放歸，不能鋤惡務盡。武昌難發，特起督師，猶以為長城可恃。卒以一入國門，遂移漢鼎。惡貫雖滿，竟獲善終。匪特天道難知，抑亦文忠所不及料者已。

　　這則寫榮祿與袁世凱二人各以賣友告密起家的故事，通過逼真的細節描寫，真實而生動地再現了榮祿老謀深算、袁世凱機心莫測的奸雄形象，同時從側面顯現出光緒皇帝及維新黨人在察人與用人上的幼稚，從而深刻地揭示出戊戌變法必然要失敗的歷史原因。

十四、滿清興亡史

　　《滿清興亡史》，民國漢史氏撰。民國二年（1913），上海廣益書局出版「滿清稗史」（陸保璿輯），將之列入其中。1970 年臺北文海出版社影印出版「近代中國史料叢刊」，將之列入正編第五十三

輯。

《滿清興亡史》，分為四章，共一百零八小節，以時間為序敘事，表面看來是系統的著作，實則每一小節就是一個故事，或寫人，或敘事，或人事俱敘。整部書事實上是由一個個小故事連綴而成，是一種特殊形式的筆記小說。如第一章「開始時代」之第一節「滿洲之建部」、第二節「樊察之受封」，第三節「覺昌安父子之被害」、第四節「努爾哈赤之復仇」，第四章「滅亡時代」之第一百六、七節「南北議和（一）（二）」、第一百八節「溥儀遜位」等，都是一節一事，類同於一般筆記小說。很多小節所敘人事，既有「補正史之未逮」的史料價值，也有一定的可讀性。如第一章《開始時代》的第四節《努爾哈赤之復仇》：

> 努爾哈赤者，塔克世之長子也。其生母為喜塔喇氏。既死，繼母待之薄，分居於外。聞覺昌安及塔克世被害，欲複祖、父仇，以遺甲十三副，攻圖倫城，尼堪外蘭避之，得甲三十副、兵百人以歸。後言知尼堪外蘭在嘉班城，進攻之。尼堪外蘭避于鄂勒輝，築城以居。尋複攻之，尼堪外蘭遁入明邊。又令齋隆率四十人，向邊史索之。邊吏拘尼堪外蘭以予齋隆，遂殺之。初，明人因努爾哈赤之擾邊，曾歸其祖、父喪。至是，思羈縻之，故給以都督，敕書十道，馬三十匹，又龍虎將軍之印，及歲幣銀八百兩。

這一小節所寫就是一則故事，敘努爾哈赤因為祖、父復仇而逐漸崛起，勢力漸大後，明朝政府憂其擾邊，乃封印贈銀以羈縻之。這則故事所敘，與正史大體相同。敘事井然有序，語言質樸簡潔。可謂既有史料價值，亦具閱讀興趣。

又如第一章第九節《間明君臣》：

　　和議不就，皇太極乃取明遵化。旋越薊州而西，擊退宣大援
兵，取順義，薄燕京。明之危已在旦夕，督師袁崇煥在關外聞
警，千里赴援，遇之，相與鏖戰于沙窩門，互有殺傷。皇太極
知崇煥不去，則明事未可圖也。遂設反間，令所獲宦官知之，
陰縱使去。宦官乃告變於明帝思宗，思宗果疑崇煥。因責其擁
兵坐視之罪，下於獄。由是皇太極複薄永定門。明之武經略滿
桂、總兵官孫祖壽列營以待。皇太極令部眾宵冒明旗幟，明日
昧爽，突出不意，四面蹙之。滿桂與孫祖壽等戰不支，俱死。
皇太極貽書明帝，欲仍就和議，明帝不允，遂掠薊州而東。

　　這一小節寫皇太極軟硬兼施，議和不成，遂用離間明朝君臣關係
的計謀，結果，讓崇禎上當，屈殺袁崇煥，以致皇太極兵臨北京城
下。這一歷史事件是明亡清興歷史進程中的重要一段，但在作者筆
下，寥寥數筆，就將事件原委及過程敘述清楚，可謂語言簡潔，不冗
一言。

　　再如第四章「滅亡時代」第一百八節「溥儀遜位」：

　　自武漢戰雲震盪全國，外人皆稱革命軍之文明。且認為國際
公法上之交戰團，絕不橫加干涉，故革命軍氣焰日張。然在清
政府視之，尚不知大勢之已去也，但以為要求實行立憲而已。
故於九、十兩月中，既解黨禁，複派宣慰使，懲盛宣懷之首
禍，罷攝政王之重權。頒重大信條十九條，宣誓於太廟中。又
令資政院擇定日期，召集國會。謂如是，則國民之心必滿足，
而大亂可敉平矣。迨和議既開，經伍廷芳之要求，袁世凱之陳
奏，始知議和主要在廢棄君主立憲，承認民主立憲，庶皇室可
蒙優待，而海內亦永息干戈。不然，則議和決裂，南方各軍水
陸並進，誓必直搗黃龍，區區皇室，非獨不能優待，且無保存

之可言。清太后聞之，計無所施，乃召集近支王公，特開御前會議。顧是時良弼方結宗社黨，以保存滿洲君主為名，親貴和之，勢頗猖獗。故御前會議，雖經數次，類多反對共和，不能取決。未幾，良弼被炸，宗社黨因之解散。且北方軍隊，一再請願共和。疏中大旨，謂共和國體，原以致君於堯舜，拯民於水火，乃因二三王公迭次阻撓，以致恩旨不頒，萬方受困。現在全局危迫，四面楚歌。京津兩地，暗殺之黨林立，稍疏防範，禍變即生。是陷九廟兩宮於危險之地者，皆二三王公之咎也。謹率全軍將士入京，與王公剖陳利害。由是各親貴皆不敢有違言，而溥儀遂下遜位詔。蓋滿清自入關定鼎，曆二百六十有七年，至是乃滅亡矣。

這節所寫清帝遜位、民國建立的過程，本是中國近代史上一件驚天動地的大事，但在作者筆下卻敘述得如此從容平靜，似乎有一種「靜水流深，波瀾不驚」的感覺。其敘述之井然而宛轉，語言之質樸而流暢，皆給人留下深刻印象。

十五、所聞錄

《所聞錄》，汪詩儂撰。汪詩儂，從書中所寫到的人物推斷，當是清末民初人，但生平事蹟不詳。此書不分卷，共三十一則。民國二年（1913），由新中國圖書局編印，作為「滿清稗史」叢刊之一種，上海廣益書局發行，扉頁有「軍毅題」字樣。所記為清初和晚清政壇重要人物，其中以晚清人物為最多，記清初人物者，僅洪承疇、毛文龍、湯斌、崇禮、和珅等，晚清人物則有曾國藩、李鴻章、崇綺、王

文勤、彭玉麟以及太平天國人物石達開、李秀成等。所記人物，無論是前清政要，還是晚清重臣，其言動都有可資補史之價值，同時也有相當的可讀性。如：第一則《洪承疇》：

> 清入關，明經略洪承疇不死，被獲。良心未昧，尚不屈，後惑於清之美姬乃降。時傳揚州史閣部可法並未死。當時就義者，偽也。承疇與閣部交最密，初欲救軍及，常引為憾。當時擾亂之際，義兵紛起，吳中孫公兆奎，其一也。孤軍被陷，執送南都。時承疇當國，知孫至，與談舊侶，並盛獎新君，便問史閣部事曰：「公在兵間，審知故閣部史公，果死耶，抑未死耶？」孫答曰：「經略從北來，審知松山殉難，故督師洪公，果死耶，抑珠死耶？」洪大慚，惟面色不紅。時人謂洪之臉皮，乃革制者，誠不誣也。孫卒遇害。

這則寫明末降清之臣洪承疇被南明義兵首領孫兆奎諷刺的故事，形象地表現了孫氏語言的機智與其忠君愛國的形象，無情地諷刺了洪承疇罔顧民族大義、賣國求榮的厚顏無恥。

寫降臣如此生動，寫亂臣也有娓娓可讀的篇什。如第十八則《石達開》：

> 太平天國翼王石達開，被磔于成都，見諸駱秉璋奏報。其實石固未死也。數年前浙人李君遊幕蜀中，一日雇舟往他處，將解纜矣，突有一老者請與附載，舟子固拒之。李君見其鶴髮童顏，鬚眉甚偉，因許焉。老者既下舟，謂舟子曰：「頃刻當有大風起，勿解維也。」舟子亦老於事者，仰視太空，知所言不謬。談次，狂飆陡作，走石飛沙，歷一時許始息。少焉雲散月明，命酒共酌，老者飲甚豪。酒半酣，推篷眺望，喟然曰：「風月依然，麗江山安在？」李心疑之，叩其姓名。老者慨然

曰：「世外人何必以真姓名告人，必欲實告，恐致駭怪耳。」
李遂不敢再詰。而老者已酣然伏幾，鼻息雷鳴矣。破曉，欠伸
而起，謂李曰：「老夫將行告別，同舟之誼，備荷高情，後如
有緣，尚當再會。」遂舉足登岸，其行如風，瞬焉已遠。李既
送客，比返舟，則一傘遺焉。防其複來攜取，為之移置，則重
不可舉。異之，視傘柄，系堅鐵鑄成，傍有「羽翼王府」四小
字，始恍然知為翼王也。茫茫天壤，今不知尚存在否耳。

這則故事記浙人李君蜀中不期邂逅早已被清廷正法的太平天國翼
王石達開的情節，雖未必可以信以為真，但觀其所寫神祕老人的言
動，似乎確有高深莫測之感，不禁讓人勾起無限的遐想。

石達開是死是活，固然是個撲朔迷離的歷史公案，引人興味；而
儒林高人行蹤的莫測高深，則更令人有無限的興趣。如第六則《孔林
遺裔》：

清康、雍、乾間，人材輩出，文章之盛，實辟一代宗風。惟
翰苑諸人，恃文傲物，亦頗令人有所難堪。如汪容甫輩，尤其
中之強項者。隨園之雍容風雅，可稱文壇中老成練達者矣，然
卒亦不能免此，可見人之鋒芒難斂也。傳聞簡齋居翰院時，有
客不肯示姓名，力請求見。袁令閽人三拒之。已而大疑，因語
司閽者曰：「客如明日至，可詰其所以，並請其書明事故。」
閽諾。客明日果又至，閽者詰之不答，曰：「非汝輩所知
也。」奉以筆，請書示，客從容袖出一冊，授僕曰：「盡於是
矣。希達汝主，予三日後來取。」袁急視之，不覺惶然，蓋冊
上分詢百二十事，盡屬僻典，十之八九皆生平所未寓目者。徘
徊階下，苦思良久，僅得二十條。乃奔座師尹文端處，尹亦不
能增一字。因折柬盡招詞林諸子，會於院署。萃眾人所得，尚
只五十條。紛檢《圖書集成》，得百條。餘廿條，無覓處矣。

次日客至，索卷閱之，笑曰：「詞林袞袞諸公，技亦止此耳。」索筆按條補之，須臾而就，字法蒼勁秀古，不類時家。袁大駭，以呈文端，文歎賞不及。因究闇人客之情狀，闇具對，並曰：「聆其吐言，乃山左口音。」遂遍訪山左同僚，始悉乃孔林遺脈，《圖書集成》寓目七遍矣。一時翰宛鋒棱，為之大斂。觀此，世有以文自命者，可以鑒矣。

這則寫孔林遺脈言動神祕莫測的故事，通過逼真的細節刻畫，形象地展示了孔林遺脈淵博的學識，生動地詮釋了「學無止境」、「天外有天，人外有人」的真實內涵。

《所聞錄》從正面寫政壇與儒林人物軼事，固然有不少生動的篇什；而從負面寫政治人物或文人瑣聞，則更有文學趣味，其在可讀性方面似乎更勝一籌。如第十二則《洪楊瑣事》：

洪秀全據江夏，曾開科選拔人才，應之者頗眾。惜時方逐鹿中原，漢家疆土尚未界於鴻溝，故所取乏通達之士，應者悉蠅營狗苟之徒耳。湖北麻城縣某奪解，賜筵之日，天王試一聯，某對曰：「三皇不為皇，五帝不為帝，我主方是真皇帝。」洪大喜，幾欲以女妻之，為東王楊秀清所阻，不果。如此之屬聯，則文章可知。惜言者忘其出聯矣。洪氏粗率，可見一斑。

又洪氏南京稱帝時，日期既久，士心洽服，且當時儼有南北分治之態，故頗有文人應之者。當其修復前明故宮時，某士人代撰一聯云：「獨手擎天，重整大明新氣象；丹心誓國，掃除外族舊衣冠。」亦可見其吐屬不凡矣。又云，系出傅善祥手筆，事惟存疑而已。

這二則故事，前者寫應試士人拍馬捧屁、洪秀全得意忘形的情狀；後者表現某士人胸有錦繡、吐屬不凡。兩則故事對比並列，意在

說明洪秀全網羅的士人良莠不齊，不可一概而論。

又如第二十四則《張佩綸得妻》：

> 張佩綸入會闈，適李文忠為主考。榜發後，張謁師至李宅，
> 文忠喜其才華，酬獎極至曰：「汝才氣與我女同。」張即伏拜
> 稱婿，謝不已。李迫於勢，無能辭，因納取焉。小人之善於迎
> 結權貴，其術實有可畏者。然文忠以一語之失，遂巍巍成了一
> 座丈人峰，殊為不值。

這則寫張佩綸一語得妻的故事，既表現了其人機智敏捷的一面，
又再現了其善於逢迎、投機取巧的形象，同時表現了身處高位的李鴻
章失言而難悔的無奈之情。

其實，晚清重臣李鴻章不僅有生活中無可奈何之事，更有外交場
合上的難堪之事。如第二十則《李鴻章笑史》就記有其事：

> 相傳李鴻章使美時，美人慕其功，多敬之。李嘗欲一登美伯
> 理璽天德坐，不可得。一日赴美官某宴，李乘間至座，息片
> 時，如願相償，美人亦無如之何。又嘗以翰林名刺，投美某大
> 臣（翰林名刺字向大）。某見其字之大也，以為凌己，還以愈
> 大者。李怒曰：「此欺我也。」更以長五六尺之名刺複之，一
> 時傳為笑話。又李堅忍多謀，臨事不動聲色，美人嘗以之擬中
> 國人之性格。又李喜食燒羊肉，美人為設燒羊肉街以媚之，街
> 至今猶存美京。李之節概權望，亦云奇矣。

> 又李至倫敦時，于英故將軍戈登之紀念碑下表敬意。將軍之
> 遺族感激之，以極愛之犬為贈。此犬蓋於各地競犬會中得一等
> 賞者也，以此贈李，蓋所以表非常感謝之意。不意數日後，得
> 李氏謝柬，中有云：「厚意投下，感激之至，惟是老夫耄矣，
> 於飲食不能多進，所賞珍味，鹹欣得沾奇珍，朵頤有幸。」云

云。將軍之遺族得之，大詫。報紙喧騰，傳為笑柄。合肥之貽
國羞，尚不盡此，據予所知者，尚有在英赴某貴族宴。李素多
痰，席次見地皆氈罽，無處吐痰，乃以盛酒之玻璃盞作痰盂，
綠濃滋滑，狀至不堪。一班貴女，皆掩口欲嘔，逃席去。

又在美，思中國飲食，囑唐人埠之酒食店進饌數次。西人問
其名，華人難於具對，統名之曰雜碎。自此雜碎之名大噪，僅
紐約一埠，雜碎館三四百家，偏於全市。此外東方各部，如費
爾特費、波士頓、華盛頓、芝加哥、必珠葍諸埠皆是。全美國
華人衣食於是者，凡三千餘人。每處此業，所入可數百萬。中
國食品本美，而偶以合肥之名噪之，故舉國嗜此若狂。凡雜碎
館之食單，莫不大書曰李鴻章雜碎，李鴻章飯、李鴻章面等
名。因西人崇拜英雄性，及好奇性，遂產出此物。合肥豐功偉
業，迄今銅像巍峨者，勳勞盡在於是矣。或曰：「中俄之密
約，馬關割臺灣，非其功乎？子何云盡在是矣？」予幾瞠目不
能答，惟俯首應曰：「不錯不錯。」

這三則故事，現在我們讀之都會不禁啞然失笑，並為中國外交史
上有此等難堪之事而難堪；但仔細思索一下，這三則故事則又別有意
味，它告訴我們：許多外交上的笑話，其實都是因為彼此習俗不同、
互不瞭解而引起。外交官的有些言動，在外交的一方覺得失範而顯得
可笑；而于另一方來說則是理所當然，絲毫沒有什麼可笑之處，更無
失範的問題。因為不同的民族有不同的言語行為規範，有不同的風俗
習慣。因此，要避免外交上的難堪或誤解，最重要的是加強對彼此文
化與習俗的瞭解。

李鴻章出洋的事，在當時或今日都有被傳為笑談者。其人一生的
功過，歷來也評價不一。但客觀地考察其人，我們也不能一概抹煞
之。即如《馬關條約》之簽訂，李鴻章也並非像一般人所想像的那

樣，是賣國的罪魁禍首。讀《所聞錄》第二十七則《伊藤博文》一篇，我們從中可以窺見到一點歷史的真相：

> 甲午馬關議和，李與日大臣伊藤博文述論高麗，齟齬過甚。伊謂李曰：「今日之事無他，僅割與不割四字。」李參以他語，伊他顧不應者久之，旋以怒相加，俾速決。李亦奮退，謂人曰：「李某名在全球，決不受此奇辱，必報之！」遂潛至京師，與俄使相商，慫恿備至。俄使密與法國出而干涉，遼東卒不能割。故李再至馬關遇刺客。聞日人至今尚引以為大恥，日俄之戰，遠因亦系為此。

這則故事寫中日馬關條約簽訂的內幕，並特別追述到李鴻章馬關遇刺的原因以及日俄戰爭的源起，讓人從中可以看出一些歷史的真相：李鴻章並非軟弱無能的賣國賊，而是一位能夠維護中國國家得益、不畏強權的外交家。《馬關條約》是喪權辱國的條約，這是清政府腐敗無能的結果，不能完全歸咎於條約簽訂者李鴻章。這才是客觀地看待歷史事件與歷史人物的正確態度。

十六、「國史派」其他作品

清末民初的「國史派」筆記小說，除了上面介紹的幾部代表作以外，還有其他不少作品。不過，這些作品可能在「補史」方面很有價值，以「小說」來看，則不夠典型，可讀性又差了不少。下面我們對其中的一部分略筆及之。

《客座偶談》，何剛德撰。四卷，有民國二十三年刻本，1983 年上海古籍書店影印出版「清代歷史資料叢刊」，將其與《春明夢錄》

合為一冊，列入其中之一種。雖然其中有曾國藩、左宗棠等晚清重要歷史人物或少數民初歷史人物的言動軼事記述，但書中更多的是有關清代的典章制度、社會風俗等方面的內容。這些內容對研究清史，特別是對有關清代政體、軍事、教育、科舉、財政等制度方面的研究是價值很大的。因此，整部書作為小說讀，其可讀性就有限了。

《客韓筆記》，許寅輝撰。2007 年大陸中華書局出版「近代史料筆記叢刊」，將其列為《滇軺日記》、《東使紀程》合冊的外一種。其書詳細記述了中日甲午戰爭前後作者在朝鮮的所聞所見，包括清軍葉志超所部駐紮平壤的情況以及當時朝鮮官民對清朝的態度情緒等。很多真相都是「當時人未盡知者」。其對甲午戰爭史、旅韓華人史以及中韓關係等方面的研究，無疑是有重要史料價值的。但是，就筆記小說看，其文學特徵與價值都有所不足。

《一士類稿》，徐一士撰。1944 年由上海古今出版社初版，1996 年山西古籍出版社出版《民國筆記小說大觀》，將其列為其中之一種。大陸中華書局 2007 年出版「近代史料筆記叢刊」，也將其列為其中之一種。全書不分卷，共二十五則。所記都是清末民初政壇、學界等重要人物（如左宗棠、章炳麟、王闓運、梁啟超、段祺瑞等）之軼事，有「補正史之未逮」的史料價值，但不少篇目考辨史實的內容較多，不是筆記小說的規模，也沒有多少文學性。如「王闓運與《湘軍志》」、「王闓運與肅順」等即是。談人物軼事的篇什大多是類聚相關材料或傳聞而成，且引經據典，羅列材料，間雜詩文等，類同於做傳記。因此即使是記人的篇什，在篇幅上也較大，可讀性比典型的筆記小說差了不少。

《一士談薈》，徐一士撰。1945 年 6 月由上海太平書局出版，1948 年再版。1996 年山西古籍出版社出版《民國筆記小說大觀》，將其列為第二輯之一種。大陸中華書局 2007 年出版「近代史料筆記叢刊」，也將其列為其中之一種。全書不分卷，1945 年原版收文三十

篇，1948 年再版時改分甲乙二編，共計二十七篇。在乙編中刪除了《對外趣談》、《西人之中劇觀》、《戲劇瑣話》等三篇。所記內容涉及到晚清不少政壇人物，也觸及到晚清一些重要歷史事實，如《靖港之役》、《咸豐軍事史料》、《庚辰午門案》、《庚戌炸彈案》等，「讀後可使人對中國近代史某些事件增加瞭解。《譚薈》原版的最後三篇文章中，《對外趣談》值得一讀，可使人們對李鴻章的形象有新的認識。《西人之中劇觀、《戲劇瑣談》兩篇對戲劇愛好者也會有所幫助。」[6] 但從形制上看，此書屬於小說者很少，很多篇目因引經據典過多，即使是寫人物軼事，也失去了小說的韻味。

《金鑾瑣記》，高樹撰。此書與王照的《方家園雜詠紀事》性質相同，也是以詩系事，有「補正史之未逮」的史料價值。全書共有一百三十七首詩，每首詩下面有一個說明，大多是一首詩作所敘內容的背景故事。「作者以軍機章京的身份，接近清政府的樞機大臣和部院大臣，瞭解清末政情，熟悉宮廷內幕。所記系耳聞目睹和親身經歷，史實較為可靠。其中記載戊戌變法、義和團運動，以及袁世凱的活動等，為一般史料所少見，史料價值較高。」[7] 同時，許多系詩紀事的說明皆是相當有可讀性的小故事，內容與形式上都屬「國史派」筆記小說的性質。

《德宗遺事》，王照口述，王樹枏筆錄。此書於 1930 年前後鉛印面世，2007 年 6 月大陸中華書局出版「近代史料筆記叢刊」，將《陶廬老人隨年錄》、《南屋述聞》二種並為一冊，將《德宗遺事》附於後，作為其外一種印行。此書所記主要是有關慈禧及其後黨等淩辱光緒皇帝之軼事，裡面的不少內容與王照所撰《方家園雜詠紀事》相同，如此書「其二」一則，與《方家園雜詠紀事》其二「伯禽受撻血模糊，高坐監刑外戚奴。多少宗人齊戰慄，驚心霍顯示威初」一詩之下所系紀事及附記，在文字上幾乎完全相同。因此，要瞭解戊戌變法與義和團運動期間慈禧與光緒之間矛盾的內幕，此二書是相當有價值

的，而且記述的文字也有較高的可讀性，是「國史派」筆記小說中是不可忽視的一部。

《古紅梅閣筆記》，張一麐撰。1997 年上海書店出版社出版「民國史料筆記叢刊」，將其列為其中之一種。全書共五十則，另加一篇「五十年來國事叢談」。所記多是清末民初政治、軍事、外交、科舉等方面的軼聞。每則後面有議論，有分析，雖然有「補正史之未逮」之價值，但作為筆記小說來讀，少了文學趣味。如「繆荃孫勸進」、「潘大傻子」、「五大臣遇炸」、「袁世凱處事無私」、「袁世凱祝張之洞壽」等篇，本來都是可以寫得搖曳生姿的，但卻寫得文筆艱澀，可讀性不強。

《洪憲舊聞》，侯毅撰。當時便有印本，皆散見於南北報紙。1926 年審定重印。1996 年山西古籍出版社出版「民國筆記小說大觀」，其中第二輯中有民國楊壽枬所輯「雲在山房叢書三種」，《洪憲舊聞》便是這三種之一。此書專記有關袁世凱恢復帝制的相關內容，包括「籌安盜名記」、「蔡松坡出險記」、「西賈貢馬記」等三篇，另附「項城就任祕聞」，共計四篇短文。雖然體制上較傳統的筆記小說篇幅上有所加長，但敘事生動，文字簡潔，有相當的可讀性。

《近世中國祕史》，捫蝨談虎客撰。1994 年江蘇廣陵古籍刻印社曾刊印行世，1999 年山西古籍出版社與山西教育出版社聯合出版《民國筆記小說大觀》，將其列入第四輯予以印行。書分兩編，第一編包括「思陵殉國記」、「錢忠介公遺事」、「康雍乾間文字之獄」（內包「莊廷鑨之獄」、「戴名世之獄」等七小則）、「書漢陽葉相廣州之變」、「書太監安得海伏法事」、「李秀成供狀」、「咸同間用兵軼聞」（內包「文文端公相業」、「記宰相有學無識」等六小則）、「記第一次中俄密約」（內包「中俄密約之由來」等三小則）等八篇；第二編包括「袁督師計斬毛文龍始末」、「北使紀略」、「風倒梧桐記」、「記朱一貴之亂」、「記各坤」、「滿清紀事」、「續記

鹹同間用兵軼聞」（內含「平寇實紀」、「金陵被圍」等二十六小則）、「記錢江」、「記張汶祥」、「記曾左交惡事」等十則。書中所記皆涉及晚清政治、軍事方面的重要事件，所寫清前期的文字獄，亦屬政治、司法方面的內容。這些雖然有「補正史之未逮」的史料價值，但在形制上與傳統的筆記小說篇幅短小的規格有些不同。另外，在文筆方面也不夠生動。這可能與全書乃集錄前人資料而成的編寫體例有關。作者在《例言》中說：「本書所據，皆官書及私家著述，無一字無來歷，特於每篇目之下注出。」正因為作者自縛了手腳，敘事時自然不能自由發揮，因而就不易寫出搖曳生姿的生動篇章。

《清帝外紀》，金梁輯。民國二十三年（1934）曾刊行，1997年上海書店出版社出版「民國史料筆記叢刊」，將其附列於《光宣小記》之後予以印行。全書所記內容，皆與清帝有關（間或也寫到大臣或其他相關人等，如南懷仁、洪承疇、何文通等，還有一些不是人物軼事的篇目）的人事。據作者自敘，皆由《清實錄》撮錄成文。此不分卷，共二百五十一則。書雖撮錄而成，但不少篇目從形制上都具有筆記小說的特徵，也有相當的文學趣味，因而有相當的可讀性。如《太宗不閱起居注》、《范章京》等篇，皆寫得質樸簡潔，有傳統筆記小說的風韻在。

《清後外紀》，金梁輯。民國二十三年（1934）曾刊行，1997年上海書店出版社出版「民國史料筆記叢刊」，將其附列於《光宣小記》之後予以印行。全書所記內容皆撮錄於《清實錄》，不分卷，共五十九則。有些篇什寫得較好，有一定的趣味性與可讀性。如《老佛爺》下包的許多小則，都有引起人們閱讀興趣的地方。

〔注〕

1 浩明《三十年聞見錄・前言》，岳麓書社，1985 年 2 月。
2 劉篤齡《異辭錄・前言》，中華書局，1997 年 12 月。
3 《清代野記・整理說明》，中華書局，2007 年 4 月。
4 《方家園雜詠紀事・整理說明》，中華書局，2007 年 7 月。
5 《睇向齋祕錄・整理說明》，中華書局，2007 年 4 月。
6 徐澤昱《一士談薈・整理說明》，中華書局，2007 年。
7 《金鑾瑣記・整理說明》，中華書局，2007 年 6 月。

第三章
軼事派筆記小說

　　清末民初，「軼事派」筆記小說的創作，數量頗多，今已出版面世者也較多。下面我們擇其有代表性的幾種略作介紹，以見其創作概貌。

　　這裡需要說明的是，下面我們所介紹的幾種「軼事派」筆記小說，是就書中的整體內容來說屬於「軼事派」，而並不是說書中每一則故事都屬於「軼事派」。有些故事從某種角度看可以歸屬「國史派」，而還有些篇什則可能屬於考辨名物典故之類，不算筆記小說。

一、十葉野聞

　　《十葉野聞》，許指嚴撰。許指嚴（？－1923），名國英，字志毅，一字指嚴（又作子年），號甦庵，筆名不才，江蘇武進人。南社成員。曾任民國政府財政部機要祕書，又曾執教於上海南洋公學（今上海交通大學前身）。晚年生活窘困，以賣文為生。生平所著頗豐，其中屬筆記類的作品就有《十葉野聞》、《南巡祕紀》（正、補編）、《新華祕記》、《復辟半月記》、《清鑒易知錄》、《清史野

聞》、《天京祕錄》、《京塵聞見錄》、《民國十周紀事本末》、《三海祕錄》、《不才說觚》等十餘種。長篇小說則有《民國春秋演義》、《近十年之怪現狀》、《劫花慘史》、《電世界》、《泣路記》、《醒遊地獄記》、《模範鄉》、《薑尾毒》等十餘種。另有《埃及慘狀彈詞》、《小築茗談》、《指嚴餘墨》等。

　　《十葉野聞》，1917 年曾由上海國華書局刊印，1996 年山西古籍出版社出版「民國筆記小說大觀」，將其列為其中之一種。2007 年大陸中華書局出版「近代史料筆記叢刊」，也將其列為其中之一種。作者出身仕宦之家，自幼多聞祖父講述官場祕聞，故對晚清掌故比較諳熟。全書共四十三節，十餘萬字，所記都是清代掌故，內容頗是龐雜。但不管是樂道宮闈祕辛，揭露清廷腐敗及官場黑幕，還是敘寫王公達人各色人等的風流韻事，或是寫其他內容的掌故等，皆善於以短篇而敷衍成長篇，寫得宛轉生動。如《吏部鬻官案》：

　　　吏部鬻官，蓋時時有之，惟慶邸時則定價招徠，明目張膽，較為顯著耳。初，慶邸賄賂公行，外省官吏，幾無不以賄得者。言官譁然，朝旨終不問。及振大爺之楊翠喜案出，御史江春霖輩上疏力擊，反得罷官之結果，言路益憤。諸諫台會議松筠庵，曰：「不以法破此魔障，終不需此烏台矣。」或曰：「擒賊擒王，固痛快之事，但機會未至，徒勞何益？吾意不若翦其羽翼，則事易辦也。」眾皆然之。或乃言：「今吏部員曹悉系慶黨，平時為其經商賣買者，不知凡幾。以予所得鑿鑿有證者，某事某官，鹹可指數。不如從此處著手，官小力薄，縱慶欲回護，然物議如此，彼必不能以一手掩盡天下耳目。揆之救大不救小之例，亦當易於得力。苟有動機，吾輩徐圖進行，為得寸得尺計。此法殊佔便宜。」僉曰：「諾。」疏上，而吏部郎官王憲章者拿問矣。王憲章為某曹郎中，慶邸走狗也。每

歲饟州縣者百計，以十分之五呈慶，而自取其二，餘則同儕分
潤焉，行之有年。至此破裂，急求救于慶邸。慶邸報之曰：
「犧牲子之一身，以保我名譽。吾官爾子孫，令爾含笑於九泉
可也。」王遂正法於京市。

　　這則故事寫眾禦史合力用計反擊公開賣官鬻爵的慶親王奕劻的故
事，鮮明地表現了末世王朝一批有膽有識、有勇有謀的台諫官形象，
讀之讓人對腐敗已極的滿清政權無比失望之中還對光緒時代銳意改革
的努力抱有一絲希望。

　　又如《倚翠偎紅》：

　　晚清政界趣聞，實推慶邸二子為最，前所述者略見一斑，然
尚未及其正文。正文惟何？則振之楊翠喜案，而配以搏之紅寶
寶是也。但振為惟一之翠，而搏乃紅不一紅，好看煞人哉，此
紅紅翠翠相映帶也。初，振常往來京、津間，與外省官僚游
宴，號稱通達時務，名譽鵲起。蓋振曾出使，賀英皇加冕，有
《英軺日記》之著述，一時風頭頗健。又年少好交遊，群小趨
附，公然以太原公子自居。有鹽商王竹林者，工於諂媚，以依
附貝子之末光為榮，遂吮癰舐痔，無所不至。會北洋派中之末
弁段某，懷挾運動之野心，思拜慶邸門下而無其由，時于冶遊
隊中得晤此太原公子，因畢力拉攏，得遂其願，乃竟以年長幾
倍之身，蔭庇于美少年之宇下，而謂他人父，此猶不足，乃憐
少父之無庶母，而物色風塵之外，得一色藝雙絕之女伶以獻
之。於是曲意承歡，嚴君大悅，養子遂樹高牙大纛，建旗鼓以
獨當方面矣。振本愛觀劇，尤喜頓脫家風，見楊翠喜妖豔動
人，偶露詞色，其大養子遂以鹽商之媒介，親置此少父于尤物
之房中，交情火熱，自當貯以金屋。王竹林銳身自任，為之摒
擋脫籍。於是香巢賭窟，一以貫之，迷此太原公子于溫柔鄉

中，此間樂不思蜀矣。無何，鼓鐘于宮，聲聞於外，彼鐵面無情之惡禦史，不顧人家好夢，忽然大聲疾呼起來，「吹皺一池春水，幹卿底事」，都老爺誠不解事人哉。白簡一聲，春雷起蟄，中朝為大官顧惜名譽，不得不交查辦。於是津門之三不管中，有一人來管起。此太原公子之東車站遊興，忽然為之打擊，殆如「漁陽鼙鼓動地來，驚破霓裳羽衣曲」也。於是，全只紙老虎盡被鐵御史觸穿。外間物議沸騰，鬧得老慶也動怒起來，說你是朝廷大臣，如何這樣不顧面子？振大爺不得已，把此事都推在鹽商王竹林身上，輕輕將此位色藝雙絕之尤物，也送給這大腹賈了。那大養子更不敢出頭露面，好像一些沒有關係的樣子。於是朝廷所派查辦之大員，按照常例覆命，恭恭敬敬呈上八大字，謂之：「事出有因，查無實據。」一天風雨，從此消滅。但可惜如火如荼之振大爺，竟免尚書之職而下臺矣。哀哉！楊翠喜必自咎曰：「是妾命薄，害了公子。」嗚呼！「門前冷落車馬稀，老大嫁作商人婦。」竹林之幸，而翠喜之不幸也。

若夫搏二爺之于紅寶寶、蘇寶寶則異是。今日八千金娶一名妓，明日一萬金又娶一艷姬，予取予求，自適其適，絕無政治之臭味。或者於新聞紙中，譏其驕奢淫佚，咒詛老慶，以為悖入悖出之報，不知此乃村婦罵人口吻，於趺宕自喜之二爺，無毫末損也。後聞兩寶寶不睦，竟鬧出許多笑話來，以至二爺左右為難，乃遣之南下。異哉！終與振大爺之艷史同為一場春夢。彼由外鑠，此則內潰。嗚呼！女禍烈矣。或取某禦史詩句，改竄成一聯云：「兒自弄璋爺弄瓦，兄曾偎翠弟偎紅。」一段佳話，歸結有清二百六十餘年之國祚，較之陳圓圓、寇白門、董小宛、顧橫波輩，便宜多矣。雖然，今之紅、翠尚在，試使一談往事，必不勝其天寶宮人之感也。

　　這則故事寫慶親王奕劻二子載振、載搏風流韻事。載振是光緒時代的新派人物，光緒二十八年（1902）赴英參加英皇加冕典禮，次年赴日本考察第五屆勸業博覽會。返國後奏請成立商部，任尚書。三十二年改為農工商部尚書。眾所周知，慶親王奕劻是光緒時代權傾朝野的人物，而其長子載振則是風頭正健的改革派人物。可是堂堂慶邸不僅父親公開賣官鬻爵，而且兒子風流成性，甚至身為農工商部尚書的載振竟然不顧大臣之體面而與妓女有染，最終因聳動朝野的「楊翠喜案」而黯然下臺。那麼，光緒新政能否成功，滿清國運能否再延續，于此可知矣。這便是這則故事讓讀者思考、回味的地方。

　　除了揭露晚清皇族的腐朽墮落，書中也有寫皇室中之正面人物者。如《壽昌公主四則》之第二則：

　　公主性骨鯁，而能持大體，富感情，不計私利，殆婦女中所不可多得者。載湉之立，恭邸中人以為奪溥倫之席，莫不深惡之，欲推翻之以為快。獨公主不然，謂：「幼主何罪？乃太后之主張累彼爾。且載湉五齡入宮，失怙恃之樂，無提抱撫育之恩，苟有人心，尚當憐憫。奈何因其得位之故，而怨毒及之？且彼何知天子之尊貴？吾入宮時，每見其涕泣思母，以為天下之至苦痛者，莫過於載湉也。吾輩正宜扶助之，何忍加以怨讟？」其慈祥之性類如此。其後公主複與瑾、珍二妃善。二妃者，廣州將軍長善女也。長善與恭邸為中表昆季。公主雖年長，而甚愛瑾、珍姊妹，自幼親之若手足。逮中選入宮，公主又時出入宮掖，相得益歡。瑾、珍知帝不見信于太后，恐後有變，惟自結于公主，或可保全。公主本有意扶助光緒帝，重以瑾、珍姊妹之情感，益傾心為之救護矣。瑾妃勤慎寡言笑，珍妃則婉媚幽嫻，富於情愫，實一佳俠含光之好女子也。光緒帝既鬱鬱不得志，不復系情燕婉，獨深知珍妃之德容，宮人中一

時無兩，愛惜備至。故珍妃雖知身世嶮屾戲，而知己之感銘篆五中。嘗與公主密語，及太后、光緒帝間之隱憾，輒泫然曰：「妹知帝心實無他，苟有變，惟有一死殉之而已。苟及妹之未死，得有一線之機，可以進言于太后。俾兩宮捐除芥蒂，則如天之福，妹死亦含笑於九泉也。」公主以手加額曰：「卓哉，妹之志乎！愚姊必竭綿力以助之。惜太后好昵群小，如李蓮英輩，皆足以傾危帝位者。雖然，吾輩苟極注意，互矢忠誠，當不至有若何大變也。」及戊戌事起，公主尚不知康之密謀，珍妃雖有所聞，然殺榮祿、圍頤和園之大舉，帝未嘗一泄於妃也。事變既起，公主時方往熱河省親。珍妃倉猝不知所為，但泣求于太后，恕帝無罪，否則願以身代。太后怒，竟幽珍妃於別室，即殺賜之死，以除珍妃，無他人敢為帝緩頰也，足見珍妃與帝同謀。又以平日忤李蓮英意，蓮英亦欲死之。會公主聞變歸，亟馳入宮視太后，力言此必康黨之流言，帝當無此意。太后示之密詔，公主泣曰：「天不佑清，使兩宮有此巨禍。然以太后之福，已得轉危為安。皇上君臨天下垂三十年，其他尚無失德。太后可恕則恕之，一旦變易，動人觀聽，恐非國家之福。但得太后訓示，徐圖回復機宜，臣民幸甚。兒意如此，未知當否？」太后尋思良久，曰：「予本思去此大憝。今既為觀聽計，姑存其名，以俟異日可也。」又曰：「珍妃竟敢為皇上辨護，可謂膽大妄為，不殺之，何以服眾？」公主從容進曰：「此所謂蹠犬吠堯，各為其主是也。皇上遇珍妃厚，當此患難之際，哀痛慘沮，為之求恕，亦人情耳。若謂怨懟母后，妄思非分，按之珍妃平素為人，當不出此，願太后平心察之。倘可加恩，幸釋之以事皇上，遂其初志。兒請以生命保其無他。」慈禧正色曰：「爾與珍妃有素，固當為之說項。然彼所言狂妄至此，尚令彼等結黨，比而謀我，爾獨不為我地乎？縱不殺，

亦終不能令彼與皇上相見。彼果悔過，歷時使複自由未晚
也。」公主知不可勸，退而囑珍妃：「毋自苦，吾必為爾俟機
會。太后之怒苟怠，團聚自有日耳。」珍妃感激涕零。不意庚
子之變，急切推墮井中。公主知之，業已無及，為之惋悼不怡
者累日，常曰：「吾負珍兒。」

　　這則故事寫宮闈之事細節生動，讀之如臨其境、如見其人，一位
深明大義、慈祥仁愛的公主形象躍然紙上，讀之讓人了知勾心鬥角、
爾虞我詐的宮闈之中也有淡泊豁達之人。

二、悔逸齋筆乘

　　《悔逸齋筆乘》，李岳瑞（生平前已述）撰。1996 年山西古籍出
版社出版《民國筆記小說大觀》，將其列為其中之一種。北京古籍出
版社 1999 年出版《清代野史叢書》，也將其列為其中之一種。
　　《悔逸齋筆乘》，共三十五則故事，每則故事又分為若干不等的
小故事。主要記清代特別是晚清人物軼事，如「李文忠軼事」、「馮
萃亭少保軼事」、「孫子授侍郎軼事」、「紀董福祥軼事」等等。還
有一些典章考據及詩賦創作掌故之類，如「《沈文開集》為臺灣信
史」、「殿本《廿四史》之訛誤」、「碧雲簫」等。但書中的主體以
人物軼事為主，故這裡我們將之歸為「軼事派」筆記小說。
　　與同類「軼事派」筆記小說相比，《悔逸齋筆乘》所記人物軼
事，除了事涉政治、軍事、科舉、社會等各個方面外，還涉及到晚清
外交方面的事情。如《劉武慎外交軼事》：

　　　劉武慎公長佑之巡撫粵西也，叛將李揚材倡亂越南，武慎檄

馮萃亭宮保子材統師往剿。功垂成矣，揚材密通款于法人以乞援，法總督陰遣人往助，而照會武慎，謂寇已降法，受約束，不復敢犯邊，請撤馮軍，五更進剿。又唆其駐京公使，數詣總理各國事務衙門爭執。總署王大臣不勝其聒，亦密函武慎，囑令相機退師。武慎不為動，陽諾之，而益飭進兵，月余遂平寇，揚材成擒。於俘虜中得法蘭西人七名，訊之，皆法督所遣助戰者也。武慎謬笑曰：「若殆恐懼昏憒妄言耳，兩國邦交方輯睦，安有遣兵助寇之理。汝輩必被賊虜，久思歸不得脫，致神思顛倒，語無倫次。吾今當護送爾等往總處，有一語望寄告總督，總督固長者，此後更勿為寇言所搖惑也。」因飭以禮館此七人者，厚賜而遣之行。命親信吏護送西貢，面晤法督交割。法督大慚愧，謝重疊。自是終武慎任，不復以邊事相爭矣。比吾國搜捕亂黨，某國人往往有在其中者，動致釀成交涉問題，惜無有人知武慎前事者。

這則故事寫晚清重臣劉長佑（又名劉印渠）平亂之功與其同法國總督鬥智鬥勇的故事，表現了劉長佑作為一位傑出的軍事指揮者所具有的卓越外交才能。

除了事涉政治、軍事、外交等方面的人物軼事，書中還有事涉宮闈祕聞的內容。如《清宮祕事瑣紀》之一：

相傳孝穆皇後為恭忠親王生母。為妃時，最有寵於穆陵。文宗少而失怙，宣宗命孝穆撫養之。宣宗本鐘愛恭王，以其英挺類己，金匱祕冊，欲署恭王者屢矣，孝穆始終力辭，乃止。當時文宗頗自疑不得立，賴師傅濱州杜文正公受田為之畫策，遂得冊立，以故深德文正。文正之歿，以協揆而贈太師，為清室二百年間漢大臣所僅有，職此故也（語見《春冰室野乘》中）。及宣宗升遐，文宗感孝穆養育恩，特尊為太後，一切禮

秩，悉視母後，孝養特隆，並命恭王得朝夕入宮問安。清世故
事：皇子既受封，即須出閣，別居府邸，非奉諭旨，不得輒
入，至皇兄弟益不能輕入宮禁。恭王獲沐此殊恩，亦乙太後故
也。顧太後雖勸立文宗，而晚年復悄悄悔之，生平未嘗稍假詞
色，故文宗亦復覺。迨太後病篤，文宗昕夕侍側，親視湯藥。
每與恭王替班互值時，太後已昏迷不知人。一日文宗坐榻側，
太後誤以為恭王也，執手而名呼之曰：「吾旦晚必不起，受天
下之養者數年，死亦何憾。但恨汝父當年欲立汝時，吾矯情力
辭，鑄此一錯，使汝從此低首他人下耳。」因涕泣哽咽。文宗
知其誤，亟以他詞亂之。後忽醒，見獨文宗在側，自悟失言，
乃大慚，遂氣逆淡（痰之本字）湧，俄頃竟上仙矣。然文宗終
不以是故薄視恭王，太後飾終之典，未嘗少有缺也。此事戊戌
春在京師聞諸康長素者。

　　這則宮闈祕聞，通過孝穆皇后病危中將咸豐皇帝誤以為是恭王而
道出當年立儲內幕的細節，生動地表現了清咸豐皇帝宅心仁厚、雍容
大度的形象，讀之令人不禁對這位短命而懦弱的皇帝油然而生出一份
敬意。

　　除了以讚賞的態度記晚清政壇、外交及宮闈軼事外，書中還有一
些嘲諷清廷官員目光短淺、迂闊可笑的篇什。如《祁文恪趣語》：

　　昔官工部時，壽陽祁文恪公世長為大司空。一日入署，余亦
隨班持稿請畫諾。適江甯梅郎中壽陽，隨劉芝田、中丞瑞芬出
使英法，差竣回國，是日到署銷差，詣堂上謁見文恪，長揖侍
立。文恪詢姓字籍貫訖，卒然問曰：「君在驚波駭浪中，前後
至四年有奇，亦良苦矣。今日複睹陸地，樂否？」梅對曰：
「由英回國，海行不過月余程，中間亦尚登陸換船，非盡水行
也。」文恪愕然曰：「然則英國亦竟陸地耶？亦有室廬可居，

穀粟可餐,如吾人世界耶?」梅忍笑而應曰:「唯唯。」文恪亦笑曰:「吾今日如讀未見書矣。向謂君等出使外國者,皆終歲居處舟中,不得見一片地土,今乃知其誤也。」都下相傳以為笑談。吾謂聞人言而自知其誤,究是君子所為。若在某公,則方以梅為妖言惑眾矣。

這則故事寫光緒年間工部尚書祁世長昧於世界大勢,身處東西思想文化風雲激蕩的時代,卻竟然連世界諸國的基本情況也不瞭解,完全就像是一隻井底之蛙。而作者卻將此故事命名為「祁文恪趣語」,其反諷意味可見矣。大清王朝有如此名列三公之官,中國當時在世界民族之林屢屢處於被動挨打的局面,滿清政權之所以滅亡,其必然性自不言而喻也。

三、慧因室雜綴

《慧因室雜綴》,撰人不詳。民國六年(1917)昌福公司出版《滿清野史》,曾將之列為其中之一種予以印行;1999 年北京古籍出版社出版《清代野史叢書》,亦將之列為其中之一種。

《慧因室雜綴》共有四十二則,雜記清代文人軼事、官場趣聞、社會雜事等。體制上完全是筆記小說的模式,但文筆並不見佳,故可讀性不強。如《顧亭林之軼事》:

顧亭林先生,為明季一代巨儒,學問經濟,卓然千古,而又長於理財之策。少年時往來南北,所經歷之處,輒留治耕牧,或作貿易,致數千金,則納小家女為外室,為之謀衣食日用之計。逾時棄去,更至一處複如之,人莫測其用意。晚歲始篤意

著書焉。胡光墉雪岩盛時，商業遍於各埠，每埠必有胡氏外室一二處，起居豪侈。後胡氏雖不過問，而其人鬻其所有，足以自給。若胡氏于既富之後為之，不過豪商縱欲之一端，亭林先生到處創業，如計然之三致千金，不得不服其魄力之偉。

這則故事記明末清初大學者顧炎武長於理財、喜歡納小的軼事，頗有新異性。但寫作中僅重在敘事，而沒有必要的故事情節，也沒有對話，因此作為筆記小說看，就少了娓娓動人的韻致，可讀性不大。

四、秦鬟樓談錄

《秦鬟樓談錄》，撰人不詳。1999 年北京古籍出版社出版《清代野史叢書》，將其列為其中之一種。

《秦鬟樓談錄》，一卷，共計十二則。雖然沒有標目分則，實是分則的一個個小故事，是筆記小說的規模。所記多是清代軼事，不少是轉錄他人所作。由於作者每於篇末喜發議論，致使不少篇什就少了小說的韻味。不過，其中也有寫得生動有趣者。如：

> 吾又聞于友人，我國人之居外者，外人多輕之。然實由我國人行多不檢，啟外人之慢侮，馴至今日，積重難返矣。最可（嘔）噱者，莫如某公使之一事。某公使亦駐日本，其未至日也，聞人談日妓之美，心豔之。及奉使命下，某欣然曰：「吾所願今遂矣。」至日後，一遞國書，即夜附火車走橫濱，易姓名，密赴妓宿焉。明日迫曉行，遺其所佩金時計於妓所，懼人摘其隱焉，祕不敢言。午後，閽者導一警吏持裹入，云必面某公使。既接見，授以裹即出。某公使發而視之，即某在妓所遺

失之金時計也。蓋日本警例嚴，雖妓所客有遺物，必以白警
吏，根索所主歸。又凡它國人入其境，須為防衛者，則以其人
之肖像，遍發於警吏，使辨其人。故某公使雖甫至，而警吏已
暗識之。自此某公使不敢作狎邪遊，然日人至今，猶騰笑也。
吾憶袁盎舍人，有盜盎之侍兒者，盎不問，且資其行。此與荀
氏之待遇武功孫頗相類。若某公使則如陶穀之于秦弱蘭矣。

這則故事寫清朝駐日公使在日本嫖妓的故事，其寫某公使的心理
活動雖然著墨不多，卻非常生動地再現了其「有賊心沒賊膽」的醜
態，讀之令國人也覺得顏面盡失。

五、都門識小錄

《都門識小錄》，蔣芷儕撰。蔣芷儕生平不詳。據作者言，此書
系作於清宣統三年。1999 年北京古籍出版社出版《清代野史叢書》，
將其列入《悔逸齋筆乘》（外十種）之中。

現見《都門識小錄》，因為只是摘錄，而非全書，所以不能窺其
全貌。據此出版本來看，書中所記者，形式上雖不分則，但實際上是
由各個不同的篇什構成的，所講的都是與京都有關的各種軼事，上至
宮廷，下至閭巷，有皇帝、親王、達官貴人及各色官僚、失意文人，
也有販夫走卒等各色下層人物。有軍國大事，也有雞毛蒜皮之事。還
有時俗、名物考辨之類的記載。內容較為龐雜，文筆也並不見佳，但
有少數篇什則有一定的可讀性。如：

客有談及中俄交涉者，痛心疾首，喟然而歎曰：「吾聞出於
幽谷，遷于喬木，未聞下喬木而入幽谷也。今者吾國之外交，

適成一下喬入幽之象，惡在其能取勝也？」余叩其故，客曰：「子不憶道、咸間京師設有撫夷局乎？泰西各國，吾概以夷視之，居高臨下，非所謂遷于喬木耶？及圓明園被焚，撫夷局消滅，而同、光間之總理各國事務衙門成立，雖不敢夷視諸國，猶有居中馭外之雄心。及拳匪亂作，總理衙門消滅，外務部成立，於是向之居高臨下、居中馭外之餘威掃地盡矣，非所謂下喬木耶？馴致奉令承教，馴致喧賓奪主，近一二年來，非所謂入幽谷耶？」余曰：「昔之撫夷局、總理衙門，乃自大之過也。今之外務部，則主賓敵體，正當之辦法，無可厚非。」客曰：「昔之自大，且日見餒敗。今之敵體，能有以取勝乎？下喬入幽，此其時矣。」余無以難之，相與太息而已。

這則故事寫作者與一位客居京師之士討論中國外交自道、咸以後每況愈下的局面及其原因，表現了晚清中國有志之士對於國家日益淪落局面憂心如焚的心情。同時，也於主客交鋒中再現了當時新舊兩派人物不同的世界觀：是沉溺於往日的輝煌而繼續堅持「天朝心態」，還是調整心態直面現實世界？

又如：

總商會團拜，眾商畢至，有熟史事者相誇曰：「我輩中出色人物，要推膠鬲老闆，魚鹽起家，作到宰相。」一曰：「要算弦高老爹，用十二頭牛，保全鄭國。」一人搖首曰：「不算，不算，要看呂不韋老爺，用半個女人，做了皇帝的幹爺。」忽一人大笑曰：「你等眼孔太小，要算馮道老宰相，造一座半閑堂，快樂逍遙的把四個朝代、十位主子全都賣了，方是好漢。」有人辯馮道不是商人，其人答曰：「賣國的不是商人麼？」

這則故事以商人相誇的對話形式，真切地表達了歷來被認為唯利是圖的商人的愛國之情，以此反襯晚清賣國以求苟且偷安的達官貴人的所作所為之不齒。看似輕鬆幽默的語言，實則蘊含著極強的諷世意味。

六、新世說

《新世說》，易宗夔撰。易宗夔（1874－1925），原名鼐，戊戌變法失敗後改名宗夔，字蔚儒，一作味腴。湖南湘潭人。縣學生員，與朱德裳同為著名維新派人士。光緒二十九年選送日本學習法政。回國後倡辦新學，並與他人共同創辦湘潭中學堂，並先後在明德學堂、湖南高等學堂、清華高等學堂等執教。民國成立後，曾幾度擔任眾議院議員。1923 年，還出任過北京政府國務院法制局局長。生平所著除《新世說》外，尚有《湖海樓詩文集》等。

《新世說》，共八卷，仿南朝宋劉義慶《世說新語》體例，分為「言語」、「文學」、「雅量」、「識鑒」、「賞譽」、「品藻」、「排調」等三十六門。又仿劉孝標注《世說新語》之例，每則故事別附人物小傳。作者自道其創作意旨曰：「本春秋三世之義，成野史一家之言。品必取其最高，語必取其最雋，行必取其最奇，重實事而屏虛譚，有臧貶而無恩怨。使閱者流連往躅，雅趣橫生。或疑名賢生平多嘉言懿行，詎藉此一言一事以傳？不知就此一言一事之微，政如頰上添毫、睛中點墨，但稽已往之陳跡，即可見近日名流逸韻之由來，更可為他日論世知人之一助。」（「自序」）

《新世語》作為《世說新語》一系的筆記小說，其在清末民初的「軼事派」筆記小說中是值得重視的。作品所記故事上起清初葉，下

迄民初。由於作者「幼承先君子耕莘府君庭訓，又從舅氏李少疏先生游，涉獵於藝林，即酷嗜臨川王之書」，「長遊東瀛，歸為議士，益廣交海內賢豪，習聞掌故」（「自序」），因此所記晚清與民初的人物軼事，就顯得鑿鑿有據，讀來親切有味。即使不是自己耳聞目睹的清代前期或中期的掌故軼事，由於其取材秉持「品必取其最高，語必取其最雋，行必取其最奇」的原則，故所敘軼事亦娓娓可讀，親切有味。如卷三《雅量》第六記顧炎武事：

> 顧亭林著《音學五書》時，《詩本音》卷二稿再為鼠嚙，再為鈔寫，略無慍色。有勸其熏瓦倒壁，一盡其類者，公曰：「鼠嚙我稿，實勉我也。不然，庋置不動，焉能五易其稿耶？」

這則故事記明末清初學者顧炎武著述治學的嚴謹以及為人的曠達灑脫，雖廖廖數語，卻故事情節、人物對話具備，語言質樸，讀來雋永生動，人物形象十分鮮明。

又如卷三《雅量》第六記柴紹炳事：

> 柴虎臣家居，夜有偷兒入其室，覺其為鄰人也，默不言。捃摭及衣被，公曰：「獨不能留此為吾禦寒耶？」偷兒驚而止。遂勸其改行，檢枕畔百錢，及案上銅器一二具予之。其人嗚咽去。

這則故事所寫人物也是明末清初之事，主人公柴紹炳乃當時「西泠十子」之一，是當時文名甚著的學者。鄰人之子入室偷竊，平常人肯定怒不可遏，可是柴紹炳不僅不怒，反而心平氣和，從容勸說，並以百錢、銅器相贈，令其幡然悔悟，感激涕零。短短一段文字，樸實無華的語言，卻將一位元宅心仁厚、教誨有方的長者形象鮮明地表現出來。

因為作者本來就是學者，故寫起學者之雅量，往往得心應手，有娓娓道來的親切感。那麼，寫帝王之捷悟筆觸又是如何呢？我們不妨先看卷四《捷悟》第十一記少年康熙的一則：

> 清聖祖登極，甫八齡。時鼇拜當國，勢甚張，以帝幼，肆行無忌。帝日選小奄之強有力者，令習布庫以為戲。布庫，滿語賭力也。拜入奏事，亦不之避，拜更以帝弱而好弄，心益坦然。一日拜入內，帝令布庫擒之，十數小奄立執拜，遂伏誅。其機警如此。

這則故事通過一個典型事件——少年康熙即位之初，日選強有力之小奄習戲布庫，麻痺權臣鼇拜，使其習以為常後，突然出其不意下手，一舉將其制伏，從而結束鼇拜專權恣肆的執政時代——的敘寫，從而以小見大，由此及彼，鮮明地表現了康熙皇帝特有的睿智形象。

康熙皇帝的機智令人歎為觀止，那麼創造大清王朝另一段輝煌歷史的乾隆皇帝又是如何呢？小說卷四《捷悟》第十一也有一段記載：

> 清高宗性極穎悟，一日臨幸和珅家，見家亭額，紀曉嵐為作擘窠大字二曰「竹苞」，笑諭珅曰：「此紀昀嘲汝之詞，蓋謂汝家個個草包也。」聞而銜之。

這則故事篇幅更短，但卻情節、對話、人物、事件具全，以極少的語言寫出了豐富的內涵，塑造了三個鮮明的人物形象：一是捷悟過人的乾隆皇帝，二是才思卓絕的文臣紀曉嵐，三是機心過人但文采略遜的權臣和珅。讀之令人回味無窮，不得不為乾隆與紀曉嵐的機智而折服。

小說塑造的清帝固然捷悟過人，但比起小說中寫到的漢族名士的風雅風流，則又稍遜一籌。如卷四《捷悟》第十一寫明末清初文人金聖歎事：

　　金冬心客揚州，諸鹽商慕其名，競相延致。一日，某商宴客
于平山堂，金首座，席間以古人詩句飛紅為觴政。次至某商，
苦思未得，眾將議罰，商曰：「得之矣，『柳絮飛來片片
紅。』」一座譁然，譏其杜撰。金獨曰：「此元人《詠平山
堂》詩也，引用確切。」眾請其全篇。金隨聲誦曰：「廿四橋
邊廿四風，憑闌猶憶舊江東。夕陽返照桃花渡，柳絮飛來片片
紅。」眾服金博洽，其實金乃口占此詩，為某商解圍耳。商大
喜，越日，饋以千金。

　　這則寫金聖歎酒席宴上為商人朋友脫困解窘的故事，既生動地再
現了金聖歎玩世不恭、詼諧俏皮的個性，又形象地再現了其文思敏
捷、才情過人的形象。

　　《新世說》中有很多諸如上述表現人物雅量或才智的生動篇什，
讀之讓人印象深刻，曆久難忘。除此，《新世說》中記載清代人物幽
默詼諧的軼事也有不少是相當耐人尋味的。如卷七《排調》第二十五
記乾隆皇帝事：

　　乾隆時，某詞臣奉撰墓誌銘，誤將翁仲二字倒置，坐降通
判。瀕行，高宗為賦一絕云：「翁仲如何說仲翁，十年窗下欠
夫工。從今不許為林翰，貶爾江南作判通。」蓋每句末二字均
顛倒也。

　　這則故事既生動地表現了乾隆皇帝好賣弄學問、附庸風雅的個
性，又鮮明地再現了乾隆皇帝幽默詼諧的性格特徵，讀之頗讓人有一
種親近感。

　　有其君必有其臣，乾隆皇帝富有幽默感，他的臣下自然也會有詼
諧滑稽之人。如卷七《排調》第二十五所記紀曉嵐一事，即是其例：

　　紀曉嵐有陸士龍癖，每笑輒不能止。嘗典某科會試，試畢，左右傳新科狀元劉玉樹來謁。見之，便詢其寓何所，劉對曰：「現住芙蓉庵。」紀聞此語，忽笑不可抑，旋退入內，久不能出。有頃，命劉暫歸府第。劉退，惴惴然，他日再見，探其故。始知紀是日適成一聯云：「劉玉樹小住芙蓉庵，潘金蓮大鬧葡萄架。」借用小說回目作偶句，而屬對絕工，深自讚喜耳。

　　此寫紀曉嵐以小說《金瓶梅》的回目與新科狀元劉玉樹的住處並舉作對，既表現了其才思的敏捷，也再現了其性格中好捉弄人的詼諧滑稽特點。

　　寫晚清之人幽默詼諧的篇目也有很多，生動者也有不少。如卷七《排調》第二十五所記晚清重臣左宗棠之事，亦有娓娓可讀的韻致：

　　左季高體胖腹大，嘗於飯後茶餘自捧其腹曰：「將軍不負腹，腹亦不負將軍！」一日，顧左右曰：「汝等知我腹中所貯何物乎？」或曰：「滿腹文章。」或曰：「滿腹經綸。」或曰：「腹中有十萬甲兵。」或曰：「腹中包羅萬象。」左皆曰：「否！否！」忽有小校出而大聲曰：「將軍之腹，滿貯馬絆筋耳！」左乃拍案大贊曰：「是！是！」因拔擢之。蓋湘人呼牛所食之草為「馬絆筋」。左素以牛能任重致遠，嘗以己為牽牛星降世。曾于後園鑿池，左右列石人各一，肖牛女狀，並立石牛於旁，隱寓自負之意。及聞小校言，適夙志符合，故大賞之也。

　　此寫左宗棠與將校對話的情節，既形象地再現了左宗棠雍容大度的胸襟與自負自信的個性，也鮮明地體現了其為人曠達幽默的特點，讀之讓人很有親切感。

　　《新世說》中寫得生動而有韻致的篇目很多，但也有類於《世說新語》中的某些篇目，或故事性不強，或只有一句話的情況，與小說的特徵不符。

七、新語林

　　《新語林》，陳灝一（生平前已述）撰。全書共八卷。1922 年 9 月由上海文明書局分三冊出版。書末附有《新語林人物名字異稱一覽表》，以助讀者檢索。1997 年上海書店出版社出版「民國史料筆記叢刊」，將其重新整理，列為其中之一種。

　　《新語林》與同時代易宗夔的《新世說》相同，皆系仿南朝宋劉義慶《世說新語》之體例，分「德行」、「言語」、「政事」等三十六門，且都於每則故事下附所記人物小傳。全書所記內容，大都是清末民初的政界以及社會各界人物之軼事。因此，形式與內容上都屬於《世說新語》一派的筆記小說，與易宗夔的《新世說》並稱為民國時代「世說派」的「雙璧」。

　　《新語林》雖屬「世說派」作品，但與《唐語林》、《何氏語林》等歷代「世說派」的筆記小說相比，則又有一個非常重要的區別，這便是以「時人而寫時人之事」（「自序」）。就這一點來說，遠非同類作品所能企及。作者出身世宦之家，又長期隨侍處於清末民初權力中樞的重要人物楊素春、楊士琦，並且親自參與其幕中，因此有條件以「時人寫時人之事」，所述之人之事「幾無一字無來歷」，遠非前此「世說派」作品「今人而說古人之事」的情形。書中「所作多獨得之祕」而從「未經人道破者」頗多，「此即本書精華所在。比如，被共和黨人刺殺的袁門鷹爪鄭汝成，公論都認其為『洪憲』鬧劇

中的『勸進』先鋒，但本書卻言辭鑿鑿地記載了他反對袁氏帝制自為的態度。再如，袁世凱以受賄罪處死內務次長兼京兆尹王治馨一案，局外不明，眾說紛紜，辭及號稱『屠夫』的軍政執法處長陸建章尤多。唯本書兩處記述陸建章曾長跪于袁氏前乞求赦王，複于王處死後當面對袁說『兔死狐悲，唇亡齒寒』，以至袁世凱聞言頓時色變。像這類『獨家新聞』，非楊士琦這種入幕之賓不可得悉，而本書內則比比皆是，彌足珍貴。」[1]

除了可以「補正史之未逮」的史料價值外，《新語林》在文學方面也是值得注意的。其所寫故事，文筆生動，讀來人事如在目前。如：

蔣克莊偕友共寓滬旅舍，友病，蔣日夜侍湯藥，己之事都置不理。友感激垂涕曰：「吾病非旦夕可愈，子所事曷可久擱？」蔣曰：「君病篤，應有人扶持，生死關頭，余烏能辭其責耶？」友複嗚咽曰：「子遇我良厚，我愈不自安矣。」（卷一「德行」第一）

此寫蔣維瀚篤於友情的故事，以病中侍疾的典型細節，通過其與友人的對話，生動地再現了一位古道熱腸、摯于友道的君子形象。

又如：

張紹軒未遇時，愛其鄉許文敏之惠，及貴顯，凡許氏子弟，無少長賢愚，投之者一一為置頓。紹軒嘗對人曰：「微文敏，吾安有今日之尊榮安樂！」（卷一「德行」第一）

此寫張勳發跡不忘故舊的故事，即事見人，生動地再現了一個政治上保守反動的復辟派人物的另一面，即「受人之惠不忘報」的古義君子形象，讀之給人以真實客觀之感。

又如：

汪精衛、黃立人謀炸清攝政王載灃，事發俱下獄。審判官問

汪曰：「同黨共幾人？目的何在？」汪曰：「此乃一人之計策，並無同謀者。」曰：「已獲之黃某，非爾之同黨而同謀者耶？必直言無隱，方可望減等治罪。」汪曰：「此人與我初相識，烏能共祕密？彼就縛，不知其所作何事也？」問官複詢黃如前語，黃曰：「此事不涉他人，是我一人之計。」曰：「汪某爾識之否？」黃曰：「某人固識之，道同而不相為謀。」問官不得實而證據確鑿，於是判決二人皆為主犯，永遠監禁，已而並釋之。（卷五《豪爽》第十三）

這則故事寫汪精衛早年之事，通過其與審判官的對話細節，生動地再現了一個血氣方剛、義氣干雲、敢作敢為的血性男兒形象。雖然汪精衛後來墮落為漢奸，成為不齒於國人的敗類，但看其早年之所為，仍不失是一條漢子。讀此故事，不僅令人覺得生動，更讓人感慨萬千。

再如：

袁項城少時，風所新某家藏古人書畫真跡，愛不釋手，求以金易之，某有難色。袁乃潛入其書齋，深夜疾呼曰：「鄰舍火起矣。」一家老弱從睡夢中驚醒，手足失措，袁從容攜件而出。及覺，問之曰：「何人目睹？請語我來。」（卷八「假譎」第二十七）

這則故事寫袁世凱的狡黠性格，通過其少年時代趁火劫畫之事，以小見大，以極少的筆墨寫盡了一代奸雄的性格特徵，讀之不禁讓人想起《世說新語》中寫曹操少時與袁紹夜劫新婦的故事，油然生出「天下奸雄系出同門」之慨。

與《世說新語》、《新世說》等「世說派」作品相同，《新語林》中確實有許多寫得質樸精當、典雅雋永、生動形象的篇什，但也

有不少不成為其小說的篇目，有些僅只是一句話或幾句話，沒有必要的故事情節，更沒有必要的人物對話等，呈現的是「殘叢小語」的非小說特徵。

八、棲霞閣野乘

《棲霞閣野乘》，孫靜安撰。孫靜安，清末民初人，生平事蹟不詳。書分上下卷，上卷共八十七則，下卷一百零一則。1996 年山西古籍出版社印行「民國筆記小說大觀」，將其列為第三輯中的一種；1999 年北京古籍出版社出版「清代野史叢書」，也將其列為其中之一種。

《棲霞閣野乘》是一部較為典型的筆記小說集，篇幅與內容都是筆記小說的規模。所記多是清末民初政壇、文壇等軼事，也有社會風情、文史考辨等其他內容。但整體上看，以記人記事為多，屬於典型的「軼事派」筆記小說。

作為筆記小說看，《棲霞閣野乘》所記內容，凡事涉史實者大多文筆平庸，乏善可陳。但記文人軼事者，則有娓娓可讀者。如卷上《鄭板橋之受騙》一則：

> 興化鄭進士板橋，善書，體兼篆隸，尤工蘭竹，人爭重之。性奇怪，嗜食狗肉，謂其味特美。販夫牧豎，有烹狗肉以進者，輒作小幅報之。富商大賈，雖餌以千金不顧也。時揚州有一鹽商，求板橋書不得，雖輾轉購得數幅，終以無上款不光，乃思得一策。一日，板橋出遊稍遠，聞琴聲甚美。循聲尋之，則竹林中一大院落，頗雅潔。入門，見一人鬚眉甚古，危坐鼓

琴，一童子烹狗肉方熟。板橋大喜，驟語老人曰：「汝亦喜食狗肉乎？」老人曰；「百味惟此最佳，子亦知味者，請嘗一臠。」兩人未通姓名，並坐大爵。板橋見其素壁，詢其何以無字畫，老人曰：「無佳者，此間鄭板橋雖頗有名，然老夫未嘗見其書畫，不知其果佳否？」板橋笑曰；「汝亦知鄭板橋，我即是也。請為子書畫可乎？」老人曰：「善。」遂出紙若干。板橋一一揮毫竟，老人曰：「賤字某某，可為落款。」板橋曰：「此某鹽商之名，汝亦何為此名？」老人曰：「老夫取此名時，某商尚未出世也，同名何傷？清者清，濁者濁耳。」板橋即署款而別。次日鹽商宴客，丏知交務請板橋一臨。至則四壁皆懸己書畫，視之，皆己昨日為老人所作。始知老人乃鹽商所使，而己則受老人之騙，然已無可如此也。

此寫鄭板橋被騙的故事，以生動的細節描寫，即事見人，鮮活地再現了文人鄭板橋清高率真與鹽商老謀深算的形象，讀之令人回味，感慨又感歎。

又如卷下《紀曉嵐真勝人一籌》一則：

乾隆中，每歲巡幸熱河，必於中秋後一日進哨，即木蘭圍場也。重陽前後出哨，蹕路所經，有所謂萬松嶺者，為重九日駐蹕登高之所。歲庚戌，上駐此，顧謂彭文勤公，令將舊懸楹貼，悉易新語。公構思甚苦，偶得句云：「八十君王，處處十八公，道旁介壽。」苦無對，因馳一紙書，屬紀文達公成之。文達笑曰：「芸楣又來考我乎？」立就餘紙寫對句云：「九重天子，年年重九節，塞上稱觴。」公得報，歎曰：「曉嵐真勝我一籌矣。」

這則故事通過大學士彭元瑞奉旨寫聯，有上聯寫不出下聯而求助

紀昀的情節，以小見大，廖廖數語，就將一代文宗紀曉嵐才思敏捷、聰穎過人的形象勾勒出來。

再如卷下《汪容甫之誕率》一則：

> 汪容甫少狂放，肄業安定書院。每一山長至，輒挾經史疑難數事請質，或不能對，即大笑出。孫志祖、蔣士銓皆為所窘。時僑居揚州者，程晉芳、任大椿、顧九苞，皆以讀書該博負盛名，容甫眾中語人，揚州一府，通者三人，不通者三人。通者高郵王念孫、寶應劉台拱與己是也。不通者即指程、任諸人。適有薦紳家居者請容甫月旦，容甫大言曰：「君不在不通之列。」其人喜過望。容甫徐曰：「君再讀三十年書，可以望不通矣。」其詼諧皆類此。

> 稚存與容甫同肄業揚州書院。一日，偕至院門外，各跨一石狻猊，談徐氏《讀禮通考》得失。忽一商人冠服貴倨，肩輿訪山長。甫投刺，適院中某生趨出，足恭揖商人，述連日趨謁狀，商人微領不答。容甫憤甚，潛往拍商人項，大聲曰：「汝識我乎？」商人逡巡曰：「不識。」「識向之趨揖者乎？」曰：「亦不識也。」曰：「我汪先生，趨揖者某先生，汝後識之乎？」曰：「識之矣。」曰：「汝識之，即速去，毋溷吾事。」商人大懊喪，登輿去。夫商人謁山長，某生之趨出足恭，自取辱也，于石狻猊上談《讀禮通考》者何與？講學家聞之，必以容甫為誕率。然今之講學家，一遇冠服貴倨之商人，吾甚憾其不誕率也。

這則寫乾隆間文人汪中與同時代的學者爭短長的故事，以具體的細節描寫，生動地再現了一位恃才傲物、自負自信、任性率誕的封建文人形象，讀之有一種如見其人之感。

九、啁啾漫記

《啁啾漫記》，撰人不詳。1999 年北京古籍出版社出版《清代野史叢書》，將其列為其中之一種《棲霞閣野乘》的「外六種」之一予以印行。

《啁啾漫記》，不分卷，全書共二十八則。所記皆清代政壇、文壇中人物之軼事，也有一些有關文獻考辨等其他內容者，但整體上以記人記事為主。其所記之人事，多體現筆記小說的規格，篇幅較小，但不失簡潔生動的韻致。如《畢秋帆制軍軼事》一則：

　　畢秋帆制軍沅，好儒雅，敬愛文士，人有一藝一長，必馳幣聘請，惟恐不來，來則厚資給之。開府秦豫，歲以數萬金遍惠貧士。以故江左名流，及故人之罷官無歸者，多往依之。其時孫星衍、洪亮吉輩，留幕府最久，後皆擢第始散去。星衍喜謾罵人，一署中疾之若仇，嚴侍讀長明等輒為公揭逐之，末言如有留孫某者，眾即卷堂大散。公見之不悅曰：「我所延客，諸人能逐之耶？必不欲與共處，則亦有法。」因別構一室處衍，館穀倍豐於前。諸人益不平，亦無如何也。後移節兩湖，其愛姬某，善音律，解吟詠，與幕客某孝廉潛遁。公聞之亦不慍，徐遣騎士持百金，追而贈之於途。二人拜受，感泣而去。其豪曠如此。公歿，符保森挽詩有云：「杜陵廣廈今誰繼？八百孤寒淚下時。」蓋道實也。公生平酷好金石，撫陝時重修省城，秦漢瓦頭及磚之有字者，搜羅殆盡。如長樂、未央、蘭池瓦當長無相忘之類，拓碑者撫摩以為奇貨，傳重藝林，銅雀瓦更不足言矣。其幕下某客用古人澄泥之法，手自埏埴，土細工精，出窯時其堅如玉，與真者無少異。再埋土中數月，曾具只眼者莫能辨也。

　　這則故事通過「分室而處孫星孫」、「客攜其愛妾而追贈其金」兩個細節，以小見大，即事見人，生動地再現了畢沅愛才、惜才的胸襟與風範。讀之令天下士子感動，讓無數讀書人聞之呼然心動。

十、張文襄幕府紀聞

　　《張文襄幕府紀聞》，辜鴻銘撰。辜鴻銘（1857－1928），字湯生，別號漢濱讀易者、讀易老人等。祖籍福建泉州府，生於馬來西亞威爾斯王子島（即今之檳城）。1867 年，由義父、英國商人布朗帶往蘇格蘭。1870年，年僅十四歲被送往德國學習。 1880年，結束十四年求學生活回到馬來檳城。1881 年，遇馬建忠而思想發生巨變，開始傾心學習中國文化。1885 年，回到中國，為湖廣總督張之洞委任為「洋文案」（即外文祕書），並協助謀劃自強學堂（武漢大學前身）創建事宜。1905 年，任上海黃浦浚治局督辦；1908 年，出外交部侍郎；1910 年，任上海南洋公學監督。1911 年，辛亥革命成功後，辭去公職。1915 年，在北京大學任教授，主講英國文學。生性聰穎，精通英文、德文、法文、希臘文、拉丁文、馬來文等九種語言，並通曉文學、法學、工學與土木等文、理各科。自稱「生在南洋，學在西洋，婚在東洋，仕在北洋」。生平所著，除《張文襄幕府紀聞》外，尚有《中國的牛津運動》（原名《清流傳》，1909 年出版）、《中國人的精神》（《春秋大義》）（1915 年出版）等。曾將中國古代儒家經典「四書」中的三部——《論語》、《中庸》和《大學》譯介到西方，向西人極力提倡東方的文化和精神。西方人有一種說法：「到中國可以不看紫禁城，不可不看辜鴻銘」；印度聖雄甘地推崇其為「最尊貴的中國人」。可見，其在東西方思想學術界的巨大影響。

　　《張文襄幕府紀聞》，分上下兩卷。上卷三十七則，下卷三十五則。山西古籍出版社 1996 年出版「民國筆記小說大觀」，將其列為第一輯之一種。

　　此書作者入客張之洞幕府愈二十年之久，甚得張氏信任與愛護，又曾參加晚清許多重大外交活動，被稱為清末民初五大外交家之一，因此書中所記晚清人物軼事，特別是政壇上層人物的故事，讀來都顯得鑿鑿有據，親切有味。如卷上《倒馬桶》一則：

　　丁未年，張文襄與袁項城由封疆外任，同入軍機。項城見駐京德國公使曰：「張中堂是講學問的，我是不講學問，我是講辦事的。」其幕僚某將此語轉述于余，以為項城得意之談。予答曰：「誠然。然要看所辦是何等事。如老媽子倒馬桶，固用不著學問。除倒馬桶外，我不知天下有何事是無學問的人可以辦得好。」

　　這則記袁世凱自鳴得意地向德國公使自誇會辦事，而作者則不以為然的故事，僅廖廖數語，便將袁世凱自視甚高、自信自負的形象與作者恃才傲物、言語刻薄的性格特點淋漓盡致地呈現出來。

　　此書因為是專記作者入賓張之洞之幕所見所聞的軼事，因此所寫的很多故事都有作者自己在其中。也就是說，很多故事作者既是親歷者，也是參與者。如卷上《愛國歌》一則：

　　壬寅年，張文襄督鄂時，舉行孝欽皇太后萬壽，各衙署懸燈結彩，鋪張揚厲，費資鉅萬。邀請各國領事大開筵宴，並招致軍界、學界，奏西樂，唱新編愛國歌。余時在座陪宴，謂學堂監督梁某曰：「滿街都是唱愛國歌，未聞有人唱愛民歌者。」梁某曰：「君胡不試編之？」余略一佇思，曰：「余已得佳句四句，君願聞之否？」曰：「願聞。」余曰：「天子萬年，百

姓花錢；萬壽無疆，百姓遭殃。」座客譁然。

　　這則故事的主角便是作者自己，記其在鄂督府的萬壽宴上作歌諷刺西太后的故事，表達了作者對慈禧太后及晚清各級官員不體恤民艱，而只知一味驕奢淫逸的荒淫行為。寥寥數語中，一位憂國憂民、剛直無阿的傳統士大夫形象躍然紙上。

　　書中所記的不少故事，不僅作者自己就身在故事之中，甚至還有專記自己言動的篇什。如卷上《新算學》一則：

　　辜鴻銘部郎云：「日本故相伊藤侯，甲午後解職來遊中國。至武冒，適余所譯《論語》英文告成付刊，即持一部贈之。伊藤侯謂余曰：『聞君素精西學，尚不知孔子之教，能行於數千年前，不能行於今日之二十世紀乎？』余答曰：『孔子教人之法，譬如數學家之加減乘除。前數千年其法為三三如九，至如今二十世紀，其法亦仍是三三如九，固不能改如九為如八也。』」云云。予聞此言，謂辜部郎曰：「君今尚不知目今二十世紀數學之改良乎？前數學謂三三如九，今則不然。我借洋款，三三如九則變作三三如七；俟我還洋款，三三如九則變作三三如十一。君尚不知此，無怪乎人謂君不識時務也。」

　　這則故事的結構非常新穎，作者先設置了一個辜鴻銘部郎與日本前首相伊藤博文的對話情節，然後再設一個情節，說自己聽說了這個故事後，對辜鴻銘部郎對伊藤說的話不以為然，由此引出作者真正要表達的主旨：譴責西方霸權主義國家通過向中國借款而不斷盤剝中國人民的無恥行徑。

　　與其他清末民初的筆記小說不同，《張文襄幕府紀聞》所記晚清軼事，其在敘事方式上常與眾不同。書中的有些篇什，雖然文字上多是議論，但其中仍有故事穿插其中，仍可當軼事筆記小說來讀。如卷

上《半部〈論語〉》一則：

> 孔子曰：「道千乘之國，敬事而信，節用而愛人，使民以時。」朱子解「敬事而信」曰：「敬其事而信於民。」余謂「信」當作有恆解，如唐詩「早知潮有信，嫁與弄潮兒。」猶憶昔年徐致祥劾張文襄折內，有參其起居無節一款，後經李翰章覆奏曰：「張之洞治簿書至深夜，間有是事。然譽之者曰夙夜在公，非之者曰起居無節。」按：夙夜在公則敬事也，起居無節則無信也。敬事如無信，則百事俱廢，徒勞而無功。西人治國，行政所以能百事具舉者，蓋僅得《論語》「敬事而信」一語。昔宋趙普謂：「半部《論語》可治天下。」余謂：此半章《論語》亦可以振興中國。今日中國官場上下果能敬事而信，則州縣官不致于三百六十日中，有三百日皆在官廳上過日子矣。又憶劉忠誠薨，張文襄調署兩江。當時因節省經費，令在署幕僚，皆自備伙食。幕屬苦之，有怨言。適是年會試題為《道千乘之國》一章，余因戲謂同僚曰：「我大帥可謂敬事而無信，節用而不愛人，使民無時。人謂我大帥學問貫古今，余謂我大帥學問，即一章《論語》，亦僅通得一半耳。」聞者莫不捧腹。

這裡所記的有關張之洞的兩則軼事，就是通過先辨析前人注經說法等，巧妙地引入所要記述的本事上，敘事結構新穎，故事也有可讀性。

十一、清代名人軼事

　　《清代名人軼事》，葛存虛撰。葛存虛，清末民初人，生平事蹟不詳。書為十六卷。1985 年（民國七十四年）9 月臺灣文出版社影印出版《中國近代史料叢刊》，將其列入第三編第四輯。山西古籍出版社 1996 年出版《民國筆記小說大觀》，將其列為第三輯之一種。

　　全書分學行（七十則）、氣節（三十六則）、治術（三十四則）、將略（四十二則）、文藝（六十五則）、憐才（二十五則）、吏治（二十一則）、先德（三十四則）、異徵（四十二則）、度量（十五則）、清操（二十一則）、秋名（二十一則）、風趣（五十四則）、境遇（十九則）、閨閣（二十則）、雜錄（三十七則）等十六類，共計三百零九則，全面記述清代名人軼事掌故，涉及人物有皇帝、大臣、學者、名士等各色人等。與清末民初許多軼事類筆記小說相較，此書所記清代名人最多，幾乎所有各篇故事都較有可讀性，真正體現了軼事小說的特徵。如《學行類》中「江慎修之術數」一則：

　　江慎修，安徽歙縣人，好窮經，尤精蓍筮之學。著《周易釋義》十六卷行世，其析理頗精，創三十六宮之說，謂易中乾、坤、坎、離、大過、小過、中孚、頤八卦，皆無反正，餘可反正者五十六卦，其實只二十八卦，合之成三十六數，其說甚新。又謂河圖順生，洛書逆克，按之皆確有見。館同裡某富家三年，兀坐一編，喜慍不形於色，一起居曰定數、一飲食曰定數，富家厭之，辭焉，慎修欣然去。明年重九日，富家集客為茱萸會，慎修適過，主人邀入席。慎修盡三爵、食二饅首，遂起辭。富家挽留，慎修曰：「定數也。」引富人至書室廚後，見有徑寸貼，書云：「三年賓主歡，一日遽分手，尚有未了緣，明年九月九，邀我賞茱萸，酌我三杯酒，數定且歸休，只

啖兩饅首。」眾大訝。慎修平生不妄交，惟與同村程翁善。程亦精奇門者，一日同醉歸，程曰：「月色大佳，盍乘輿入城乎？」慎修曰：「夜二鼓矣，入城且十裡，倘不及返，奈何？」程指道旁石曰：「此石今夜亦至城，何云不及也？」慎修笑曰：「誠然，但此石明日始返耳。」旁觀異二人言，坐石旁驗之，俄有擔酒者以擔後輕，載石去，明午果載回，棄舊處，於是村中咸仙慎修矣。村有戴正者，負異才，過目不忘，聞慎修名，攜簽往學。慎修適他出，戴徑入室，據案翻閱，三日盡讀所藏書。慎修歸，戴師事唯謹，慎修問讀此間書未，戴言盡熟矣。慎修曰：「能用否？」戴曰：「未也。」異日偕戴遊隴上，見黃牛與黑牛觸，慎修問戴曰：「牛孰勝？」戴曰：「黃土也，黑水也，土克水，黃當勝。」慎修曰：「不然。今于令為孟冬、於日為壬子，水旺，土斯廢矣，此理不可拘於一定，而學所以貴於化也。」已而黑者果勝，戴大悟，學業日進，名遂與慎修埒。雍正初，大吏薦慎修於朝，上召見，慎修戰慄不能對，乃薦戴。戴口如泉湧，剴切詳明，上大悅，問：「卿與師孰優？」對曰：「臣劣于師。」上曰：「師優不對，何也？」對曰：「師年耄，患重聽，若所學固勝臣萬萬也。」上嘉其讓，賜翰林。同治中，曾文正公搜遺書，得慎修《周易釋義》，為梓之，行於世。

　　這則故事寫清乾嘉時代著名經學家江永精於《易》學、擅於術數的事蹟，以及其弟子戴震尊敬老師、推讓老師的君子風度，典型的細節與生動的對話，將二位著名經學家的形象寫得栩栩如生，呼之欲出。讀之讓人如見其人，如聞其聲。

　　一向為人視為古板無趣的經學家，在作者筆下也寫得如此生動，那麼疏狂不羈的文人又是如何呢？且看《風趣類》中「鄭板橋嫁女」

一則：

> 板橋先生之淡宕風流，夫人知之矣。其玩世不恭，直有可友
> 竹林而師柳下者，世多未之傳也。予嘗聞諸父老曰：「先生有
> 女，篤愛之，井臼針黹無一能，而工畫工詩，頗得其父意。先
> 生欲嫁之而難其偶，適有友而鰥者，所學所好與之同。先生相
> 之，喜曰：『吾婿無逾此者。』遂約焉。歸則詭謂其女曰：
> 『明日攜汝佳處遊，當不負也。』女喜從之友所，友酌之。
> 已，先生命女曰：『此汝家也，其安之。』女喻父意，遂不
> 去。而所謂問名納采諸縟禮，概無有焉。先生曰：『非吾不能
> 有此也，非此女不能嫁此夫也。』其蕩佚禮法有如此。」

這則故事雖是寫鄭板橋曠古離奇的嫁女行為，但卻以平淡的筆觸
敘而出之，讀之有一種「靜水流深」的感人力量。板橋視傳統禮法如
無物的言動讓人跌破眼鏡，其女安之若素、從容平靜的態度則更讓人
難以理喻。然而，這一切由這對玩世不恭的父女做來，卻是那麼自然
淡定，讀之不禁讓人回味無窮。

嫁女對於一般人來說，那是大事，只能循規蹈矩，不可越雷池一
步，但疏狂的鄭板橋能創造出與眾不同的另類模式；讀經對於封建士
大夫與讀書人，那是神聖之事，自然應該是焚香沐浴、正襟危坐而為
之。但是，清人顧複初則不然。且看《風趣類》中「顧棟高裸體讀
經」一則：

> 顧棟高先生複初，清康熙辛醜進士，性倨慢不合時，僅三載
> 即歸田。深于經學，自幼至老未嘗一日不讀書，於五經皆有發
> 明。掌教淮陽時，夏月堅閉重門，解衣裸體，寸絲不掛，手執
> 一卷，高讀不輟。客至，自門隙窺之，大笑，先生倉皇著衣而
> 出。談者傳為笑柄云。

這則故事中的主人公顧棟高（複初）乃康熙進士，曾官內閣中書。但因生性倨慢，不合於時，遂辭官歸田，沉潛於經學研究之中。封建時代，「三更燈火五更雞」，士子讀書何為？無非登科做官。然而，顧複初不然，剛居官則辭之。為人師表，自然應該一言一行皆為士子楷模。然而，掌教淮陽的顧複初則不然——裸體讀經。如此「倨慢不合時」的舉動，讀至此，「教人如何不想他」，為他的疏狂，為他的曠達，為他的驚世駭俗。

十二、藥裏慵談

《藥裏慵談》，李詳撰。李詳，字審言，晚年體弱多病，乃自號「百藥生」。此書初名《脞語》，後又稱《拭觚》、《竊記》。年事日增，聞見益富。凡學術風會之升沉，朝野俊逸之軼事，俱可於此得之。因體弱多病，後以百藥生自號，乃廢前名，括稱《藥裏慵談》，取「藥裏關心」之意。晚年定稿為六卷」。「書中所述，語必有征，非出之臆造」。[2]

全書六卷，共計二百零五則。江蘇古籍出版社 2000 年曾出版此書的整理本。書中所記皆清代人物軼事以及相關掌故，亦有不少考辨名物、備載史料等內容，整體上看亦屬「軼事派」作品。雖然其記人記事的文筆亦不夠生動，但間或也有一些篇章頗有可讀性。如卷二《汪梅村先生》一則：

> 梅村先生有馮敬通悍婦之厄。每值不豫，必令先生長跪，自批其頰。惟畏洪琴西。一日，逢彼之怒，勢不相下。琴西猝命親兵以肩輿迎之，藏先生于塗仙朗舟中。婦大索三日不獲，既

知為洪所為，則宣言：「渠若不出，吾將其著述諸稿焚去。」洪聞，窘極，因送先生回。婦詬之愈甚。

蒯禮翁又說先生一事。蒯寓江寧，冬日清晨，先生披第古蓨襖叩門甚急。蒯延入，問：「何事？」先生氣不相屬曰：「家難！家難！」蒯命僕曰：「汪太太來，阻之。」未幾果至，詈于門，蒯僕不應，色沮而去。

汪仲伊先生言，渠在採訪忠義局時，值曾文正歐陽夫人生日。楊仲乾、陳虎臣屬汪曰：「此間須梅老作一壽文，請君言之。」仲伊詣汪，告以來意。梅老正色曰：「古無壽婦之禮，不但我不作此文，諸君亦不可作。」汪默然而出。既而梅老以壽文進，隸事精切。仲伊怒：「此老非人！何忽見賣？」繼訪知，梅老盛色折仲伊，時婦于屏風後竊聽，隨責梅老：「古何以無壽婦人之禮？然則婦人非人耶！為我速作一文，須講古來應壽婦人羅列其間，否則，吾與若不甘休也！」梅老懼而為此。

仲伊後告琴西，琴西曰：「此婦應為霍小玉後身，梅老即李十郎也。」相與歎息而罷。

此寫晚清著名歷史、地理學家汪士鐸（字梅村）懼內的故事，通過三個典型故事，生動地再現了一個現實生活中鮮活的學者形象，讀之讓人忍俊不禁，而又感慨萬千。其所刻畫的悍婦汪太太形象，則讓人如聞其聲，如睹其人。

又如卷四《鄭板橋先生軼事》一則：

板橋先生以書畫名世，其遺聞軼事多傳之者，皆其罷官後乞食江湖所為。先生窮約居裡中，宅近東門外寶塔灣。值歲儉，先生生徒盡散，舉債償急需，延至端午節，質劑子本，屈時而畀。先生慮不得償，先期避往焦山，覓同鄉僧某，託名逭暑，

實避債焉。至五月下旬，未得家中耗，不敢遽歸。馬秋玉曰琯，時住松寥閣，清晨雨霽，攜一僕登山椒，微吟相屬。板橋隨其後，聽之似重疊僅得一語，云「山光撲面經宵雨」。板橋遽前揖曰：「君得句頗佳，僕已竊聽之。」馬謂：「詩思苦甚，先生能舉其偶乎？」板橋曰：「不才已得『江水回頭欲晚潮』七字，不審足下謂何？」馬喜極，謂較己語為自然。叩其所居，明日來拜。邀往對弈，為設一榻，請板橋移寓，共盡昔日談。板橋欲歸不得，面有憂色。馬問：「以君雅人，方謀行樂，何鬱鬱為？」板橋云：「僕為避債而來，非能效公等作達。今將歸矣，慮家中無耗，不敢遽行，故憂耳。」馬唯唯。又曆十數日，與馬別，為餞行，舉滿為壽。板橋自落落也。抵裡步近門巷，趑趄而進，見墁人墁牆掃除，大駭，以為宅已賃他人。入門，其孺人含笑相勞苦，更出望外。又呼僕具酒食，曰：「老爺想餓矣，可速備。」板橋益踧踖不安，私叩孺人曰：「端午節何如？」曰：「在前數日，君寄家二百金，已為畢債，當節左右，隳突吾門者，皆改容謝罪去。今以其餘修屋，防梅雨耳。」板橋自歎曰：「吾怪馬君，固應不至如是，今果知賢者也。」是年赴揚州與馬訂交，後遂為馬上客。罷官後，亦以馬為主焉。此老友王松巢告余，諸家紀載所未及也。

這則寫鄭板橋避債遇馬琯的故事，寫盡了文人落拓潦倒的淒涼與馬琯解囊相助的豪爽，讀來令人感歎、感慨，感歎馬琯的義氣干雲，感慨鄭燮的淒苦境遇。

十三、南亭筆記

　　《南亭筆記》，李伯元撰。伯元（1867－1906），名寶嘉，原名寶凱，別號南亭亭長、遊戲主人、謳歌變俗人。江蘇武進（今常州）人，生於山東。生於世宦之家，聰穎多才，制藝詩賦、繪畫篆刻、金石考據，樣樣俱精。雖少年早慧，但考取秀才後卻始終未能中舉，故無緣走上仕途。光緒二十三年（1897）來到上海，創辦了《指南報》，希望借此針貶時弊，匡救世風。後又改辦《遊戲報》、《繁華報》，成為晚清上海小報的創始人。又受商務印書館之聘，編輯出版《繡像小說》半月刊。光緒二十七年（1901），清政府舉辦經濟特科，湘鄉曾慕濤侍郎舉薦其應考，不就。繼續辦報揭露晚清官場的腐敗黑暗，並從事通俗文學創作。生平著述甚豐，除《南亭筆記》以外，還有《南亭四話》、《藝苑叢話》、《滑稽叢話》、《塵海妙品》、《奇書快睹》等詩文雜記，《海天鴻雪記》、《中國現在記》、《海上繁華夢》、《官場現形記》、《文明小史》、《活地獄》、《李蓮英》等通俗小說，以及《醒世緣彈詞》、《庚子國變彈詞》、《前本經國美談新戲》等彈詞戲劇，共計有十餘種。其中，《官場現形記》被公認為是晚清譴責小說的代表作。

　　《南亭筆記》，共十六卷，共六百九十八則，不加標題。有 1919年 7 月上海大東書局石印本。1999 年山西古籍出版社與山西教育出版社聯合出版「民國筆記小說大觀」，將之列為第四輯之一種。全書「記有清一代上至朝廷，下迄閭巷遺聞軼事。於封建帝王、名宦士夫、封疆大吏，多有涉及。所寫有官場、藝苑、文壇、理學諸多方面。尤其是對晚清官場腐敗及官僚貪鄙的揭露，為《官場現形記》、《文明小史》取材，對認識小說創作及本事的關係，頗具史料價值。」[3] 由於作者長於文筆，擅長寫通俗文學作品，因此所記軼事雖形制簡短，是筆記小說的規格，卻也敘述生動，娓娓可讀。如卷一第三

則：

> 康熙暮年，牙齒盡脫。嘗在池上率嬪妃釣魚取樂，偶舉竿得一鱉，旋脫去。一妃曰：「亡八撓了。」（北京謂走曰撓）皇后在左曰：「光景是沒有門牙了，所以銜不住鉤子。」妃斜視康熙而笑不止。康熙怒，以為言者無意，笑者有心，因貶妃終身不得近禦。

這則寫康熙年老釣魚取樂的故事，通過康熙對皇后與妃子戲言的態度及貶妃的行為，生動地再現了康熙年老而忌老的心態及氣量短小、說笑不得的庸人胸襟。讀之讓人覺得真實親切，有如見其人之感。

又如卷一第十七則：

> 和珅與朝貴偶語，必盛稱太上皇。嘉慶密偵得之，怒詈曰：「和珅奴才，可恨蔑視朕躬！不給他一個信，他還做夢哩！」翌日，召見便殿，低聲語和珅：「太上皇待你好麼？」和頓首答曰：「太上皇恩典，天高地厚，奴才雖死不忘。」嘉慶又問曰：「然則朕待你如何？」和又頓首答曰：「陛下待奴才恩典，雖異于太上皇，奴才誓以死報！」嘉慶又曰：「好個誓以死報！」又問：「太上皇與朕孰賢？」和頓首謝曰：「奴才不敢說。」強之，乃曰：「太上皇有知人之明，陛下有容人之量。」嘉慶笑曰：「好個容人之量，你候著罷！」和戰慄辭歸，汗流浹背，重棉為濕。

這則故事寫嘉慶皇帝與乾隆朝寵臣和珅的對話，生動地再現了嘉慶忌恨和珅，礙於乾隆尚在而不得查辦的無奈心態。君臣二人的問答，一來二往，弦外之音耐人尋味，其間微妙的心理變化也盡在其中矣。讀之讓人有如臨其境，親見其人的歷史現場感。

再如卷十第七則：

　　梁鼎芬二十四即成進士，官編修日，忽具折參劾李文忠，有「儼如帝制」云云，致幹宸怒，奉旨革職。後為潘衍桐學士操所刊輶軒文字選政，年甫三十有二，已蓄長鬚。梁熱中人也，二十七歲時以參劾李傅相罷官歸裡，嘗自刊一小印，曰：「蘇老泉發憤之日」。梁鼎芬歸隱之年，梁主講廣雅書院時，鄉人彭某適以是歲捷南宮，乃在書院附近之南岸召優演劇，梁聞之大怒，欲拆其棚。彭因詣梁，梁嚴詞責之，並曰：「若以唱戲為名，而以開賭為實也。」彭從容曰：「如某某街太史第不設番攤，某即偃旗息鼓而去。」梁不能答，只得聽之。梁身極短而蓄長鬚，與康有為、陶森甲，可謂鼎足而三矣。嘗與某京卿侍南皮遊赤壁，在山下前後參差而立，見者謔為三矮奇聞，蓋京卿京侏儒也。梁之頑錮幾與端、剛相埒，見人有著洋布者必怒罵之。一日，與友作穀埠之遊，俄而解衣，則所著之褲亦洋布者。友曰：「若亦作法自弊耶，立褫之！」梁大窘。梁在某書院掌教之時，一生偶穿洋絨馬褂，梁大怒，欲褫之。生從容進曰：「門生因聞老師已破洋戒，故敢以此衣相見。」梁愈怒，問其何據。生曰：「各生贄見，例用銀封。今老師洋錢亦收，非破洋戒而何？」梁不能答，梁嘗與同人小飲，述及「有子萬事足，無妻一身輕」二語，謂宜改其一字。某孝廉曰：「有錢萬事足。」梁笑之，因曰：「當作『有氣萬事足』。」眾賞之。朱強甫曰：「不如『有我萬事足』。」梁曰：「什麼我？」朱曰：「『萬物皆備於我』之我。」一時服為雋談。梁工尺牘，嘗見其招友便條曰：「萬花如綺，春色可人，請野服過我，賞之以酒。」遣詞麗藻，可以想見一斑矣。梁有以數字為一箋者，結尾不書此請某安字樣，謂如此則起訖不能聯絡，

實名論也。梁每作短箚,一事一紙。若數十事,則數十紙,且
於起訖處蓋用圖章。或問之,則侈然曰:「我蓋備他人之裱為
手卷冊頁耳。」梁每致書某太史,稱以某某翰林。某太史乞人
寄聲曰:「你下次再寫某某翰林,我當寫某某知府矣。」

這則故事寫晚清名士梁鼎芬之言動,既生動地表現了其書生本色
的迂腐,又再現了其剛正不阿的封建士大夫氣質,讀之讓人看到了一
個真實而性格複雜的晚清名士形象,也有助於人們對他入賓晚清重臣
張之洞之幕而成為其重要智囊,幫助張之洞在風雨飄搖的時代安度危
局而屹立不倒的原因予以瞭解。

十四、北國見聞錄

《北國見聞錄》,季默撰。季默,民初人,生平事蹟不詳。1997
年上海書店出版社出版「民國史料筆記叢刊」,將其附列於《光宣小
記》之後予以印行。書不分卷,共計九十五則。所記皆是民國初的人
與事,也有一些掌故考辨等內容,但以人物軼事為多。所記民國人物
軼事者,篇幅短小,語言活潑,多有清新可喜者。其文之人物對話,
皆直錄其白話,但敘事語言則用文言,與傳統筆記小說已有區別(民
初筆記小說已有不少這種風格者),表現出與時俱進的創作態度。如
《上房照相》一則:

北平名教授呂劍秋先生複,性滑稽,出語冷雋。某次,偕黨
政軍學各界人員照相。政界中人力讓黨部吳委員中坐,以示尊
黨。呂從容曰:「不如請吳委員一人坐在房上,表示黨權高於
一切。」眾哄堂。

這則故事寫民初燕京大學教授呂複借照相排序之機，巧妙地諷刺了國民黨當政以黨領政、党權淩駕於政權的非正常政治現象。讀之讓人味之思之，對中國現代政治體制良多感慨。

又如《教授拉車》一則：

> 呂既任燕京大學專任教授，例不能再兼他校之課。有不知者，往請其擔任鐘點，呂曰：「我從前是在胡同口拉散車，誰給子兒（北平語，銅幣之意）就拉誰，現在拉上洋大人的包月車，恕不零賣了。」

國則故事仍然是記呂複教授之軼事，表現的是其生性的開朗、語言的幽默，讀之讓人如見其人，仿佛親見民初教授灑脫、詼諧的作風。

《北國見聞錄》寫文人之軼事頗具生動性，寫武人之瑣聞也不乏其趣味。如《題扇》一則：

> 海城張雨亭大元帥作霖為旅長時，偶值公宴，僚友招伶侑酒。酒半，伶各出扇，求座中諸將賜字。張亦分得一扇，苦無成詞可書，乃濡墨大書「胞與為懷」四字。署款時，憶古人題跋有作「某某墨」者，因仿用之，複將「墨」字下半遺落，遂成「張作霖黑」云。

這則故事寫奉系軍閥張作霖之軼事，通過其題跋仿古人文字而出錯的細節描寫，形象地再現了一個有附庸風雅之心、而無附庸風雅之力的武夫形象，讀之讓人覺得既可笑，又可愛。

武夫題字鬧出笑話，那麼武夫吟詩如何？且看《聯句》一則：

> 擴大會議失敗後，閻百川同志錫山攜親信走大連，頗無聊賴。一日，同登望月樓觀海，聯句遣懷。

閻首唱云：「望月樓上觀潮來。」

寧超五曰：「龍虎風雲好快哉。」

趙戴文曰：「上下四圍皆徹底。」

孫奐侖曰：「海天一色月輪開。」

　　這則故事是寫閻錫山在 1930 年「中原大戰」失敗，「擴大會議」（1930 年 7 月，國民黨反蔣各派在北平成立「中國國民黨部擴大會議」，決定另組「國民政府」，推選汪精衛、閻錫山、馮玉祥、李宗仁、鄒魯、唐紹儀、張學良為委員，以閻錫山為主席）被解散，潛逃到大連，托庇於日本人的一段歷史往事。其所寫閻、寧、趙、孫四人的聯句，由其登樓吟詩的風雅與曠達反襯出這幫武人與政壇人物失意後無可奈何的心情，讀之讓人味之思之，感慨無窮。

　　除了寫民初政壇與學界中人物之軼事，書中也記述了民初社會風氣與好尚的變化。如：《學生語氣》：

　　平市各樣學生，常有特別語氣，其例甚多。如甲問乙：「今天體操不體？」乙答：「大概不體了！」男譽女曰：「密司的舞實在跳的好！」網球場中，常聞：「你瞧！又『奧』（out）了『賽』（side）。」消息家相語云：「昨兒我看見×君和×女士『克』（ki）了一個長『司』（ss）」。學生界恒喜用 Combine 一字，表示男女發生關係之意。故有愛侶者，輒被人詢問：「你們『康』（con）過『板隱』（bine）沒有？」

　　這則故事通過民初青年學生喜歡在說話時「鑲金牙式」地夾雜一些英文單詞的細節描寫，生動地再現了「西風東漸」對中國社會的影響，同時也讓我們看到了西方文化影響下中國現代社會習尚的變化軌跡。

十五、也是齋隨筆

　　《也是齋隨筆》，如愚撰。如愚，民初人，生平事蹟不詳細。1997 年上海書店出版社出版「民國史料筆記叢刊」，將其附列於《光宣小記》之後予以印行。書不分卷，共計一百二十三則。書中所記皆為民初黨、政、軍、學界以及其社會各界人士的軼事。敘事用文言，人物對話保留白話原狀。各篇形制短小，但記人敘事生動活潑，語言質樸清新，頗有娓娓動人的韻致。如《將軍懼內》一則：

　　十六年，何應欽先生任第一路軍總指揮，馬文車先生任總指揮部政治部主任，劉峙先生任第二師師長，均隸氏直屬。

　　師次淮安。一日，何歡宴各將領，酒半酣，眾推馬氏說笑話。馬講怕老婆故事，語畢，笑顧劉氏曰：「你近來何如？」眾大笑。劉笑答曰：「我是在總指揮領導下的！」眾益為之哄堂。

　　這則軼事是講將軍懼內之事。劉峙雖官居下位，卻能以機智的語言表達，四兩撥千斤地回敬了上司的嘲弄，既不讓上司難堪，又娛樂了大家，可謂名嘴將軍也。

　　又如《示威之詩》一則：

　　往歲，王陸一先生任安徽大學文學院長，其夫人求學于滬上美術專門學校。王君欲其夫人赴皖，而夫人以事未果行。王君乃寄以詩云：「你若不肯來，我便來看你。長江東下船，而偕某小姐。……否則揚子江，我便跳下去。江水冷冰冰，難免得腳氣。」其夫人讀詩後，翌日即束裝成行。有某君仿《左傳》語調云：「君子曰：『此示威之詩也』。」

　　這則故事寫國民黨元老級人物王陸一（原名肇巽，又名天士）與

其夫人的軼事，既表現了其夫妻情深的一面，也表現了其作為文人浪漫可愛的一面。

又如《黨員登記》一則：

> 十七年，各省辦理黨員登記。當填寫登記表時，笑話百出。如「性別」欄，有填「溫柔多情」者；「什麼是本黨最高權力機關」，有填「國民政府」者。又當口試時，問者曰：「你何時加入本黨的？」有某老黨員曰：「老子入黨時，恐怕你還沒有出生呢！」

這則故事通過典型的細節描寫，表現了民國初年民眾對政黨功能、性質等認識模糊的真實歷史現狀。至於黨工與老黨員的對話細節，則生動地再現了某老黨員以老賣老的形象。

又如《字尾有別》一則：

> 某科長見某科員在辦公室中蹺腳，惡其不恭，責之。某科員亦不甘示弱者，反唇相譏之曰：「然則科長又為何蹺腳？」科長怒，正苦無言以答，忽睹公文封面上有科長、科員字樣，靈機一動，乃深斥之曰：「你要知道，自從倉頡時代以來，就只許科長蹺腳，而科員只可立正。你不見科長的『長』字末尾兩筆，就是一個蹺腳姿勢，而科員之『員』字末尾兩筆，不是絕好的立正姿勢嗎？」

這則故事通過科長與科員蹺腳權利之爭，生動地突顯出民國初年「官本位」思想在官場中根深蒂固地存在現狀，讀之不禁讓人深思感歎。

除了寫黨、政、軍等各界人物軼事外，書中也寫到了民初男女婚姻之事。如《實歸名至》一則：

　　十六年，立法委員王昆侖君與范映霞女士在京結婚，有某君賀以聯云：「既然幹了實際工作，何必做些表面文章。」

　　這則故事雖然僅寥寥幾句話，卻生動地反映了民初新派人物的婚姻現狀及新生活狀態。某君的賀聯尤其耐人尋味，道出了這種新生活的真情。

　　又如《男女關係》一則：

　　蔣夢麟先生曾戲謂現時男女關係，可概括之為三種：一，狗皮膏藥；二，橡皮膏藥；三，輕氣球。或謂語作何解？蔣氏曰：「狗皮膏藥者，貼時不容易，撕開也痛苦，舊式婚姻之類是也。橡皮膏藥者，貼時既方便，撕開也不難，普通婚姻之類是也。至於摩登者流，男女雙方均得時時當心，稍有疏忽，即行分離，此非輕氣球而何？」

　　這則故事寫蔣夢麟（曾先後出任國民政府第一任教育部長、行政院祕書長、北京大學校長等職）對民初隨著政治現狀的蛻變而在男女婚姻生活方面的變化的概括，讀之既讓人真切地瞭解到民初中國婚姻模式新舊狀態並存的現狀，也讓人由此深入思考各種婚姻模式的利弊之所在。

　　再如《晉芳妙吟》一則：

　　現任阜甯縣長李晉芳君，未結婚前曾寄寓上海，嘗以房屋名詞擬男女關係。如一夫一妻者，曰一樓一底；一妻一妾者，曰一樓兩底；妻妾均無者，曰過街樓。一日，參加某友喜宴，歸寓感觸萬端，吟詩數首，以遣愁懷，猶憶其末首尾句云：「海上房屋千萬所，憐我猶是過街樓。」

　　這則故事說的也是民初中國男女婚姻新舊模式並存的局面，寓含

著對舊式婚姻、一夫多妻制的批判，也表達了單身者孤單無助的情感苦痛。

十六、清代名人趣史

　　《清代名人趣史》，作者佚名。民國六年（1917）昌福公司印行，為叢書「滿清野史續編」之一種。1999 年北京古籍出版社出版「清代野史叢書」，將之列為其中之一種《李鴻章事略》的外八種。2004 年山東畫報出版社據民國本，出版了整理點校本。

　　《清代名人趣史》，不分卷，共二十二則。所記皆清代文人軼事佳話，可謂是文人趣話專集。其文皆篇幅短小，敘事簡潔而不失生動，有相當的可讀性。如《王於一之誇妓》一則：

　　江西王於一，博學而文，才名卓著。嘗宿妓於塔山之息柯亭，禾中朱錫鬯曉過於一，時於一尚未起。錫鬯隔幔坐待之，於一不知也。向妓誇平生貴介任俠，且曰：「吾雖老，猶將金屋藏汝矣。」錫鬯啞然大笑，於一驚起，慚責幾成大隙。次日有舉此事以問毛西河，於一當時該作何語者，西河誦張鶴門《醉公子詞》應之云：「伴醉許佳人，千金贖汝身。」一座大笑。

　　這則故事寫清代文人王於一宿妓誇口的軼事，即事見人，生動地再表現了其風流成性、好為大言的文人情性。
　　又如《張船山之豔福》一則：

　　張船山先生問陶，詩才超妙，性格風流，四海騷人，靡不傾

仰。秀水金筠皇孝廉，忽告所親，願化絕代麗姝為船山執箕
帚。又無錫馬雲燦題贈詩云：「我願來生作君婦，只愁清不到
梅花。」以船山夫人有「修到人間才子婦，不辭清瘦似梅花」
之句也。其傾倒之心，愛才而兼鍾情，可謂至矣。先生戲成二
律以謝云：「飛來綺語太纏綿，不獨青娥愛少年。人盡願為夫
子妾，天教多結再生緣。累他名士皆求死，引我癡情欲放顛。
為告山妻須料理，典衣早蓄買花錢。」「名流爭現女郎身，一
笑殘冬四座春。擊缽此時無妒婦，傾城他日盡詩人。只愁隔世
紅裙小，未免先生白髮新。宋玉年來傷積毀，登牆何事苦窺
臣？」亦詞壇雅話也。

這則故事寫清乾嘉年間著名詩人兼畫家張問陶（字仲冶，號船
山）才情非凡，為士人傾倒的軼事，鮮明地表現了士林中人愛慕詩才
的普遍心理，鮮活地再現了張問陶風雅詼諧的形象。

又如《祁文端之門生問補服》一則：

　祁文端公在京時，忽一甘肅門生至。怪其無故遠來，姑出見
之。所著衣冠甚古，且綴補於袍上。公因問其緣何來此？曰：
「因援例得服知縣品服，未識今所用當否。以鄉中人不能決，
思不如入都詢問老師較為有據。」文端審視之，果七品服也。
曰：「是矣。」又問是否綴在袍上？文端忍笑告之曰：「應綴
在外套上。」此人謹受命辭而去。文端念此人以小故遠來，良
可慨，命僕封四金至旅店饋之，則此人已行矣。若而人者，真
可謂太古之民也。

這則故事寫甘肅士子入京問官服形制的故事，即事見人，生動地
再現了一個迂腐質樸、不達時變的讀書人形象。

再如《陳其年之風流》一則：

陽羨陳其年，工駢體，嘗言胸中有數萬駢體文，只未寫也耳。未遇時，游於如皋。冒巢民愛其才，延致梅花別墅。有童名紫雲者，儇麗善歌，令其執役書堂。其年一見神移，贈以佳句。適墅梅盛開，其年偕紫雲徘徊於暗香疏影間，巢民偶登內閣遙望見之。佯怒，呼二健僕縛紫雲去，將加以杖。其年傍徨無計，乃趨赴巢民母宅前，長跪門外，啟門者曰：「陳某有急，求太夫人發一玉音，非蒙許諾，某不起也。」因備言紫雲事。頃之，青衣媼出曰：「先生休矣！巢民遵母命不罪雲郎，然必得先生詠梅花詩百首，成於今夕，仍送雲郎侍左右也。」其年大喜，攝衣而回，篝燈濡墨，苦吟達曙。百詠既就，丞書送巢民。巢民讀之擊節，笑遣雲郎。真可謂風流逸韻者矣。

這則故事寫清初著名詞人、駢文家陳維崧（字其年，號迦陵）戀歌童徐紫雲的故事，敘事事宛轉，文筆生動，既表現了陳氏卓絕的才情，又再現了其多情善感、走火入魔的畸形心理狀態。

再如《嚴鐵橋之殺屠夫》：

歸安嚴鐵橋可均，博綜群籍，精校讎，輯書甚富，顧性跌盪。少時家居殊落拓，喜食肉，欠肉資甚多，屠某催索甚急。一日嚴過屠肆，屠人又向索錢。嚴怒，遂奪屠刀砍之，屠踣，嚴懼，擲刀隻身走京師，匿姚文僖公宅中。姚閉諸室，不使出，因發藏書讀之，因成名儒。

這則故事雖敘事簡約，但卻將清嘉道間著名學者嚴可均（字景文，號鐵橋）由一個年少輕狂的頑童而成為一代大師的經歷清楚地勾勒出來，讀之讓人不無啟發：學術上的一代宗師並非天生，而是需要潛心修煉。

十七、民國官場現形記

　　《民國官場現形記》，宣南吏隱撰。宣南吏隱，不知何許人也，當是民初人。此書民國十一年（1922）年由上海中國第一書局出版，為繪圖本。分上下兩編，上編二十則，下編十八則。所記皆民初政壇人物軼事，許多故事都有相當的可讀性，洵是筆記小說的規模與特質。如上編《不分你我耳朵遭殃》一則：

　　在昔津人稱曹曰「瘋子」，見客張手讓坐，熱如昆季。好以老大哥自居，動輒呼人老弟，談笑間作，若見肺肝。麻雀一場，哄然送客。其實對答圓融，心口甜辣，何嘗瘋哉！此次直奉未開戰前，曹四（銳）力主聯張拒吳，錕初猶猶豫，迫張福來至保開軍官會議之後，曹聞部下一致懲銳，乃當眾擰弟之耳，大聲曰：「功名富貴，皆我掙來，今決計犧牲，你如不贊成開戰，登報脫離兄弟關係可也。」言已，即令熊炳琦致電洛吳曰：「你即是我，我即是你，親戚雖親不如我自己親，你說怎麼辦就怎麼辦。」熊請改文言，曹曰：「不必，儘管照此拍發。」電去後二十四小時內，吳已至保。調兵遣將，是豈瘋子所能為？苟神經有病，斷無能拍發此胡派之電報矣。

　　這則故事，以其生動的細節描寫，即事見人，以小見大，鮮活地再現了北洋軍閥曹錕的為人處事作風及機心莫測的奸詐形象。讀此故事，再與其賄選總統之事相聯繫，則其人「瘋」還是「不瘋」，立可見矣。「瘋」是其裝出來的做派，「奸」才是其真正的本色。
　　又如下編《關外王威逼吳癲痢》：

　　關外王，遼陽人，綠林之豪也。遇事專橫，輿論對之咸有微言，僉謂鑒張前之助皖，後之助皖，將來難免與直翻臉。今果

然矣。王出身胡匪，天性難移，當其入關劫械後，又至京向財部索餉。時曹汝霖為財長，無以應，乃避不見面。關外王異想天開，在西安酒店，約曹宴會。曹潤田知非善意，托次長癩吳（因其頭禿故名）代表。吳雖明知關外王之暴戾，但一者懾其聲威，再者礙于總長之命，勢難違抗，不得已亻行入酒樓。關外王已先在，見面劈頭第一語曰：「汝做何官？所司何事？我向總長要錢，汝輩因何不給？」言已，袖出繕就之領款公文，迫吳簽字。吳以此事歸庫藏幣制二司長某某辦理。關外王立以電話假吳名，招該兩司長至。至則將房門緊閉，不容出戶，非簽字不放行。該二司長無可如何，簽字付關外王。王始解顏，堅請吳與司長晉膳。吳等飯畢，均跟蹌以去。關外王遂憑券向國庫支領巨金，欣然回裡。但與皖派謀違，則已種因於此舉，癩吳亦因此舉，受潤田懦弱之責備，諷其去職。當時某政客曾仿小說體例，擬回目兩則，刊之北京某報曰：「見公文魂歸一押，厝寵召票綁二人。」其二曰：「金剛低眉，鬍子努目，大王饒命，卑職丟官。」

這則寫奉系軍閥張作霖以綁票方式逼領軍餉的故事，生動地再現了張氏綠林出身的行為作派，讀之讓人有如見其人，如聞其聲之感。

再如下編《佯羞假媚名伶愛我》一則：

辮帥雖出身微賤，而性喜漁色。匪特狎伎，尤好狎伶，或人謂張為周鳳林跟包時所中之毒，語非無因。京伶王蕙芳，與張交情尤厚。張曾出資為王築屋娶妻，伶界及政界中人，豔羨者不在少數。當癸醜甲寅之交，張因公至京，會王在天樂園唱戲。張特後臺訪之，侍從煊赫，同班咸嘖嘖慕王之榮耀。彼時手槍式之打火機風行，張與王晤面後，探懷出煙捲，王亦探懷取手槍式引火機，擬為辮帥燃之。詎侍從副官，誤視為真手

槍，疑王有狙擊意，遽拔佩刀斫王腕。王負創倒地，張忙扶之
起而溫慰之，且訶責副官之鹵莽，立斥革。翌日輩五千金畀
王，為養傷費，其荒淫有如此。他如梅蘭芳不願與之作伴，則
強迫從之。劉喜奎欲納為小星，累人半夜宵遁。都下像姑，類
皆與之有染，且其賦狡童之詩，不僅屬意男女伶人，即現在建
牙樹纛，代領一軍者，亦與之有斷袖分桃之嫌。凡隸其部下，
稍有丰采者，無一倖免。有吉某其人者，初亦為張僚屬，穢德
腥聞，盡人而知。會吉與張之大婦稔，或人告張曰：「是吟鄭
衛之詩矣！」張非但不之禁，且極口稱其婦賞識不虛。未幾吉
自知精力衰憊，恐一旦寵衰，將何所止，乃私自勒索張妻財帛
若干遁京，設骨董肆以娛老。張在徐時，常道及之，言時頗惜
其離群索居，而怨其情薄。復辟之際，張至京後，猶招吉周旋
之。每見伶人，輒曰：「你愛我麼？」梨園中人，以此四字為
張代名詞。

這則寫張勳有斷袖之癖且尤愛男伶的故事，鮮活地再現了一位封
建軍閥的畸性心理與人格好尚，同時也揭示了後來他之所以製造復辟
鬧劇的思想根源。

此書雖名曰「現形記」，但所記並非都是負事之軼事，正面軼聞
亦有不少。如上編《洋車夫大罵馮督軍》一則：

馮玉祥，字煥章，安徽籍，外人許之為中國之模範軍人，亦
即直系中一等一之要人也。自為河南督軍以來，街上遍貼格
言，禁止酗酒吸香煙，宿娼賭博，著綢衣絲襪緞鞋等事。苟有
犯者，嚴罰不貸。如犯賭，則將叉麻雀四人共扛賭台，臺上仍
有一百三十六張骨牌，由員警押之，＝＝街市，賭時如若人在旁
觀局，則亦須自持一凳，隨局中人遊街始已。吸香煙著綢服，
則加稅，而絲襪緞鞋尤甚，每一隻須納稅一元。曾私行鬧市，

見有一著緞鞋者，馮向之立正，彼人愕然，馮謂「余並非敬汝人，系敬汝所著之鞋也。」彼人始知其為督軍，伏地乞命，馮謂「至附近警局納稅可耳。」既至，彼人身畔，只有一元，照例須上捐兩元，今只半數，馮乃命其脫下一隻，存於局中，俟取款來領。若人乃一鞋一襪，彳亍以去。因是汴垣風氣，頓由驕奢而變樸實，與趙倜時代大不相同。馮好私行，日前至相國寺，見有人以土車運土填坑，力不勝，馮即上前助力，代為推挽，良久始去。人亦不知其為督軍也。一日晚出，乘洋車回署，途中詢車夫之生活，並探其對於新督軍輿論好歹。車夫不知其為馮也，慨然對曰：「生活本極困苦，自馮玉祥這小子來汴，更覺不了，因為他自己不坐車，禁止手下多不許坐車，晚上戒嚴太早，電燈一亮，街上便沒有人啦。姓馮的再要做下去，恐怕連白天都要看不見人了。」馮下車後，給予銀幣一枚。翌日，即將戒嚴時間，改至晚上十一點半淨街，並許連長及二等科員以上乘車出入，納諫從善可敬也。

這則故事所寫的，即是正面的官場人物軼事。主人公馮玉祥整肅民風雷厲風行的作風與聽取民意從善如流的胸襟，讀之讓人印象十分深刻。

十八、「軼事派」其他作品

清末民初的「軼事類」筆記小說創作，除了上舉幾種代表作外，還有如下一些作品亦可稍稍帶上一筆。

《竹素園叢談》，顧恩瀚撰。不分卷，共三十六則。1996 年山西

古籍出版社出版《民國筆記小說大觀》，其中第二輯中有民國楊壽枬所輯「雲在山房叢書三種」，《竹素園叢談》便是這三種之一。書中所記多是晚清與民初人物軼事，有的涉及到重大歷史事實，如張勳復辟、庚子之亂等。其中寫人物軼事者，則多有生動之筆，較有可讀性。如「康有為其人」、「妒婦」等，皆是。

《太一叢話》，寧調元撰。1996 年山西古籍出版社出版《民國筆記小說大觀》，將其列入第二輯予以印行。書分五卷，共計一百七十五則。所記主要是有明一代特別是明末清初人物軼事，如卷一所記「黎美周」、「黃幼玄」、「萬元吉」、「陳子龍」、「盧忠烈」、「袁臨侯」等，都是明末清初的重要人物。除了政壇人物與軍事將領外，也寫到了一些文人，如吳梅村、侯方域等。除此，還寫到了宋人的軼事，如劉辰翁、岳飛、李清照、朱淑真等。間或也講一些詩文掌故，如卷四「輕薄為文」、「自然與雕琢」等。還有一些記載詔書或詩詞之作的，如卷五「日皇吞併韓國詔書」、「勤王密詔」，「明竹坡題壁詞」、「李范晉臨終詩文」等。記人物軼事的篇目是書中的主要內容，雖然文筆不夠生動，但也偶爾有娓娓可讀之篇，如卷二「王季重詒書馬士英」、「吳梅村」，卷五的「明太祖絕日本上貢」等則，皆文字質樸，而有相當可讀性。

《京話》，姚穎撰。曾連載於二十世紀三十年代林語堂所辦《論語》雜誌。1997 年上海書店出版社出版「民國史料筆記叢刊」，將之列為其中之一種予以印行。其中《京話》包括「居然中委出恩科」、「國難升官」等四十一則，《新京話》包括「禮儀‧買單‧黨國旗」、「樣樣都有缺『國魂』」等二十八則。雖然許多題目是白話，但正文多有「之乎者也」的字眼及古漢語句法，因此仍是筆記小說的規格。所記皆民初朝野軼聞瑣事，類似於今日「社會新聞」、「八卦新聞」。但由於作者文筆優美，故讀來頗有興味。林語堂就曾稱讚《京話》：「涉筆成趣，散淡自然，猶如嶺上煙霞：謂其有意，則雲

本無心，謂其無意，又何其燕婉多姿耶！」[4]

《名人軼事》，作者佚名。1999 年北京古籍出版社出版「清代野史叢書」，將之列為其中一種《李鴻章事略》的外八種。書不分卷，共計一百零五則。所記皆為有清一代政壇重要人物之軼事，上至明末清初，下及晚清民初。所記人物軼事，篇幅短小，敘事簡潔明快，語言質樸自然，不少故事都有相當的可讀性。如「年羹堯軼事二則」、「紀曉嵐逸事」、「顧亭林嚴拒夜飲」、「洪承疇母」、「張文襄遺事」、「胡文忠之風流」、「端方之滑稽」等，讀之都有一定的文學情趣。

《民國奇聞》，虞公撰。虞公，民初人，生平事蹟不詳。中國歷代筆記大型全文古籍資料庫「中國歷代筆記五・清代卷」收錄此書。一卷，共四十三則。所記皆民初各地社會瑣聞，如《神騙》、《白雲觀道士》、《長春姨太》、《奇怪兄弟》等；間或也有一些政壇上的軼事。如《買辦總長》、《秋瑾》、《一省四督軍》、《司法爭座位》等。作品雖名曰「奇聞」，但就作品本身來看，生動性與可讀性皆一般，並未有什麼聳動人心之事。

〔注〕

1　《新語林・出版前言》，上海書店出版社，1997 年 1 月。
2　李稚甫《藥裹慵談・出版說明》，江蘇古籍出版社，2000 年 1 月。
3　《南亭筆記・出版說明》，山西古籍出版社與山西教育出版社，1999年 4 月。
4　林語堂《關於〈京話〉》，《宇宙風》第 22 期，1936 年 8 月 1 日。

第四章
事類派筆記小說

　　清末民初的筆記小說創作，在創作模式上也承襲了前此的傳統。
除了出現大量志在「補正史之未逮」的「國史派」筆記小說，樂道名
人掌故或文人軼事的「軼事派」筆記小說以外，還有一種專寫某一類
事情的作品，這便是「事類派」筆記小說的創作。就現已面世的清末
民初筆記小說來看，「事類派」作品雖然數量不多，但還不失有可閱
讀的篇章。下面我們略舉其中的幾種，以見這一時期「事類派」作品
的概貌。

一、 近代軼聞

　　《近代軼聞》，陶菊隱撰。陶菊隱（1898－1989），湖南長沙
人。聰穎有天賦，十一歲始向上海報紙投稿，十四歲參加報界任編
輯。1920 年左右出任上海《新聞報》駐湘記者，全程親歷並採訪 1921
年的湘鄂之戰，為上海《新聞報》提供了獨一無二的新聞報導。上世
紀二三十年代已名聞新聞界，當時有「南陶北張」（北指天津《大公
報》的張季鸞）之說。[1] 曾先後任《女權日報》編輯、《湖南新報》總

編輯、《湖南日報》編輯、《武漢民報》代理總編輯、《新聞報》和
《新聞夜報》編輯等。1949 年後,任上海文史館副館長。生平著述頗
豐,有《菊隱叢談》、《六君子傳》、《蔣百里先生傳》、《吳佩孚
將軍傳》、《北洋軍閥統治時期史話》、《袁世凱演義》、《記者生
活三十年》、《孤島見聞》等。

　　《近代軼聞》,不分卷,共分十六個部分。第一部分「洪憲始
末」,包括十四個篇目,分別是「西後聽政時之袁世凱」、「辦共
和」、「《君憲救國論》」、「幕中三要角」、「春雲漸展」、「一
段老話」、「六君子之結合」、「梁任公一鳴驚人」、「蔡松坡崛
起」、「戴勘亦有功」、「康有為無心插柳」、「陳宦與湯薌銘」、
「帝制取消,袁世凱謝世」、「章太炎之名論」等。第二部分「復辟
之一幕」,包括七個篇目,分別是「張勳之身世」、「黃陂引狼入
室」、「大風起於萍末」、「馮國璋之淚」、「李中堂裝做煤小
子」、「群犬爭骨之現象」、「失敗之一剎那」等。第三部分「晚晴
簃老人」。第四部分「曹吳之盛衰」,包括「王毓芝與夏壽田」、
「賄選前之一瞬」、「得意忘形之李彥青」、「倔強到底之吳佩
孚」、「吳幕中一要角」等五個篇目。第五部分「奉系人物志」,包
括「奉系之糊塗蛋」、「奉系之智多星」等兩個篇目。第六部分「名
流內閣」。第七部分「張敬堯禍湘」。第八部分「龍陸之戰」。第九
部分「洪兆麟之怪癖」。第十部分「馮玉祥治軍之嚴」。第十一「北
洋軍人中之淡泊者」。第十二部分「從羊樓司之役到龍潭之役」。第
十三部分「留德學生包圍使館」。第十四部分「陝西雜軍之怪習
氣」。第十五部分「粵桂將領素描」,包括「十九路軍各將領」、
「陳濟棠與粵軍」、「廣西鳥瞰」、「三位一體」等四個篇目。第十
六部分「南京光復史」。第十七部分「湘省光復回顧錄」。第十八部
分「文壇名宿列傳」,包括「王闓運」、「康有為」、「辜鴻銘」、
「易實甫」、「楊增犖」、「蘇曼殊」等六個篇目。每個部分篇幅長

短不一，有些包括十幾個或幾個不等的故事，有的部分只是一個故事。全書所記人物軼事大多與北洋派系有關，因此可以視為專記北洋派系人事的「事類派」作品。如第一部分「洪憲始末」之（一）的「西後聽政時之袁世凱」一則，記袁世凱軼事云：

> 西後垂簾聽政時，袁世凱以出賣戊戌六君子功任北洋總督，極意結交閹宦，使偵後意向，以投其好，因之寵眷逾恒。其時國步方艱，朝庭恤民力，值後誕辰，疆吏搜珍選異，各出心裁，以貢品之良窳蔔恩眷之隆替。煌煌盛典，舉國騷然，惟北洋大臣近在輦轂之下，獨無所獻。人咸咄咄稱奇，然袁意固別有所在也。某日，後巡觀珍品，似頗稱賞。最後目注牆堵，沉吟無語而出。宦者以告，袁猛省曰：「得之矣。」即搜集名畫若干幀，盛飾以進。後大悅曰：「慰亭實獲我心。」袁所費最少，獨邀青睞，其善伺意旨，誠不可及也。後袁當國，左右便佞師其故智，袁亦不悟。以是知當大任者，其不為宵小所惑，蓋亦鮮矣。

這則寫袁世凱暗偵慈禧太后之好而極意迎合的故事，以小見大，即事見人，生動地再現了一個老謀深算、機關算盡的奸雄形象。

又如第十一部分「北洋軍人中之淡泊者」一則，所記亦是北洋軍中人物之事：

> 湘潭楊瑞生軍門為朝陽鎮總兵時，王士珍隸麾下為馬弁，勤勉得主人歡。會聶士成訓練武衛新軍，向楊求將才，楊推轂多人，王亦預焉。士珍非其本名，以位卑不足當選，有守備王士珍乞退，遂命頂名以進。其後袁世凱舉辦北洋武備學堂，王與段、馮同入肄業，有龍、虎、狗之稱。王德量俱宏，無疾言厲色。清末官至江北提督，北洋諸將奉為領袖，顧碌碌無他長。

民國以來，歷任顯要而權勢不屬，惟於變革蛻嬗之頃輒為市民所推重，出任過渡時代之治安維持會長，故雖無赫赫之功，而三尺童子無不知此老。王頗傾誠于黎總統元洪，黎兩度登臺皆得其助。以王資望，直可繼袁世凱之後執北洋牛耳，徐世昌百計遏之，王亦自甘淡泊，置不與較。曹錕賄選成，嬖人李彥青卜居西城，與王為比鄰，征歌選色，終夜喧呶。王大惡之，見李必罵。李後為馮玉祥所戮，王引以為快。王為人愷悌慈祥，其痛心疾首形諸詞色者，僅李一人而已。王服官既久，廉介自矢，每出，敝軍羸馬，終其身未坐汽車；而白須疏朗，儀表不凡，不類出身末弁者。晚年好道術家言。蜀人某，裝敝囊空，居京師某寺中，倡萬教合一之說。王與語大悅，命組道德學社於西城頭條胡同。其地為軍警督察處舊址，傳有厲魄為祟，某居之夷然，人以是神之。軍界中人見其為王所重也，趨問休咎，叩首執弟子禮者踵趾相接，不期年而某貂裘煌煌，面色豐腴矣。有人入其室，則土木偶縱橫羅列，類小兒玩具，即某所謂萬教之神也。曾任守備之真正王士珍於解職還鄉後，貧無以自存，傭于湘潭王家，終其身不改。人問之曰：「子之化身已貴顯矣，子盍往求之，必得當。」其人微笑不答。

這則寫北洋軍中兩個王士珍的故事，讀後不禁令人在對比中浮想聯翩，思慮深深。二位王士珍，一真一假，但都有值得人們敬佩之處。真王士珍安貧樂道、淡泊立世，富貴不能動其心，名利不能移其志；假王士珍出身馬弁，勤勉上進，終有大成。後來雖貴為北洋諸將之領袖，卻仍然生活儉樸淡泊。為人德量俱宏，對人無疾言厲色，但對於靠賄選做成總統的曹錕之嬖人李彥青則見之必罵。可見，其人之德量俱宏並不是毫無原則。

再如第四部分「曹吳之盛衰」之（二）「賄選前之一瞬」一則，

所記則是北洋軍中人物曹錕賄選總統之事：

　　奉直戰爭後，有人獻策於錕，恢復法統，召集舊國會以和緩西南感情，總統問題暫不提及。此策果行，錕之總統地位，必有水到渠成之日。然錕遲疑不納。此人乃另獻他策，即逐走徐世昌，召集一部議員，選舉臨時大總統；再由議會與西南非常國會合併，正式選舉大總統。錕善之。及徐氏出京，周（自齊）閣攝行大總統職務。同時王承斌奉使赴津，與吳景濂等籌商召集國會事。正在分頭佈置之際，吳佩孚以戰勝餘威，昂然歸抵保定，未嘗請命，猝宣佈迎黎複職之主張，風聲所播，遐邇從同。錕聞之怒甚，時在錕側者僅參謀長熊炳琦，力勸勿授人以隙，為仇者所快。一面使人言于吳氏，謂三爺已氣得發抖，飯亦不吃，客亦不會。公以忠義示天下，宜稍留餘地。即有所建白，請命而行，三爺當無不可之理。吳忿然拍案曰：「誰誤三爺，看咱要誰的腦袋！」錕知吳志已決，遽命送眷赴津。吳自知鋒芒太露，乃使人言於錕：「黃陂任期將滿，大好交椅，舍三爺其誰？我惟愛之深，故籌之熟耳。」錕始釋然。時黎宋卿高臥津沽，呼之不出。金永炎（曉峰）為黎策士，微服過保定，深夜謁吳。吳曰：「此間事我以一身當之，三爺怒我甚矣。黎公倘再作態，吾亦無能為力。取捨從違，請一言決。」金拍胸曰：「黃陂事，我負責。玉帥磊落男子，望堅持弗懈。」連連拱手而出。及金抵津，黎氏始允就道。惟黎複職後，頗思發奮為雄，對於炙手可熱之孚威未甘屈讓。吳悔恨不已，遂練兵洛陽，埋首不言朝政。於是熊炳琦、王毓芝、王承斌輩加工趕造，賄選之局以成，曹于國慶日入都，償其宿願焉。

這則故事敘寫曹錕賄選總統的詳細過程，黎元洪的惺惺作態，吳

佩孚的鋒芒逼人，曹錕的老謀深算，還有各派策士的縱橫捭闔，都在這場總統大位爭奪戰中由這些北洋派系中諸首領作了盡情表演。

書中除了寫北洋派系中人物之軼事，亦涉及到其他非北洋派系中之人物。如第九部分「洪兆麟之怪癖」一則，所記乃是粵系軍閥中之人物軼事：

> 洪兆麟，湖南寧鄉人也。微時，以賣包子為業，人呼「洪包子」。衣食不給，憤然走嶺南，與鄉人隆世儲同應募為惠州協親兵。時副將方綏德，湘人也，所部多三湘子弟。無何，方被岑春煊劾免，洪等已為哨官，轉輾入六路提督秦炳直部下，仍駐惠州。鼎革後，惠州人陳炯明從中山之後，奔走革命，與防軍通聲息。陳既脫穎而出，洪亦扶搖直上，擁節鉞矣。隆官至鎮守使，與龍濟光戰，歿於軍，故其名不彰。洪固粗獷，而慷爽過人，微時舊侶從之者如歸市，洪一一款接，剪燭話離衷。其倦遊思歸者，必以厚贐，人以是義之。民國 12 年，洪乞假歸省，過長沙，聞方副將尚健在，息影麓山，即命輿往。既渡，步行十余裡始達其廬。方款之如賓，洪謝之，仍執親兵禮，強之坐始坐。旋由長沙返故居，周旋鄉黨間，溫恭一如疇昔，建橋葺路，解巨金為之倡率；戚畹舊雨貧無以自存者，輒躬詣其門，饋遺無難色，鄉黨又呼為「洪善人」。居鄉月餘，始返粵。
>
> 洪有善戰名，然膽識猶恒人耳。每臨戰，部屬有拔幟先登者，輒賞賚無算，負創而歸者亦如之，人皆樂為用。洪安居後方，固未嘗與士卒共死生也。性喜漁色，廣蓄聲妓，部屬妻女之有姿者，必百計誘之。軍中之浮薄者，多以裙帔謀顯擢，故洪部相與語曰：「不怕死、不要臉，有一於此，祿位高升。」有鄉人某，屈居電務員，乞假一月，洪不許。某囁嚅曰：「明

知軍書旁午，不能覓庖代，然有弱妹二人，以細故忤慈親意，憤而赴滬求學。二妹足未出庭戶，驟行數千裡外，人地生疏，滬上又為罪惡淵藪，故敢陳情軍長，乞假以時日，俾克送妹歸裡，感且不朽。」洪曰：「汝妹年幾何矣？」某以及笄對。洪色霽，諭之曰：「有志求學，獎進之不暇，奈何遣歸？苟有所需，言之毋隱，余將有以成其志。」某曰：「感軍長雲天之誼，部下以為滬上非善地，不願舉目無親之異鄉女子涉足其間也。」洪曰：「汝可迎至廣州。」語已，立解五百金賜之，且促治裝。某返裡後，與所昵二土娼謀，詭稱乃妹，相偕入粵，賃室於郊外，然後向洪銷假。洪喜曰：「子歸何速也，汝妹何若矣？」某以告。是日薄暮，洪紆尊詣所居。小窗人靜，斜陽未收，庭階略植卉木，殊幽邃。某屏息出迎，洪止之曰：「軍中論秩級，私室則敘鄉情，幸勿踧踖作態也。」某敬諾，命二妹治肴。內室嚶嚀有聲。俄頃，酒饌紛綸，某殷殷勸飲，洪曰：「座無他客，令妹豈可向隅？」某呼妹出拜軍長。越數日，某不復為電務員而為電報局長矣。前所謂軍中浮薄者多以裙帔謀顯擢，其事多類是。洪屢受誆，久而覺之，亦夷然不以為忤。

此寫粵系軍閥洪兆麟之軼事，讀來也覺娓娓動人，有軼事小說的韻致。故事中的草莽英雄洪兆麟既有江湖之士的慷慨豪爽，又有為將者的雍容大度，更有武夫好色成性的特性，典型的事例，生動的細節，讀之讓人回味無窮，不知如何臧否其人的品行。

除了寫軍閥，書中也寫到不少與北洋派首領人物有關聯的文人。如第一部分「洪憲始末」之（八）「梁任公一鳴驚人」一則：

籌安會產生之翌晨，徐佛蘇（時任國務院參議）、袁思亮走晤楊度，謂：「茲事體大，胡不謀之任公？」楊曰：「吾亦云

然。」乃遣湯覺頓、蹇念益赴津征梁同意。徐、袁則與蔡鍔謀曰：「任公恥為牛後，毋寧另樹一幟，以任公為之首，庶可殊途同歸也。」蔡領之。議未定，而湯、蹇返自津門。

當湯、蹇之至津也，將有所陳說。任公未待其啟齒，袖出《異哉所謂國體問題者》一文示之，二子相顧愕然。文中揰擊袁氏不遺餘力，二子不敢白來意，乃婉諫曰：「先生亮節高風，誠足以風末俗。然先生共和黨首領也，獲罪於當道，其如党人生計何？」梁曰：「吾志已決，成敗利鈍，非所逆睹。」二子再請，梁乃刪去數句。且函晳子與之絕，謂：「吾人政見雖歧，私交如故。今後各行其是，不敢以私廢公，亦不必以公害私」云。原函甚長，清雅可誦。二子歸，私叩張一麐：「國中清議如此，而項城一意孤行，何也？」張曰：「項城哪有此意？乃楊、夏輩欲冒天下之大不韙耳。然項城明察秋毫，必有以自白。吾嘗詢之至再，是以知其然也。」張為袁之幕府，與共和黨人近，其言如是，二子幾疑誤入楊度圈套。因之轉輾傳說，共和黨人遂亦信袁氏無他。而徐佛蘇、袁思亮等擬另樹一幟，以任公為之首者，至是亦寢其議矣。顧徐、袁之計畫未成，而與籌安會爭妍鬥勝者，另有所謂「各省聯合請願會」，主持者為梁士詒。梁欲爭楊度之功，而恥居其下，乃使沈雲霈等為進一步之組織。蓋籌安會僅以研究政體相標榜，請願會則公然一實際勸進之團體矣。其時有人密詢袁氏：「公欲稱王稱帝，自為之可耳。即不然，得群雄擁戴，於事良便。奚必假手群儒，以製造民意？」袁笑曰：「吾不欲開武人干政之端。且不經製造，安有民意？吾為此，或亦不能免俗耳。」

這則故事寫袁世凱欲恢復帝制過程中各色人等的表演，其中袁世凱的老謀深算，梁啟超的大義凜然，給人的印象都很深刻。

二、南巡祕記

《南巡祕記》，許指嚴（生平前已述）撰。書分正、補兩編。正編十則，補編二十二則，共計三十二則（有的下分若干小則）。此書民國 4 年（1915）由國華書局出版。1999 年山西古籍出版社與山西教育出版社聯合出版「民國筆記小說大觀」，將之列為第四輯第一種。

《南巡祕記》所記內容，皆與清高宗南巡相關之人事。作者《自序》云：「予幼即嗜異聞，逮事王父，老人愛孫，輒以一二事為含飴具，積久而成結習。少長讀稗乘，有與所聞相發明者，于滿清一代尤眾，蓋時未沫則口傳較切也。重以世方普頌聖德，此忌諱祕辛，存之區區父老之唇舌，不絕如線，以為彌可寶貴，於是疏錄而藏之，凡十餘種。其間《南巡》一種，皆高宗巡幸江浙時佚事，語或離奇怪誕。」可見，此書是專記與乾隆皇帝南巡相關軼事之專集，屬於「事類派」筆記小說一類。

與其他筆記小說相比，《南巡祕記》在形制上與眾略異，這便是篇幅頗長，敘事宛轉，細節周致，類似於通俗小說的風格。如補編第十六則《倡優大學士》：

> 高宗雖優禮文臣，然往往恃才傲物，視群臣如奴隸。即其所心折之人，亦常遭狎侮，除所尊敬者惟劉文正統勳外。和珅本以嬖人自居，其餘沈歸愚為老生，劉綸為劉蠻子，無不如市井群兒以戲謔之。尤為渾號之錫，而紀文達公曉嵐為尤甚。文達天姿穎敏，讀書過目成誦，為文不屬草，援筆立就，日數萬言，以故令管《四庫全書》。每一書自為提要，言皆有根柢，學者仰為泰斗，位已至協辦大學士。帝亦恩禮優渥，然於國事有所諫諍，則仍斥而不許，且自以為智出臣下數倍，彼文人學士，安足以知帝王之經略。而南巡之事，有所諷諫者，尤為帝

所齒冷，以為彼其人蓋絕無見解也。紀文達坐是遂下儕於倡優，此亦歷史所罕聞矣。

先是，高宗既為古薦次之南巡，偶入四庫館，與紀文達論巡狩禮，文達元元本本，述三代之所以必事巡狩，而謂秦皇遊幸，則大可以已。至如後世惟隋煬屢幸江都，明正德嬉戲南北，皆非正道。為人君者，但洗濯其心，用賢退不肖，天下自可平治，尚多巡幸何為？此語大忤上意，謂為謗己，即變色詬罵曰：「汝一書生耳，何敢妄談國事？朕以汝文學尚優，故使汝領四庫書，實不過以倡優蓄之耳，汝何敢妄談國事？」於是，倡優大學士之名，嘩於輦下。紀文達恥之，乃請退老，上又不許，曰：「四庫書事正繁，汝安可去？汝的少於朕甚遠，安得言老？此即詐也，速供爾職，毋煩瀆以自取戾。」又曰：「朕明年更巡江南，且挈汝往，令汝得觀民間嗥嗥氣象，庶不妄恃書生管見，肆扣槃捫燭之盲論也。」文達唯唯叩頭而退，不敢複辯。及明年，又謂之曰：「朕本欲令汝扈駕南巡，但四庫書事，非汝必致延擱，當以不往為是。且汝讀書博洽，而尚未能觀其會通，多事閱歷亦無益，不如留以有待。要之，汝今尚在修飾面目時代，而未達粉墨登場時代也。」文達大慚，自是遂絕口不談南巡，即其他軍國大事，亦謹謝不敏也。

無何，上更為南巡之預備，乃謂文達曰：「此行必及汝矣。前此張廷玉等閱召試卷，殊不洽朕意，故今以閱卷權責爾，爾好自為之，勿負朕意也。」於是，文達遂扈從而南。上每日必課以一詩或一文，或存禦制集中，或贈賜耆老名勝處，蓋恐其或暇，則思諫諍以沽名也。及揚州，上正在小迷樓，荒淫無度，文達語其同列曰：「此正吾強諫時也，設不幸，則當與龍逢、比干游於地下耳，不能涊忍人倡優以終古矣。」遂入行宮，告內侍，有機要事面奏。內侍入告，須臾複出，曰：「皇

上命將試卷暫擱某房，汝可至平山堂觀劇，勿在此間久涸也。」文達言，並非為交試卷而來，有事當面奏聖上。內侍擠眼不語，亦不肯複入。文達又促之，則曰：「吾勸先生不如歸去。皇上既不欲先生有言，先生奈何複事嘵嘵也。譬如演劇，他人倦而思臥，則爾雖得意，誰為點頭？先生既以作文章為專職，則文章而外，何必旁及？吾勸先生不如歸去也。若有詩文來，自當為之呈進。」文達知內侍語多侮己，忿無可泄，乃曰：「吾今日不歸矣，必待皇上出面面奏。」內侍一笑置之，仍不入報。久之，廣庭風寒，手足俱冷，漸不可耐。他內侍與之習稔，因婉詞勸之，言皇上今日倦臥，一切人來都不見，先生有言盍繕折以進？文達不得已，遂假紙筆就庭上書之，一揮而就，頃刻萬言。大恉謂陛下南巡，所以省方觀民俗，於治道關係至巨，而民間瞻仰威儀，觀聽所系，亦非尋常遊覽可比，乃自出京至此，惟淫逸是耽，惟漫遊是好，所駐蹕之地，倡優雜進，玩好畢陳，雖海內承平，不妨遊豫。而宣淫都市，寧非褻尊？願陛下念創業之艱難，守安危之常戒，則酌盈劑虛，庶克拯此民瘼，而憂盛危明，不至潛招奇禍矣。盍鑒於隋煬明武以自處乎云云。內侍收其折，笑謂之曰：「先生不肯陳力就列，無端挑皇上之怒，吾見徒多一往返耳。若欲成名，則又未必。蓋皇上常云，朕觀文士之言，不異俳優之口，可笑則笑，可斥則斥，亦不必正其罪。且無事詰其情，蓋彼所言者，皆迂腐之故事耳，殊無加罪之價值。然則，先生亦何事費此筆墨？不若多做詩文幾篇，反足以博皇上之賞歎也。」文達知其語純為譏刺，無可置答，但囑其早為呈進而已。

　　無何，一日不復召見，試卷亦交梁詩正等評閱。文達悶坐逆旅，郁伊無聊，則漫為詩文以自遣。因取出京後所曆風景及事實紀錄之，約已盈寸。一日，忽失所在，呼僮責僕，遍覓不

得。正擾攘間，而有旨宣召矣。遂入。文達以為嚴譴且至，則亦昂首不畏。既入，見上色甚和，不待文達啟齒，即曰：「爾詩文之興大好，所作亦不惡。朕知爾逆旅中頗能用功，且無怨悱意，尚不失謹厚書生風度。但此後當益自勉，萬勿作出位之言，以自取咎。」文達方欲言臣尚有奏，而上已令內侍捧試卷下，且諭之曰：「此卷仍屬爾閱，速持歸，明日須交卷也。」諭畢，內侍促文達出，上已拂袖回宮矣。自是，途中雖常入見，無非為召試等具文事，絕不及其他。一日，在杭州西湖駐蹕，上召文達扈從遊湖。文達以為機會至矣，當因事納諫，以絕上之蕩心。及見，上即問《四庫全書》中有某書否，連問數十種，文達一一答之。上曰：「今有獻書者若干冊，其為已有者頗多，宜兼收乎，抑無事此乎？」文達奏言，宜兼收可備參校。因又言皇上嘉惠藝林，盍各繕數份，分貯東南名勝處，以為南巡之紀念乎？上笑曰：「紀某此言可謂恰合職分，數年來惟此語足取耳。朕久有此意。即日當令東南大吏，擇湖山勝處為貯書所，並屬汝條其辦法可也。」文達領諭而退，上目送之曰：「有此事為汝消遣，庶免者番饒舌也。」上之待遇文達類如此，而文匯、文瀾等閣之建築，實出於文達一言，亦不可謂無裨矣。

......

　　這則記錄紀曉嵐為諫止乾隆南巡所受種種侮辱的故事，敘事宛轉曲折，信筆寫來，汪洋恣肆，乾隆皇帝的自負自大、自以為是的形象與紀曉嵐心有不甘而又無可奈何的形象躍然紙上，呼之欲出，讀之令人感慨萬千：為帝王的蠻橫，為書生的卑微。中國文人有句罵人的話，叫做「官大學問好」，此一則可為生動注腳也。

　　書中諸如此類的生動篇章還有不少，如正編第一則「幌子僧」篇

中之「天寧寺法會」，補編第十七則「拒諫」等，都是寫得搖曳生姿
的篇什，可讀性相當強。只是因其篇幅太長，無由舉例。

三、新華祕記

　　《新華祕記》，許指嚴（生平前已述）撰。此書原分前後編，
1918 年由上海清華書局初版發行。2007 年大陸中華書局出版「近代史
料筆記叢刊」，將之列為其中之一種（整理刊出的僅是有關帝制部分
的三十三則）。

　　《新華祕記》，是一部專記袁世凱在辛亥革命勝利後竊國稱帝的
各種祕聞軼事之作，可謂是研究袁世凱其人的專門參考文獻，屬於典
型的「事類派」筆記小說。其書「所記袁氏的官場祕聞、私人軼事和
家庭生活細節，雖得之于社會傳聞，裡巷瑣談，但當時的北京人對此
記憶猶新，有結人還身預其事，因此這些傳聞瑣談，其基本事實是真
實的，大多可與歷史事實參證。」[2] 蔣抱玄在序文中稱讚它是「事事得
諸實在，不涉荒誕，與坊間行本宮闈祕史等，有天壤之別。」吳惜偶
在序文中也說：《新華祕記》「於袁氏家庭及政府之種種瑣聞，無不
列入。結構之精，文詞之雅，以較前作，且有過之，雖屬野史，而以
當洪憲一代之信史，亦無不可也。」　雖說此書對研究民初政治有很大
的史料價值，但我們應該看到，它畢竟是「筆記小說」，敘事之中儘
管包含了一定的客觀史實，但行文中少不了有作者信筆發抒的成分。
因此，我們若將此書當作信史來讀，未免恰當；但若當作筆記小說來
看，則無疑是娓娓可讀之佳構。如《小王爵》一則：

　　　隆裕太后允下退位之詔，其內幕實出於某親貴之勸逼。隆裕

事後頗悔，然已無及矣，故哭泣數月即薨。而某親貴者，乃受袁氏之運動金五十萬，及許以永久管理皇室之特權，始不惜毅然為之者也。親貴在宣統朝已正位揆席，顧其人闒茸巽懦，嗜利無恥。初頗惡袁之為人，當袁退居彰德時，屏不與通聞問。及武漢事起，朝列震動，倉猝欲議兵籌餉，迄莫得要領，於是諸權要僉推袁，謂非袁不能彌此巨禍。而親貴亦見風使帆，且欲特別見好，以為自保計，乃先遣心腹某甲，夙與袁氏契洽者，持重幣馳往彰濱迎迓。某甲如簧之舌，竟將一席話聳動袁氏，深信親貴之為迎袁主動者，其恤民愛國不得已之苦衷，及能識英雄之巨眼，一若中朝惟彼一人有此見機。袁氏雖明知其無能為，而得此奧援，供吾利用，寧非絕好機會，遂亦施其牢籠之伎倆，殷勤款待，立引某甲為上賓。既入都，則首謁親貴，與之密商三晝夜。始而組織內閣，以大權歸袁，竟推倒老慶，且使老慶亦俯首貼耳，惟命是聽。所以能然者，則彼最得隆裕太后之寵信故也。初，親貴之引袁氏，尚欲以爵相自居，而使袁總軍務。及內閣議起，知時勢變遷，實權已不可必得，不如坐得實利。乃使某甲諷袁，但得使老夫終養天年，子孫毋轉溝壑，則一切事可不問。袁慨然許以三十萬金，並約畀其子若孫以若何官職。親貴遂力聳太后，專任袁氏。不一月，而馮、段仰承意旨，勿贊成共和。隆裕即慨舉二百六十餘年之大寶，公諸民國，拱讓袁氏措置。此中樞紐轉移之捷，都中人莫不駭詫，豈等古蕅家袁氏之處心積慮，非一日矣。

當袁既攫得內閣名義，知第一步已告成功。於是，著手為第二步之運動。先以密電致意前敵馮段兩軍帥，俾以傾向共和意表示朝右，以試內廷之情狀。及複電至，果舉朝震駭失色。宮中幾至時聞哭泣愁歎聲，貴族咸倉皇戰慄，莫可為計。但願保全身家性命，不敢複爭宗廟社稷，並權位亦不妨割讓。袁氏徐

起而覘之，知事機已熟，乃特密約親貴至邃室，屏人而請曰：「公世祿高位，誼當與國同休戚。今革党勢盛，京師動搖，旦夕且有肘腋變起，公願坐視其破壞乎？抑尚願保全之耶？」親貴扼腕流涕曰：「奈何不思保全？顧自問綿力，恐無以勝此重任，故舉一切委公。今仍舉國以聽公命耳！前誓俱在，公胡忽見疑？」袁正色曰：「非此之謂也。公意固然，下走無庸復議。但茲事體大，形勢瞬息萬變，稍縱即逝。上有皇太后、皇上，公雖明達果斷，其如掣肘何？」親貴毅然曰：「皇上幼沖，未能親政。攝政王久已引嫌不問政務，公所知也。主大計者惟太后。太后視吾猶骨肉，凡所言無不從。公但有命，吾自能為公了之。」袁起致謝曰：「然則今日之排難解紛，非公莫屬。願公開拓心胸，破除成見，創此千古未有之奇局，拯彼百萬無辜之生靈，而且可保萬歲祖宗之血食。公如有意，則報酬之價值，當惟公命是聽。至我將來優待，更不待贅矣。」親貴聞言，似略有遲疑，旋乃答曰：「吾既許公舉國以從矣，第暢言之，罔不可商。」袁乃舉退位以謝天下之說進，且言苟能敦勸太后及早辦理，則引各國憲法優待皇室之條，更當適合中國國情，使之雙方美滿，從此休兵息民，共用福利。此不朽之盛業，他日必鑄像以祝公，公幸勿觀望以失時機。親貴默然良久，忽躍起曰：「吾犬馬餘生，苟獲目睹太平，死亦何恨。今願犧牲身家作孤注，玉成公之壯志。明日即入宮辦此事，誓不反顧矣！」袁亦欣然稱頌，出酒食盡歡而散。

越一日，而開特別御前會議，凡王公大臣蒞會，均相覷不發一言。更越一日，而退位之詔下矣。隆裕召袁入見，掩袂痛哭。袁亦淚下如縷縻。時內監持詔候隆裕批發，隆裕哭泣不止，意猶遲遲。親貴方跪御前，恐中變，急抗聲曰：「願太后以民命為重，早一日下詔，即早救生靈一日，此盛德事，勿過

悲也。」隆裕知不可已,遂畫行付內監捧出,命袁等副署,而清祚告終之最後五分鐘即在此矣。

聞宮中人云,先一日,親貴入宮陳退位之說,隆裕太后猶艴然拒絕曰:「吾召袁世凱來京,與卿會同組織內閣,為保清祚也。今且此而斷送天位,卿等辜恩負德,何以對祖宗於地下?」親貴大懼,頻以首頓地,稱奴才死罪,願太后懲治。良久,太后顰蹙不語,既而曰:「畢竟何法可解此厄?」親貴知太后已無督過意,乃嗚咽而泣。頃之,悲聲大縱,且號且語曰:「民情風靡,士不用命,大事去矣!奴才無狀,實不能有所計議。」太后亦泣曰:「竟至此乎?」親貴乃曆舉馮、段電報及各省回應消息以告,且引袁世凱中外大勢及善後事宜等稱說,哀音瘏口,娓娓動人。太后曰:「吾一人斷不固執成見,坐視荼毒生靈。第宗親勳舊鹹在,不可不徵集眾見,決此大計,異日勿謂祖宗三百年基業,斷送于婦女之手也。」親貴叩首受命,且引今茲退位,系極光榮之事,與曆姓亡國不同,願太后分別此意,明白宣佈。乃立請下徵集御前會議懿旨並正式上諭。太后即口授親貴大旨,命付內閣速行撰擬,蓋皆親貴一人敦促之力也。

下詔之次日,袁氏即命人齎送銀券五十萬于親貴邸中,又致手書,謂民國政府成立,即當任公為永久管理皇室事務長官,以酬大德。親貴欣然受命,意此後子孫當不失富貴也。或泄其事于隆裕太后,太后大恚,署親貴全無心肝不置,深悔前此不應輕易允許,授彼發財之機會,因誓死寧死不願見某。親貴聞之,以三萬金賄小德張為之說項。太后亦自認已過,不便顯加遣責,然終鬱鬱不自聊,疾革之日,猶呼某名詬詈云。

這則故事寫袁世凱如何操縱清皇室成員某親貴,軟硬兼施逼迫裕

隆皇太后同意遜位的過程，文筆簡潔，敘事生動，不僅將一場驚心動魄的宮廷陰謀寫得躍然紙上，更將老奸巨滑、機關算盡的奸雄袁世凱和見利忘義、鮮廉寡恥的某親貴的形象寫得栩栩如生，讀之讓人有如見其人之感。

　　諸如上例生動篇目者，書中還有很多。如前編之《小鳳仙》、《乞丐請願團》等則，後編之《謀殺黑幕》（四則）、《居仁瑣簿》（五則）等篇目，都有確切的歷史事實在，也有娓娓動人的文學趣味在。

四、復辟之黑幕

　　《復辟之黑幕》，天懺生撰。天懺生，生平不詳。所著除《復辟之黑幕》外，尚有《黃克強蔡松坡佚事》、《洪憲宮闈祕史》、《八十三日皇帝之趣談》等。

　　《復辟之黑幕》，1917 年 7 月由翼文編譯社初版，8 月再版。「上卷」、「下卷」後均標有「京華歸客口述，天懺生筆錄。」2007年 6 月大陸中華書局出版「近代史料筆記叢刊」，將之與《劫餘私志》並為一冊予以出版。此書上下二卷，共計一百六十九則。「書中記張勳復辟佚事，揭露種種醜聞。復辟剛剛結束，書即編印，時間倉促，自難核對史實；但為瞭解張勳復辟這一歷史事件提供了材料和線索，可供參考。」[3] 雖然從史實的角度看，此書所記未必都可靠；但作為筆記小說讀，則自有其可讀的趣味。如卷上《萬歲在上安有老臣坐位》一則：

　　　　張勳最喜戲劇，聞其在徐州時，每屆宴客，當酒酣耳熱之

際，興致勃發，輒於紅氍毹上扮演《空城計》、《四郎探
母》、《碰碑》、《逼宮》諸戲，自命為小叫天第二。詎日久
則狃於習慣，凡語言舉動，皆含有戲劇之意味。此次入京謁見
偽帝宣統，其跪拜奏對，一如演劇家之態度，無毫毛差異。溥
儀賜勳旁坐，勳即操戲白以對曰：「萬歲在上，安有老臣坐
位？」宮中侍值之人，睹其狀，莫不掩口葫蘆。張勳殊不自覺
云。

　　這則故事通過張勳與偽帝溥儀戲語對答的細節，以小見大，不僅
從語言角度生動地再現了一個頑固守舊派的形象，而且深刻地揭示了
張勳之所以成為復辟派急先鋒的思想根源。

　　又如卷上《文聖人大罵武聖人》一則：

　　張、康二逆，本為主張復辟之老同志，此次張逆率兵進京，
與康有為本有成約，故復辟數日以前，張曾使萬繩栻電招康逆
速來。康朝得電，夕即起程北上。迨目的既達，張逆固一手遮
天，萬繩栻亦大權獨攬，而所謂當今赫赫有名之文聖人者，則
反退處於無權地位，雖為弼德院副院長，轉無所事事，亦僅吃
飯睡覺而已。於是口出怨言，大罵張勳，謂彼既以虛員位置
我，何苦打電報招我來京呢？有泄其語于張勳者。張怒曰：
「他不費事，便得個現成弼德院位置，尚自貪心不足，真是腐
儒不足與謀。他若背地裡再譭謗我，我須以野蠻手段對待
他。」言畢，恨恨不止。康逆聞之，莞爾而笑曰：「別人怕
他，我偏不怕他。」或問其故，康曰：「他身邊有枝小槍，我
身邊還有枝大手筆呢。比較起來，偏看是誰利害些。」頃聞文
武兩聖人，意見甚深，不日將有衝突也。

　　這則故事寫張勳與康有為背後互放狠話的軼事，通過一文一武兩

個保皇黨人的語言，生動地再現了其明為保皇、實為權位的偽君子形象，由此深刻揭示了時至現代而中國封建帝制思維仍陰魂不散的歷史原因。

又如卷上《康有為入聖超凡》一則：

康逆見復辟事業已成泡影，知大勢已去，無可挽回，急欲逃遁，又恐為討逆軍所偵獲。乃思得一策，毅然剃去頭髮，徑入法緣〔源〕寺為僧，其意蓋徐圖出走之計也。聞其剃度時，自言曰：「我不願為共和國民，故既薙（戊戌政變康曾剪髮逃至外洋）而又蓄之（辛亥歸國康又蓄髮）。茲不幸複蹈前轍，殊出吾意料之外。」於是大哭而去。說者謂康逆自號當今聖人，是為入聖；今祝髮為僧，是為超凡。亦謔而虐矣。

這則故事通過康有為前後兩次為逃命而剃髮的心理對照，鮮活地再現了一個保皇派人物頑固不化而又無可奈何的形象，在戲謔中揭示了其內心深處的悲哀與無奈之情。

又如卷上《勞乃宣之頑固語》一則：

義軍將抵京師，偽廷一日數驚，大有草木皆兵之勢。各部偽官皆紛紛逃逸，惟法部尚書勞乃宣誓死不去。人問其故，勞曰：「我在前清時，不過為提學使司，今蒙聖恩高厚，薦升執掌全國司法機關，雖到任數日，關於各省民刑訴訟案件，一件不曾辦過，已貽尸位素餐之誚。若再擅離職守，越發對不信皇帝了。為今之計，我抱定一個主義，生是法部的官，死是法部的鬼罷。」刻正于大堂上，懸巨索一條，俟義軍入城時，彼將懸樑自盡，效忠偽清皇帝。可笑亦可憐也。

這則故事雖寫的是勞乃宣一人，但卻經由這一頑固保皇黨人的形象的塑造，深刻地揭示了民國既已建立而張勳復辟鬧劇仍得以演成的

深層歷史原因。

又如卷上《梅光遠謂他人父》一則：

> 梅光遠者，亦眾院議員一份子也。自聞偽清復辟，由江西原籍趣裝北上，以同鄉名義，謁見張勳，要求予一位置，且欲赴宮門請安。張曰：「汝在前清是何官職？」梅曰：「以戊戌進士分發湖南榜下縣，旋欲納粟捐升知府銜，不料革命事起，未克實行耳。張笑曰：「七品官烏有覲皇帝之資格乎！」梅頓首曰：「求大帥設法。」張沉吟良久曰：「予汝以三品京堂之職何如？」梅再三叩謝。翌晨，張引梅朝見宣統，偽言為己之義子，宣統即賜以京堂頭銜。由是梅對人言，輒滿口稱幹父張大帥不止。噫！議員價值固如是乎，可與夏同龢同為無恥之尤者矣。

這則故事寫梅光遠雖曾是民國眾院議員，卻在張勳復辟鬧劇上演時倒身於偽皇帝腳下搖尾乞憐，不僅生動地再現了清末民初諸如梅氏這種投機革命者的偽革命家形象，同時也揭示了辛亥革命不能徹底成功的深層歷史原因。

除了寫到諸多政客的種種醜行，《復辟之黑幕》中還寫到了一些知識份子在張勳復辟這起歷史事件中的表演。如卷上《辜鴻銘辜鴻恩》一則：

> 復辟之舉雖已告成，張逆恐南方軍政兩界起而反對，擬派員分赴各省，宣佈不得已之苦衷，以冀消融意見。時辜鴻銘與胡嗣瑗，力任調停江浙之責。張喜，遣之南下。甫抵天津，聞段合肥已興師討逆。辜大驚，匿居租界旅館，不敢出。旋為總司令部密探偵知，擬照會某領事，派捕協拿。辜等大驚，微服返京。張叩以所事奚若，辜以聞警中道折回對。張大罵曰：「你

有負委託，何面目來見我耶？」辜頓首曰：「鴻銘該死，乞大帥寬恕。」張曰：「你辜負聖上鴻恩，從今以後，我不呼你為辜鴻銘，老實些呼你為辜鴻恩罷了。」

這則故事寫辜鴻銘在張勳復辟鬧劇演成而討逆軍起之際，先是自告奮勇地前往南方調停，但至天津聞討逆軍果興時，則畏之如虎，倉皇逃回北京，結果被張勳大大羞辱了一番。這則故事不僅生動地再現了讀書人天生性格上的弱點，而且揭示了復辟不得人心而難以成事的社會原因。

又如卷下《劉師培呼張逆為幹父》一則：

> 復辟後，帝制黨首領劉師培祕密由津來京，謁見張勳於私宅。衛兵弗許入，劉紿之曰：「張大帥是我的幹父，乞持名刺告之，大帥必招呼我入見。」衛兵信其言，趨而報張。張以為怪事，亟召劉進。詢之故，劉曰：「吾以若輩拒我，故以詭詞欺彼耳。大帥如不我棄，請自今日始，即父之，以實吾言而杜若輩之口，何如？」張知其將借此為終南捷徑而獲進身之階也，大笑曰：「老夫自有子，無須汝反復無常之假兒也。」劉赧然唯唯而退。

這則故事，所寫的主人公是學術界赫赫有名的劉師培。作為一個學界翹楚，劉師培在張勳復辟這一特殊歷史時刻，卻忘記了中國傳統士大夫應堅持的操守，竟然不顧尊嚴，乃至認賊作父，意欲謀得一官半職。這等出賣靈魂的行為，不僅為武夫張勳所不屑，更為無數中國知識份子所不齒。讀此一則，世人「文人無行」之偏見，恐更難消除矣。

五、辛丙祕苑

《辛丙祕苑》，袁克文撰。袁克文（1890－1931），字豹岑，一字抱存，號寒雲，別號寒雲主人、萬壽室主等。河南項城人，袁世凱次子，生於朝鮮漢城。生性天賦過人，不僅熟讀經書，擅長詩詞歌賦，精于書法繪畫，而且還雅好昆曲與收藏，時人譽之為「陳思王第二」，又被稱為民國四公子之一。袁世凱稱帝時，寫詩諷諫之，不聽。又因與其兄克定不睦，遂避居沽上。後至上海，加入青幫，並在上海、天津等地開香堂廣收門徒。生平著述除《辛丙祕苑》外，尚有《寒雲日記》、《三十年聞見行錄》、《洹上私乘》等。

《辛丙祕苑》，不分卷，共計三十六則。1999 年山西古籍出版社與山西教育出版社合作出版「民國筆記小說大觀」，將《辛丙祕苑》與《寒雲日記》並為一冊，列入第四輯，作為其中之一種予以印行。全書所記皆與袁世凱就任大總統和恢復帝制二大重大歷史事件相關，是典型的「事類派」作品。由於作者身處中華民國草創的特殊年代，又是袁世凱次子，因此對於袁世凱在此期間的所作所為的內幕知之甚詳。但由於其袁世凱次子的身份，其看待袁世凱竊奪辛亥革命勝利果實與恢復帝制二事的觀點又與他人不同。因此，這部筆記小說讀來就別有情趣了，值得人深思的地方也較多。如第七則《北京兵變》：

> 辛亥冬，先公奉詔入京，惟大兄侍側，家人俱未隨，仍居彰德，予留主家事。壬子初春，予入京賀年。時有使勸先公南下就任，先公恐北方有故，拒而不許。蓋北方陸軍雖曾為先公所編練，自鐵良長陸軍，即以中央集權說，盡奪各省兵權。先公又入軍機，於是陸軍咸隸於部。鐵良性貪，以賂金之多寡，定軍職之等次。弗賄，雖資深不與，一時軍職盡以賄得，而兵又有終身為兵不得授職之制。後鐵良罷免，軍心已渙散矣。故辛

亥之變，軍無鬥志，非先公出，北軍早反戈矣。

先公既督師，即知舊兵多已退伍，中下軍職，幾盡非舊部，咸以金易得，多無軍事學識。統兵者，雖尚有故屬，而上下隔絕，無一得軍心者。兼以宗社黨徒，日事構惑，禍患久伏，恐不可遏，正日事防漸，詎知已不及，而有是年正月十二日之變。

先是，既有前因，又適有南下就職之議，彼扇亂者，遂放言謂都將南遷，盡散北軍。某屬之兵信之，乃入城焚掠而散。是日，予以友人之招，出城小酌，薄暮歸，至東長安街，即聞槍聲。詢諸員警，尚謂時近燈節，必人家所放花爆也。車前行，槍聲益近，其聲益烈，殊不類花爆。予心知有變，命禦者疾行。至石大人胡同口，守兵見予西裝，不令入。蓋先公時居外交部辦公所，即在此胡同中也。正俄延間，彈自後至，碎予車燈。禦者急轉車入煤渣胡同，彈複續至，幸馬疾奔，未為所中。

予謂禦者曰：「既不能歸邸，可至東交民巷英使署詢何變。」乃至英使署，途中尚無阻者。時英使朱爾典。朱亦聞槍聲，而未悉何變，延予坐待，命其參贊往探。少頃，探歸報朱。朱謂予曰：「兵變，焚掠街市，總統府無恙，總統亦安居，君可勿慮，惟街市已不能通行。君可寓此，亂定再歸，予已遣人報尊公知矣。」予謝之，必欲歸。朱不可曰：「非阻君行，實亂兵滿布，車不可通耳。」時槍聲愈雜，予知不能強行，乃止。朱時以佳音慰予，而予心終不可安，彷徨竟夕，如歷數年。

至晨，槍聲始漸息，乃別朱歸邸。先公亦終夜不眠，見予，歎曰：「予練兵三十年，威信一旦喪矣！」予曰：「兵屬部久，兵非故兵，將非故將，雖有一二舊部，又無實權，今大人

帥軍方數日,不及整布,豈能損大人之譽耶?惟彰德為家所在,男有守責,恐為牽動,男何以對祖先?」先公曰:「爾明日返,因機制宜。予已瘁於國事,不能問家事矣。」

這則寫北京兵變的故事,無論是兵變的起因還是其細節描寫,都與當時其他人所寫不同。其他人寫此事,多認為北京兵變乃袁世凱授意部將曹錕所為,目的是以維護北京穩定為名,推託南京專使敦促其到南京就任大總統的要求,從而既奪得中華民國大總統的權位,又能穩固其權力地位,不為革命黨人所挾制。可是,從作者這則故事看,好像袁世凱與此事件無關。不僅無關,而且還是一個受驚的角色,一個憂國憂民的總統。二者孰是孰非,值得後人仔細玩味。

又如第二十六則《段祺瑞反對帝制》:

洪憲改元之先,段祺瑞初嘗以帝制為非,特惡楊度等等專恣,恐僨事耳。楊度等遂讒于大兄,謂將有不利焉。大兄怒,因入告,先公不納。大兄益憤,乃密遣人刺殺之。段祺瑞懼,引疾避居西山。其妻,先母之寄女也,入泣予先母前,力為祺瑞白,誓無貳。先母素不預外事,因憐其誠,向先公述之。先公曰:「予久知芝泉無他,惟克定不察,妄信人信,使芝泉引避,予心猶歉然焉。」乃囑先母勸大兄,大兄性剛愎,終不釋然,而又狐疑層懦,不敢遽加危害,坐使祺瑞叛離。及重入內閣,迫先公至死,雖祺瑞辜恩背義,亦大兄有以釀成之也。

這則寫段祺瑞反對恢復帝制及段與袁克定結怨的故事,似乎也是一則與眾不同的「獨家新聞」。因為言之鑿鑿,說的都是家裡事,令人不得不信,但又莫測其高深。

除了寫重大事件外,書中也寫到了一些袁世凱當政時的政壇軼事。如第二十四則《易哭庵以狂失參政》:

易順鼎以作豔詩，侮唐在禮妻，遂失參政。後趙維熙呈舉為蕭政使，已將下令，順鼎忽以贈津伎李三姑詩刊于報，嫉之者以報上呈。先公閱其詩，有「臀比西方美人臀」諸猥褻句，顧左右曰：「是人如是放蕩輕薄，堪為蕭政使耶？」令遂寢。順鼎終於為印鑄局參事者，美人貽之也。

這則寫民初名士易順鼎言動出格而失官的故事，既表現了易順鼎這個「最後一代士大夫」的疏狂，也再現了袁世凱封建衛道士正人君子的一面。雖是其子寫其父，但也不失歷史的真實性。

六、洪憲慘史

《洪憲慘史》，王建中撰。建中，清末民初人。「民國四年避難滬濱，因反對洪憲帝制嫌疑，被捕於英界愛而近路。羅織引渡後，遂羈押上海鎮守使署，頗蒙鄭汝成君優遇。是年十月杪，遞解京師，交由京畿軍政執法處非法訊辦。」（自序）收押十個月有餘，於袁世凱死後才得以恢復自由。

《洪憲慘史》，不分卷。1997 年上海書店出版社出版「民國史料筆記叢刊」，將其列入作為其中之一種。全書正文共記述了「張振武、方維獄」、「徐鏡心獄」、「張培爵獄」等二十個冤獄事件。另附載「袁政府時代殉難同志事略」如眾議員徐秀鈞、林文英、宋教仁等十四人生平事略，也是筆記小說的規模。又附載與袁政府冤獄相關的七人傳略等。這些冤獄都是因袁世凱恢復帝制而鎮壓革命黨人所為，作者將其集中記於一書之中，可見它是典型的「事類派」筆記作品。由於作者即是這些冤獄中人，故所記冤主事略頗是詳盡，也很慘

烈撼人。如第七則「張秀全獄」：

> 張秀全，山西人。偉軀幹，膂力過人。年十七，從父經商于
> 南洋各埠，積蓄頗豐。清光緒間遊日本，入同盟會。與蔡松坡
> 最相善，資助黨費常以數萬計。辛亥三月，黃花岡之役，秀全
> 駐香港主軍需。事敗，僅以身免。秋八月，武昌起義，秀全遄
> 返滬濱，與朱瑞、黎天才等共謀滬寧獨立，作武漢之聲援。
> 蘇、常相繼光復後，充江蘇援鄂軍副司令。南北和議成立，軍
> 隊改編，擢升南京第三師旅長，授陸軍中將。民國2年春，宋
> 教仁被武士英刺殺于滬寧車站，秀全曰：「從此國家多事
> 矣。」首先建議討袁，洋洋數千言，將士多為流涕。黃興優柔
> 寡斷，竟不能用。秀全遂憤而辭職，偕其夫人葉筱筠女士遊歷
> 英、法、比、意，再不與聞革命事。民國4年3月，由南洋回
> 國，寄居上海四川路。秀全經營實業，日與中外商賈相周旋；
> 葉女士則任中西女學校教授，以故收入頗豐。夫妻優遊滬上，
> 直與政治惡潮流如風馬牛之不相及也。
>
> 洎籌安會發生，袁世凱日以羅織党人為能事。知秀全材不為
> 己用，乃懸賞兩萬金購其首級。是年十月，有上海會審公堂翻
> 譯楊某者，秀全舊友也，羨袁重金，勾通中央駐滬偵探劉大
> 炮，陰謀所以陷害秀全之術。楊某固粵籍，久居滬，其住所屬
> 美界，距華境僅半英里，地勢上已得天然之便利。某日致函秀
> 全云：「組織公司事，前途願出十萬元，惟詳細章程丞待規
> 定，務於即晚十句鐘惠臨敝寓一談」等語。似此幣重言甘，秀
> 全雖聰穎，烏能識破其鬼祟伎倆？屆時如約前往，甫至楊某門
> 首，突有便衣偵探十余人蜂擁而來。秀全知有變，大喊救人一
> 聲即僕。適當夜靜人稀，故得從容拖至淞滬員警廳矣。到廳後
> 逾半小時，秀全漸蘇，舉目訝曰：「這是來到甚麼地方，為何

滿身都是鮮血？」值劉大炮在旁，答曰：「這是中國員警廳。」隨將刺刀紮立桌上，曰：「這就是要你命的東西。」秀全及此，方知被捕，並覺頭部傷痕甚痛。先是秀全呼救時，偵探恐為租界巡捕所聞，乃以刺刀擊之，立即昏倒。此種殘忍強搶行為，真盜賊之弗若也。翌早，外國包探因葉女士之陳訴，逕赴警廳調查真相。徐廳長已先將秀全藏匿地窖中，該包探以不得要領而去。即晚，密用小火輪解至南京，羈留於軍署執法處。當時馮前總統正任江蘇督軍，聞秀全至，除派某副官前往慰問外，並電請中央力為緩頰。奈統率辦事處仰體袁意，堅執弗允，且催促解京訊辦之電相繼而來。江蘇當局因援救無效，遂於十一月某日解秀全到京，交由京畿軍政執法處審問。是日午後，予正與羅君偉章談話，值班者告予等曰：「今天上海又解到一個重要差事，或者押到乙號籠裡來。」少頃，值班者扶一人入，身著西服，血跡猶存，向前與予握手。予大驚訝，始悉即予之同志張君秀全也。晚飯後，秀全詳述其被捕始末，同難中人莫不髮指。連日堂訊數次，問官故意周內，性命幾瀕於危。幸蔡松坡、藍天蔚等紛電營救，始得稍延時日。洎十二月二十五日，雲南起義，松坡通電討賊。袁世凱以銜恨松坡者遷怒于秀全，至此遂不免於難矣。凡京畿軍政執法處被押之人，均以每日早九時為鬼關，是為提出行刑時間。度過此關，始可希望多活一日。因該處例不宣判，死刑、徒刑，當事人殊不能預知也。

　　民國5年1月6日，乙號籠中被押者僅有羅君偉章、杭君辛齋、予及秀全四人。是日晨起甚早，羅、杭二君對坐閒談，秀全執帚掃地。予自對窗隙外望。約八時許，見專司拘命之呂某向乙籠而來，予忖曰：「我輩死期至矣！予耶，秀全耶，辛齋或偉章耶？四人中必居其一，尤以予及秀全為最險。」語云

「生死關頭」，此其時也。呂入，喚秀全曰：「請張先生過堂
問話。」秀全棄帚，顏色頓變，問杭君曰：「辛齋，今日過堂
為何這樣早呀？」杭君答曰：「秀全，死在目前，君還作夢！
大丈夫去則去耳，這種非法世界，何須戀戀？」秀全冷笑曰：
「余非怕死，實以不得與筱筠一言話別為憾！」遂與予等一一
握手而出。比及行刑場，從容就義。聞其屍骸當由藍天蔚等備
棺殮葬云。

　　這則故事寫民國革命党中堅張秀全被袁世凱屈殺的過程，以作者
親身經歷娓娓敘其始末，雖語氣從容，讀之卻讓人無限感慨：為民國
元勳之冤殺屈死而悲憤莫名，為圖利賣友者之無恥行徑而義憤填膺，
為袁世凱之殘酷行徑而憤慨不已！
　　全書所寫各事，均是此類，洵是專控袁世凱暴虐行徑之專集。

七、民國政史拾遺

　　《民國政史拾遺》，劉以芬撰。劉以芬（？－？），民國時代
人，《晨鐘報》經理劉道鏘之侄，曾任民國第二屆國會議員，《晨鐘
報》總編輯、主筆。
　　《民國政史拾遺》，不分卷，共四十八則。另有兩個附錄《進步
黨和研究系》、《進步党成立史料》。全書約六萬餘字。1997 年上海
書店出版社出版「民國史料筆記叢刊」，將其列入作為其中之一種。
此書是作者 1928 年完成的一部隨筆，所記主要是民國初年政壇史事，
屬於典型的「事類派」作品。其自序有言：「民國締造之初，事變迭
起，民無寧日，曆十餘年而未已。窮源竟委，根事實而為紀載，奮直

筆以定功罪，使後之人有所取鑒，誠修史者之所有事。」書中所記內容，或是他參政時所親歷，或是出於同儕或朋友所提供，或是多方探尋所得。所記各則故事或長或短，但都敘事宛轉，語言簡法，具有相當的可讀性。如第二則《十六議席取得議長》：

少數黨在議場上，往往以勢單力微，不能起重大作用。然遇兩大黨對立，其彼此人數又相差不遠，少數黨以舉足輕重，竟獲得意外收穫者，亦不乏其例。民二國會選舉結果，眾議院總額為五百九十六名，國民黨占二百六十九席，共和黨次之，民主黨則除跨黨不計外，僅得十六席。共和黨知單獨不足與國民黨競爭，乃一面謀與民主黨合併，一面並商及眾院選舉議長問題。蓋共和黨知名之士，與梁啟超多有師友淵源。民主黨則由共和建設討論會與共和統一黨改組而成，以前清各省諮議局正副議長為骨幹，如湖北議長湯化龍、直隸議長孫洪伊、四川議長蒲殿俊、山西議長梁善濟、江西議長謝遠涵、福建副議長劉崇佑，皆屬其重要分子，而以湯化龍為之魁。湯與梁（啟超）本有極深關係，當共和建設討論會創立時，梁尚在日本未歸，湯特買舟往訪，傾談竟夕，對於中國一切主張，均相吻合。當時該會所發表之立國方針商榷書，即出自梁之手筆。迨民主黨成立，仍推梁為名義領袖。兩黨既有此因緣，故合併殆成必然之趨勢。至於議長問題，則當提出時，在共和黨以為必不難迎刃而解。因該黨允以副議長予民主黨，自謂條件已屬相當，詎意民主黨劉崇佑竟力持非以議長歸該黨不可。否則，寧可各行其是，因之發生波折。

劉之如此主張，不但共和黨深為駭異，即民主黨中人亦頗疑其喊價過高，難成事實，而以不妨遷就相勸者。劉謂：「諸君勿以吾儕系小黨，得一副議長于願斯足，須知愈是小黨，愈宜

高瞻遠矚，善用機會，以提高政治地位，勿存小成之見，勿持必成之念，而後乃能大成。試思談判破裂，在我固然並副議長而不可得，彼共和黨亦豈有所獲耶？若大黨果願犧牲，則我小黨更何須顧惜？諸君倘礙情面，怕得罪人，即以我獨任之可耳。」眾不能屈。往返蹉商，幾瀕決裂，最後共和黨不得已讓步。及眾議院選舉議長，經兩次投票，民主黨湯化龍卒當選，共和黨陳國祥繼亦當選副議長。足見當時國民、共和兩黨票數已極接近，而民主黨態度如何，實可左右全局。民主黨既得眾議院議長，勢力大增，其在合併後之進步黨中，亦占優越地位。以十六議席而能取得議長，雖曰時勢造成，而劉之堅定不移，其識見亦誠有足多也。

這則記述民主黨人劉崇佑在國會議長之職安排上與兩大政黨（國民黨、共和黨）討價還價、鬥智鬥勇，而最終以小搏大，使國會議長之位歸之於僅區區十六席的民主黨黨魁湯化龍的故事，敘事宛轉，語言簡約，生動地再現了民初政壇新秀、「雙榜舉人」劉崇佑（劉十七歲中舉人，後東渡日本學習法律，畢業於明治法政學堂）縱橫捭闔、智勇過人的形象。

作者寫黨派鬥爭如此精彩，記軍閥軼事亦很生動。如第四十四則《記張宗昌》：

張作霖於第一次直奉戰爭敗後，在關外竭力經營，用新人，練新軍，購置新武器，宜若能蔚成勁旅，一舉揚威關外者。乃第二次直奉戰起，奉軍悉精銳向關內進攻，與吳（佩孚）軍相持日久，竟不能越雷池一步；而李景林、張宗昌所率之第二軍，在奉方初意本僅用以牽掣吳軍者，反迅速發展。尤以張（宗昌）所部最先抵達冷口，使吳軍之在山海關者大感威脅。否則，即有馮玉祥之倒戈，而戰爭尚未必能遽行結束。故就奉

方言，此役實以張為首功，張亦以此一躍而取得魯（山東）督。其後，孫傳芳起兵討奉，繼以郭松齡叛變，老張進退失據，幸賴張始終效忠，乃獲轉危為安，則在此時期，張實不失為一風雲人物，而有一紀其生平之價值也。

張山東掖縣人，父業吹鼓手，住鄉間一破屋中。某日，薄暮自外歸。餓甚，就爐前煎粥，而火久不生。一貧婦過，見之笑曰：「男兒安得習此，代勞何如？」張父諾之。粥既熟，相與進食，自是常往來，遂成夫婦，無何生張。張父以妻子累，益苦貧，至不能給饔飧。婦迫於饑，持木棍伺僻徑，謀奪食。適一人手持烙餅十餘枚踽踽來，天昏黑不能辨誰某，急當頭一棒，乘其暈，攫餅歸。膓略果而張父返，連呼晦氣。婦問之，具告以故。婦曰：「擊汝者，我也。幸餘餅猶在，可取食。」張父怨曰：「雖饑，奈何為此？可速去，吾不婦汝矣。」婦大怒，遂絕去。

張既長，以為人放銃為生，蓋俗每值慶吊事必放銃也。旋棄去，充某衙署門衛。其地商會會長某有一女，見張悅之，為某所覺，禁不許通，女乘間走依張。某怒鳴之官，官拘張及女至，女手持琵琶，自供已入北裡，並在公堂彈唱以證實，蓋借此辱其父，使不能再領歸。女與張相處數年，一日忽欲去，張怪之。女曰：「我在，汝有所戀，不自圖奮發，是誤汝也。」遂行。張隻身飄泊，輾轉至東北某地，事扒金。時金價昂，所入頗不惡，乃另娶某商人女為婦。婦亦勸張取功名。於是，負金沙兩袋，相將入關投效某軍隊。初事馮國璋，馮任總統尚挈之入京任侍從武官。馮死，仍隸直系，曾率隊駐防湘西，歸順（佩孚）指揮。迨吳由衡州移師北上討段，張部以力單，退入贛境。贛督陳光遠慮其難制，以計解散之。乃謁曹（錕）求用，曹諾之而久未發表，遂往投奉。奉張委為旅長，然亦徒擁

虛銜而已。

　　會直奉大戰，奉軍敗退。吉督孟恩遠率兵躡其後，與直軍相策應。奉張大懼，問諸將誰願往當者？張奮身自任，遂遣行，並撥八列車供運兵用，實則張部僅四五百人。沿途招收土匪，以益其數。孟部本極窳腐，不堪一戰。聞奉軍至，悉奔潰，張直追至俄邊乃止，以功授該地鎮守使。其時俄國正大革命，白俄軍人多攜械逃入華境，張悉予收編。故張部極為複雜，有華人，有俄人，有土匪，有正規軍，器械亦新舊不一，然戰鬥力則頗強。每戰張又能身先士卒，此所以於第二次直奉戰爭克奏首功也。

　　張既貴，迎養父母（時父已另娶）於署中。以其生母誓不與張父相見，乃別治第宅以居之。張晨昏定省，曲盡孝道。未幾，其下堂之婦亦至，張大喜，欲為買宅購器具。該婦力止之，謂張曰：「我前之離汝而去者，為汝計也。今汝既富貴，則吾願已遂。此來專為視汝，別無他意。汝才能致富貴，而不能處富貴，勿驕勿縱，守紀愛民，此處富貴之道也，汝宜勉之！」遂辭欲去，張堅留之，婦曰：「汝今正妻在室，姬妾滿前，何所用我？且我去汝必愈念，彼此長留不盡之情，不勝於久而生厭耶？謹守我言，即為愛我。」竟去。

　　至張之生母，于張失勢赴日後，尚居京。「九一八」事變將起，舉朝酣嬉，彼獨往謁張學良，告以日本對於東北將有大舉動，宜預加嚴防，勿鬆懈！學良不聽，未幾其言卒驗。後張學良電招，由日本返京，以為當畀以重任。實則學良恐彼為日本利用，但以虛禮羈維之而已。張在京正侘傺無聊，會山東韓複榘以石友三為介，邀張往商大計，張亦派參謀某往報聘。事為其生母所聞，力誡張勿輕動，動必有奇禍。張不聽，母不許張出門，至欲以身橫臥大門前，以阻汽車出入。參謀某至魯，彼

此已成議，張遂乘母不備，乘京滬車南下。詎某偶于韓客廳見懸一相片，認系前在徐州為張所殺之鄭金聲，忽大驚悟，急乘車北返，抵津，以餓甚，飯後始轉京。即以此一遲延，某抵京而適赴津矣。張到魯，韓盛宴款待，各將均在座。酒數巡，韓提議謂：「聞孝昆（張字）先生精槍法，能兩手持槍併發，請一表演，以開我輩眼界。」張允諾。演畢，以槍置幾上，眾鹹贊其技之妙，韓獨持槍把玩，歎為精巧。張曰：「君喜之乎？即以奉贈何如？」韓亟稱謝。

　　張在魯數日，見韓無表示，知有異。左右鹹勸其微服出走。張曰：「此間人幾無一不識我，焉能逃耳目？欲去不如明白去。」乃往別石友三，托其向韓致意，率同來僚屬逕赴車站。石亦來送行，匆匆數語，即避去。張欲上車，有彈自車中發。張從左車門上，右車門下，向前奔，步闊而迅，刺客追之弗及，欲發槍，彈驟卡不能出，幾被脫矣。刺客忽為車軌所絆，僕地，槍受震，彈自發，中張。刺客又連發數彈，乃斃。在場者微聞有人呼曰：「我鄭金聲子也，今日始報父仇。」張一衛兵亦受傷，舁往醫院，翌日死。刺客則為憲兵所逮，如何處置，終無有知者。據聞韓與鄭關係極深，鄭之喪，韓為執孝子禮。其致張於死地，皆韓預布羅網，刺客亦未必即為鄭子，特故為此以圖掩飾耳。張既死，韓給費二百元，草草成殮，其靈柩則由張舊屬運回北京云。

　　以上所述，為張之祕書某告余者，其言當較可信。平心而論，張亦非全無足取，只以不學無術，致終不免於禍國殃民，豈獨一張而已？當時軍閥中如張者，恐比比皆是，無怪乎軍紀、政治日趨敗壞也。惟張之生母與去婦，一則出身微賤，一則行為放蕩，而皆能見微知著，具有卓識，可不謂非奇女子哉？

　　這則故事詳盡地記述了張宗昌由一個不名一文的流民而發跡為雄霸一方的軍閥的經過，於細節描寫中即事見人，以小見大，鮮活地再現了一位智勇雙全、忠孝雙全的草莽英雄形象，同時也淋漓盡致地表現了張氏生母的遠見卓識與張氏前妻（商會會長之女）慧眼識人、教夫有方、功成不居的高潔形象，讀之讓人感佩不已。

八、貪官污吏傳

　　《貪官污吏傳》，作者佚名，當是民國初年人。1999 年北京古籍出版社出版「清代野史叢書」，將之作為其中之一種予以刊行。

　　《貪官污吏傳》，不分卷，共分十三則。分別寫了明珠、和珅、富勒渾、牛鑒、崇勳、奎俊、崇禮、瑞洵、剛毅、蘇元春、慶寬、貽谷、焦滇等十三個貪官，其中有滿人，也有漢人。如第一篇《明珠》一則所寫的明珠，便是康熙朝權傾朝野、位居宰執的旗人權貴：

　　　　明珠，字納蘭，於康熙戊午迄戊辰十餘年間，權勢最盛。是時鎮定三藩，干戈將靖，明珠為滿首相，與漢首相杜定德等同盡贊襄之力，故世祖恩眷頗優。嘗以御書大軸賜之曰：「朕萬機餘暇，留心經史，時取古人墨蹟臨摹，雖好慕不衰，然未窺其堂奧，歲月既深，偶成卷軸。卿等佐理勤勞，朝夕問對。因思古之君臣，美惡皆可相勸，故以平日所書者賜卿，方將勉所未逮，非謂書法已工也。」又於壬戌上元節，因海內乂安，時當令序，特宴大小臣工于乾清宮，賦詩紀盛，明珠亦與焉。次年上元節，複賜宴，且獲賞馬匹。甲子冬，世祖初下江南，明珠為扈從，凡蘇州之虎丘、鎮江之金山、江寧之雨花臺，皆為

蹤跡所至，故其遺聞軼事，江南人猶有能道之者。

蓋明珠之為人也，性狡猾，貌慈善。見人輒用甘語柔顏，以鈎探其衷曲，當時為所籠絡者不鮮，滿臣如佛倫、葛思泰、傅塔臘、席珠，漢臣如余國柱、李之芳、熊一瀟等，皆是也。其納賄之鐵證：凡督撫等官出缺，必托人輾轉販賣，滿其欲壑而後止。故督撫等官愈剝削，而小民愈困苦矣。又康熙二十三年，學道報滿後，應升學道之人，率往論價，九卿選擇時，必承明珠之風，任意派缺，缺皆預定，由是學道亦多端取賄，士風文教為之墮地矣。顧明珠之貪婪如是，世祖未嘗不知之，曾語珠曰：「居官清廉，如于成龍者甚少。全才未易得，但能於性理一書，稍加觀覽，則愧怍之處甚多。雖不能全依此書以行。亦宜勉強研求，明晰理義。」蓋因其嗜利無饜，故言于成龍以勵之也。惟明珠卒不悟，未幾，言官郭琇彈劾之，遂罷大學士職。

或曰，明珠雖以賄罷，而生平馭下極嚴，以故手操政柄時，凡屬家奴，無敢為城狐社鼠之行者。其法，廣置田產，命諸奴分主之，厚加賞賚，使人人自足，而嚴禁其干預外事。又立主家長一人，綜理家政，諸奴有不法者，許主家長立斃杖下，即倖免而被逐，亦無他人敢容留者，曰「伊于明府尚不能存，況他處乎？」故其下皆戰戰奉法惟謹。明珠之後嗣，嘗以奕世富豪，為滿洲世家冠。至裔孫成安，因忤和珅坐法，籍沒，所庋珍寶，有為天府所無者。世人以此事證《紅樓夢》一書為演明珠之家事，則誤矣。蓋成安籍沒時，距明珠執政已及百年，其時代迥不合也。

這則故事雖文筆不夠生動，但語言質樸簡潔，基本寫出了明珠為人為官的一生。其為人的貌忠實奸，為官的貪婪成性，都在文中得到

了充分表現。（故事中的「世祖」當為「聖祖」，「世祖」是指順治皇帝）

滿人官員如此不堪，漢人高官也好不到哪里去。請看第四篇《牛鑒》一則所寫的漢族大員是如何的嘴臉：

牛鑒，于道光戊戌（十八年）五月以服闋為江蘇布政使；己亥（十九年）六月，擢河南巡撫；辛丑（二十一年）九月，又升兩江總督。二三年間，官階疊晉，勢位崇隆，而其貪財誤國之罪，亦於是時始。

蓋英人義律，以要索香港不成，於南洋沿海岸一帶，已大肆騷擾，陷廣東之虎門，而關天培翟惑亡，陷浙江之定海，而葛雲飛翟惑亡。所恃者長江下游之寶山，或能善為籌防，聊以固我圉耳。乃至壬寅（二十二年）四月，駐守吳淞口之淞江提督陳化成聞乍浦失守，江浙騷然，飛告牛鑒，請益兵，以資嚴備。時牛鑒駐師上海，答言有河南、徐州、江寧兵三千，藤牌八百，陳提督遂恃以無恐。迨五月初旬，英艦由外洋探水而入，牛鑒方自滬至淞，見之，作驚疑狀。陳提督丞慰藉曰：「毋恐，外洋所恃，不過槍炮。某經歷海洋五十年，此身在炮彈中入死出生者屢矣。今日火攻，頗有把握，願以身當之。苟得挫其鋒，援兵一鼓而進，英兵不足平也。」牛鑒意稍定。次曰，英艦果入口，陳提督麾令開炮，首擊沉其火藥艦一，又中其象鼻頭桅之戰艦三，斃其兵凡三百餘。英艦勢卻，繞出小沙背。適牛鑒統兵赴較場，軍士皆呼躍，戰益奮。須臾，英司令官由桅頂了見牛鑒輿，突飛炮注攻，逐其左右隊而擊之。徐州兵先潰，河南參將陳平川遂以藤牌八百擁牛鑒回城。牛鑒棄冠遁走，令一卒坐其輿，偽為制軍狀。英兵遂登陸，繞東炮臺而西。時守備韋印福等守西炮臺，力死戰。陳提督見軍無後援，

撫膺頓足曰：「垂成之功，敗於一旦，制使殺我矣！」遂中彈，噴血死，是時江浙士民為之謠曰：「一戰甬江口，督臣死，提臣走（督臣謂裕謙，提臣謂余步雲）。再戰吳淞口，提臣死，督臣走（提臣謂陳化成，督臣謂牛鑒）。」蓋醜牛鑒之不如裕謙也（陳化成死後殮於嘉定之關帝廟）。

　　英兵既陷吳淞，乘勝溯長江而上，複陷京口（鎮江之舊名），駐防旗人，無男女少長皆被屠，遂逼金陵之下關。此六月間事也。時牛鑒方自滬逃回，沿江告警，一日數驚。牛鑒不謀江上之守，惟假危言以脅朝廷。觀其奏詞謂形勢萬分危急，呼吸即成事端。既鋪張鐘山架炮之事，又言事若不成，即遣人前挖高家堰。道聽之語，不知傳自何人，而任意指稱，以效腐鼠之嚇。牛鑒之罪，上通於天矣。迨白門和議既成，耆英、伊裡布皆署名，獨牛鑒屏不與，其故不可深長思耶？

　　世稱牛鑒甫至上海時，即有為英人作說客者許酬以重金，而撤邑淞之防，牛鑒密允之，惟懼為陳化成所覺，故佯出視師。及見炮彈逼近坐輿，乃亟走。當時雖有百陳化成且無能為力，而況僅一陳化成乎？及英艦既抵觀音門，將士等猶憤憤請決一戰。牛鑒止之曰：「虎須未可捋也。」洎乎廷旨令耆英由浙赴寧，商議和約。牛鑒惟引領東望，日遣人探問耆相到未，蓋其心已沈溺于間金中，而封疆重事，已置之度外矣。語云：「貪人敗類」，殆牛鑒之謂歟？

　　厥後文宗但責其毫無準備，糜餉勞師，褫其職，置之法，而不及於賄，故後人無知其貪者（牛鑒自寶山逃至嘉定，其僕從尚多，曾向嘉定人言牛鑒得贓事甚詳）。

　　這則故事寫牛鑒作為指揮官與方面大員，不僅戰場上畏敵如虎，不戰而逃，而且還在戰前就因收受英人之賄而「撤邑淞之防」，完全

置國家利益於不顧。此等不可饒恕之罪,咸豐皇帝事後只以「毫無準備,糜餉勞師」而「褫其職」。敘事及於此,作者雖無一句評論,但對於牛鑒的無恥、咸豐的昏庸之批判,則盡在字裡行間矣。

九、外交小史

　　《外交小史》,繼昌撰。繼昌,生平事蹟不詳。《行素齋雜記》自序有「光緒癸巳六月,奉先姚那拉太夫人諱,讀禮家居」的話,可見其是生活於清末民初的滿洲旗人。中國歷代筆記大型全文古籍資料庫「中國歷代筆記五・清代卷」收錄此書。書為一卷,共十八則,分別是《安維峻劾李文忠疏》、《清中葉之外交觀》、《恰克圖條約之怪誕》、《英使覲見清高宗行叩頭禮》、《英人代緬甸入貢》、《廓爾喀始終入貢》、《中俄密約之真相》、《哲孟雄之倖存》、《記清流黨》、《清流黨之外交觀》、《記聖路易賽會副監督》、《中國赴聖路易賽品》、《李春來朱桂珍之獄》、《新加坡之紀念詔書》、《鴉片戰爭之結果》、《琉球官生留學國子監》、《越南進貢表文》、《朝鮮使臣題三家詞》等,所記皆有清一代特別是晚清的外交軼事。如第一則《安維峻劾李文忠疏》:

　　安維峻既以抗疏請歸政,革職,遣戍張家口。朝命既下,安直聲震天下。大俠王五身護之往,車馱資皆其所贈,則當時安為國人推重可知。然余肄業北京大學分科時,見安先生人極謹願,已無複有昔日剛勁之氣。至觀安劾李文忠一疏,語多牽強附會,顧亦為清流所傳誦,於此可見當時朝臣風氣之錮塞,國民對外意識之暗陋也。疏云:「奏為疆臣跋扈,戲侮朝廷,請

明正典刑，以尊主權而平眾怒，恭摺仰祈聖鑒事。竊北洋大臣李鴻章，平日挾外洋以自重，當倭賊犯順，自恐寄頓倭國之私財付之東流，其不欲戰固系隱情。及詔旨嚴切，一意主戰，大拂李鴻章之心。於是倒行逆施，接濟倭賊煤米軍火，日夜望倭賊之來，以實其言。而於我軍前敵糧餉火器故意勒掯之，有言戰者動遭呵斥，聞敗則喜，聞勝則怒。淮軍將領，望風希旨，未見賊，先退避，偶遇賊，即驚潰。李鴻章之喪心病狂，九卿科道亦屢言之，臣不復贅陳。惟葉志超、衛汝貴，均系革職拿問之人，藏匿天津，以督署為逋逃藪，人言嘖嘖，恐非無因。而于拿問之丁汝昌，竟敢代為乞恩，並謂美國人有能作霧氣者，必須丁汝昌駕馭。此等怪誕不經之說，竟敢陳于君父之前，是以朝廷為兒戲也。而樞臣中竟無人敢為爭論者，良由樞臣暮氣已深，過勞則神昏，如在雲霧之中，霧氣之說，入而俱化，故不覺其非耳。張蔭桓、邵友濂，為全權大臣，未明奉諭旨，在樞臣亦明知和議之舉不可對人言。既不能以死生爭，複不能以去就爭，只得為掩耳盜鈴之事。而不知通國之人，早已皆知也。倭賊與邵友濂有隙，竟敢令索派李鴻章之子李經方為全權大臣，當複成何國體？李經方為倭賊之婿，以張邦昌自命，臣前劾之，若令此等悖逆之人前往，適中倭賊之計。倭賊之議和，誘我也，我既不能激勵將士，決計一戰，而乃俯首聽命於倭賊，然則此舉非議和也，直納款耳。不但誤國，而且賣國，中外臣民，無不切齒痛恨，欲食李鴻章之肉。而又謂和議出自皇太后意旨，太監李蓮英實左右之。此等市井之談，臣未敢深信。何者？皇太后既歸政皇上矣，若猶遇事牽制，將何以上對祖宗，下對天下臣民？至李蓮英是何人斯，敢干預政事乎？如果屬實，律以祖宗法制，李蓮英豈複可容？惟是朝廷被李鴻章恫喝，未及詳審利害，而樞臣中或系李鴻章私黨，甘心

左袒，或恐李鴻章反叛，姑事調停。初不知李鴻章有不臣之心，非不敢反，實不能反。彼之淮軍將領，皆貪利小人，無大伎倆。其士卒橫被克加，則皆離心離德。曹克忠天津新募之卒，制服李鴻章有餘，此其不能反之實在情形，若能反則早反耳。既不能反，而猶事事挾制朝廷，抗違諭旨，彼其心目中，不復知有我皇上，並不知有皇太后。而乃敢以霧氣之說戲侮之也，臣實恥之，臣實痛之。惟冀皇上赫然震怒，明正李鴻章跋扈之罪，佈告天下。如是而將士有不奮興，倭賊有不破滅，即請斬臣以正妄言之罪。祖宗監臨，臣實不懼，用是披肝膽，冒斧鉞，痛哭直陳，不勝迫切待命之至。」奏上，奉旨革職，發往軍台。時恭王再起秉政，適於是日請假，次日知之，斥同輩曰：「此等奏摺，入字藏可也，何必理他，諸公欲成安之名耶？」眾無言，此足見恭王之有識也。

　　這則故事寫安維峻雖身處急劇變革、寰宇一體的晚清時代，卻仍然昧於世界發展的大勢，因循守舊，坐井觀天，一味以「天朝心態」看世界，不肯正視中國在近代早已落後的現實，不懂現代外交折衝樽俎之新規，而以老皇曆妄斥辦外交之人，以至給他們亂扣賣國的大帽子。作者記述此事，其意不只是為了嘲笑安維峻其人的愚昧，而是意在批判晚清一大批昧於世界情勢的朝臣不通時變，不識時務；他們看似道貌岸然、義正辭嚴的愛國者，實則是不知天下情勢的井底蛙與糊塗蛋。由此，讓人省思：中國在近代之所以落後，中國在屢屢挨打之後中國人還固步自封、不思改革的原因。

　　又如《英使覲見清高宗行叩頭禮》：

　　乾隆五十七年，英國遣正使伯爵馬戛爾尼（Macarney）、副使斯當東（Staunton）等入中國，要求通商條件。翌年，自天津赴京師之際，中國官吏循例予以旗章，題曰英國貢船，強使

立之。及至京師，則政府又循例強使于覲見時行叩頭之禮。馬戞爾尼等深慮以此等小節，損中國政府之感情，妨其推廣商利之目的，不敢抗議。遂以是年八月十日覲高宗于萬樹園幄次，旋以要求諸款，向政府提議。是時朝廷固確認英吉利為海外朝貢國之一，此次使節，直為叩祝萬壽而來，得瞻天威，已屬蠻服陪臣之大幸。特以荒遠不識天朝禮制，妄行乞請，無足深責。以故一方則賜使臣筵宴，優加賞賚，以盡懷柔之意。一方則敕諭英國王，盛稱天朝威德，于英政府所要求者，駁斥無遺，付諸使臣而遣之。於是馬戞爾尼等此行之結果，自賫還文綺珍玩等賞賚品致諸國王以外，其餘絕無所得。惟其隨行員等，以途中所見中國內地實情，筆之於書，歸而布諸全國，則實為英人莫大之利益云。陳康祺《郎潛記聞》云：「乾隆登覲西洋英咭唎國使，當引對自陳，不習拜跪，強之止屈一膝。及至殿上，不覺雙跪俯伏。故管侍禦韞山堂詩，有『一到殿廷齊膝地，天威能使萬心降』之句。」康祺憶穆宗親政後，泰西各國使臣，鹹請覲見，先自言用西禮折腰者三，不習中國拜跪。通商衙門諸大臣曲意從之，惜無舉前事以相詰責者，即此已見當時吾國朝臣之外交觀念矣。

這則寫乾隆時代中國朝臣以中國習俗強加於英使，使其屈膝一跪而自鳴得意的故事，生動地詮釋了中國人的「天朝心態」與自高自大的民族性。由此，讓人不禁省思：中國在晚清時代落後挨打，根源不在晚清時代中國國力不濟，而是中國人的「天朝心態」。乾隆盛世之時強迫英使屈膝一跪的自我陶醉，必然結下日後挨打、被西方列強宰割之果。

又如《清流黨之外交觀》：

同、光之間，清流黨之勢最盛，實有左右朝野輿論之權。一

時尊王攘夷之論，靡漫於全國，凡稍談外交識敵情者，咸斥之為漢奸大佞，痛詆之不遺餘力。党勢既盛，遇事則挾其鷗張虛矯之氣，以鼓動多數無識之徒，為之後盾。朝廷于和戰大計，往往為所劫持，實數十年來外交失敗之原因，而鴉片戰爭、英法聯軍諸役之所由釀成也。茲錄清流黨言論逸事數則，以供外交家之參考焉。

李文忠之督畿輔也，凡有造船購械之舉，政府必多方阻撓，或再四請，僅十准一二，動輒以帑絀為言。其甚者，或且謂文忠受外人愚，重價購窳敗之船械而不之察。故文忠致劉丹庭書，有云：「弟之地位，似唐之使相，然無使相之權，亦徒喚奈何而已。」按其實，則政府齮齕之者，非他人，即翁同龢也。同龢本不慊于文忠，因乃兄同書撫皖時，縱苗沛霖仇殺壽州孫家泰全家，同書督師，近在咫尺，熟視無睹。及為人參劾，上命查辦，文忠時為編修，實與有力焉。然亦公事公辦，並非私見也。同書由是革職遣戍。同治改元始遇赦，歸而卒。然同龢因此恨文忠矣。使見文忠有大功于國，使非恭王知人善任，恐亦將以罪同書者羅織而罪文忠矣。所以光緒初年，北洋治海陸軍，皆文忠竭力羅掘而為之。及甲午之敗，文忠有所藉口，而政府猶不悟也。當時朝士無不右翁而左李，無不以李為浪費，動輒以可使制梃撻秦楚之堅甲利兵為言，頑固乖謬，不達時務，眾口一詞，亦不可解。至因優伶楊三之死，而為聯語云：「楊三已死無蘇醜，李二先生是漢奸。」昌言無忌，不辨是非如此。所以梁鼎芬以劾文忠革職，同年故舊皆以為榮，演劇開筵，公餞其行。至比之楊忠湣之參嚴嵩，其無意識之舉動，真堪發笑。可見當時朝士之昧於時局，絕無開通思想也。

甲午之年，京曹官同聲喧詈馬建忠，竟有專摺奏參，謂馬遁至東洋，改為某某一郎，為東洋作間諜。蓋以馬星聯之事，而

歸之馬眉叔者。星聯字梅孫，浙江舉人，癸未以代考職事革捕，而遁至東洋。建忠號眉叔，江蘇人，候選道，其時實在上海為招商局總辦。言者竟合梅孫、眉叔為一人，可笑孰甚。至謂文忠為大漢奸，眉叔為小漢奸，觀禦史安維峻劾文忠一疏，無一理由。此等諫草，實足為柏台玷。而當時朝野上下，且崇拜之，交譽之。及獲罪遣戍，大俠王五為之備車馬，具餱糧，並在張家口為之賃居廬，備日用，皆不費安一文，蓋若輩皆以忠義目安也。閉塞之世，是非不同，無怪其然。故有與文忠相善者，不曰漢奸，即曰吃教，反對者則人人豎拇指而讚揚之。若執孟子「皆曰可殺」一語，則文忠死久矣。所以然者，文忠得風氣之先，其通達外情，即在同治初元上海督師之日。不意三十年來，僅文忠一人有新知識，而一班科第世家，猶以尊王室攘夷狄套語，詡詡自鳴得意，絕不思取人之長，救己之短。而通曉洋務者，又多無賴市井，挾洋人以傲世，愈使士林齒冷，如水火之不相入矣。光緒己卯，總理衙門同文館忽下招考學生令，光稷甫先生問某太史曰：「爾赴考？」某曰：「未定。」光曰：「爾如赴考，便非我輩，將與爾絕交。」一時風氣如此。

某君之隨使泰西也，往辭祁文恪，文恪歎曰：「你好好一世家子，何為亦入洋務？甚不可解。」及隨星使出都，沿途州縣迎送者曰：「此算甚麼欽差，直是一群漢奸耳。」處處如此，人人如此，當時頗為氣短也。郭嵩燾之奉使英倫也，求隨員十余人，竟無有應者。豈若後來一公使奉命後，薦條多至千餘哉？郭後乘小輪返湘，湘人見而大嘩，謂郭沾洋人習氣，大集明倫堂，聲罪致討，並焚其輪，郭嗫不敢問。邵友濂隨崇厚使俄也，同年公餞于廣和居，睢州蔣緩珊戶部亦在座，竟向之垂淚，皆以今日此宴，無異易水之送荊軻也，其愚如此。曾惠敏

返國後，朝士亦多以漢奸目之。讀近世中國外交史，及薛曾郭三星使之書牘，未嘗不太息痛恨于書生之誤國也。

《蕙鄉謾錄》云：李伯行為日本欽使時，一日開茶會，其隨員查益甫者，見西人送茶與西婦，蓋素識者也，查亦貿然送一盤與一婦，婦見系華人，勉受之。未及接得，查忽縮手，又不與之，大笑而去。及跳舞時，查一人獨自亂跳，西人為之捧腹。又王某為日使時，橫濱領事為黎庶昌，與學生監督林某，同赴日皇之宴會。二人不欲食西菜，乃相語曰：「惟水果尚為可口。」兩人乃各飽吃柿子多枚，以至滿手滿臉，狼藉不堪，人皆捧腹。及至入園食物時，因椅少，惟婦人有坐位。有一婦因起身接物，二人者即於其後拖其椅以自坐，婦未及知，複坐致傾跌於地。楊某為比使時，比國適開博覽會，楊將中國小腳鞋及煙具等種種惡陋之物，送往陳列，且自以為得意。任滿回國，適與考察憲政之五大臣同舟。一日大餐時，楊忘其所以，以辮盤旋於額，各西人皆顧之而笑。端午橋欲告之，而恐其不悅，乃詢曰：「足下剛由廁所來乎？」曰：「否。」曰：「吾見公之辮盤於額，以為從廁所來耳。」楊乃自覺，急除之下。又嘗自題小照云：「大有武鄉侯氣象。」又好作詩，同人莫不笑之。張某為英國欽差，常親自上街買小菜，其使館中房屋一切，齷齪萬狀，不堪入目。其大廳一間，所謂宴會之處也，臥榻設於斯，飯間設於斯，廚房亦設於斯。自汪伯棠接任後，英人云：「日來始得瞻仰貴館之丰采」云云。其平日無一客到可知矣。

崔國因之鄙陋，全國人皆知，然未得其詳。吾國人見輕于外人，崔實為罪魁。當其家眷盜酒館之手巾，為西人搜出後，因此欽使為盜之風聲，遂傳於環球。上亦知之，故懲以革去二品頂戴之罪。其在英時，夫人專為全館上下諸人洗衣，而收所洗

資，其裹腳帶飄颺於使館門前，英人見白色長帶隨風蕩漾，以為中國有何喪事，使人來探問，始知為腳帶也，西報中為照片揭載之。又不自開火食，惟附食于翻譯李一琴之處，每見酒瓶、荷蘭水瓶等，必拾而藏之。使館中人，往往以空瓶及繩索橘皮等置之門外，以待崔來，崔見即拾去。置之不已，崔則拾之不已，且毫不知倦。察其色，似喜不自勝者，真可怪已。

上面幾則所寫李鴻章、馬建忠、郭嵩燾等達時變、知世局的洋務派人士被人誤解，甚至被人罵為漢奸；而諸如翁同龢、祁文恪等不達時務者則被人尊崇，並被人視為「尊王攘夷」的榜樣；駐日公使李伯行、橫濱領事黎庶昌、駐英欽差張某等人因不通洋務而貽羞東西洋，駐美公使崔國因夫人酒館為盜，醜聲四播，從各個側面凸顯了晚清時代中國社會上層分子不達世變而盲目排外的真實情狀，讀之讓人如臨其境，如見其人，清醒地意識到晚清時代中國之所以落後的真正原因不是別的，而是國人特別是上層士大夫思想僵化、不達世變、不知時勢、不通洋務，卻又盲目自大、盲目排外。

十、「事類派」其他作品

屬於「事類派」筆記小說者，除上述幾種主要作品外，尚有如下幾種，亦可稍稍提及。

《奴才小史》，老吏撰。一卷。民國六年（1917）昌福公司印行，為叢書「滿清野史續編」之一種。分別寫了鰲拜、遏必隆、兆惠、穆彰阿、耆英、琦善、肅順、多隆阿、崇厚、裕祿、榮祿、增祺、鹿傳霖、端方、趙爾豐、瑞澂、寇連材、安德海、李蓮英、張元

福等二十個人，這些人或是滿清王公大臣，或是封疆大吏，或是太監內侍，雖身份不一，但皆是死心塌地效忠滿清的奴才。因此，此書可以看作是專寫滿清奴才的專書，屬於「事類派」一系的筆記小說。全書二十則在形制上都較短小，語言質樸，有筆記小說的特徵，但文筆不夠生動，可讀性不強，類似於小傳。

《康雍乾間文字之獄》，作者佚名，當是清末民初人。1999 年北京古籍出版社出版「清代野史叢書」，將之作為其中之一種予以刊行。書不分卷，共有七篇短文組成，包括「莊廷鑨之獄」、「戴名世之獄」、「查嗣庭之獄」、「陸生楠之獄」、「曾靜、呂留良之獄」、「謝濟世之獄」、「胡中藻之獄」等七則，都是有關滿清統治者以文字羅織罪名而迫害漢族知識份子的事例，屬於典型的「事類派」作品。每則故事形制短小，但敘事簡潔，語言質樸，具有筆記小說的特徵，但從小說的角度看，可讀性不強。

《檮杌近志》，作者佚名。觀其書中所記人物軼事，知作者當為清末民初人。民國 6 年昌福公司曾將之置於「滿清野史」第四編中予以印行。書中所記人物軼事，上至清初朝野達官名士（如和珅），下及清末民初妓女和尚（如楊翠喜），各色人等都在其中。但所寫人物都是負面形象者，故以「檮杌」二字為書定名，似乎是有意要做成一個「壞蛋專集」，因此這本筆記小說可謂是典型的「事類派」作品。雖然所寫的人物是負面形象的，但從小說的角度看，則有相當的可讀性。如「巴延三」、「劇盜陳阿尖」、「蕭親王戲癖」、「楊翠喜」、「和珅善謔」、「糊塗官」、「滿員笑柄」等，都有相當的閱讀情趣。

《政海軼聞》，陶菊隱撰。1998 年上海書店出版社出版「民國史料筆記叢刊」，將其列入作為其中之一種。此書專寫北洋一系政壇人物，特別是有關袁世凱稱帝前後的史事。內容與作者的《近代軼聞》只是篇目多少、內容編排略有差異，文字上幾乎沒有差異。實際上，

它只能算是《近代軼聞》的另一種版本而已。

〔注〕

1　陶端《父親陶菊隱寫北洋軍閥》，《炎黃春秋》2007 年第 2 期。

2　《新華祕記‧整理說明》，中華書局，2007 年 4 月。

3　《復辟之黑幕‧整理說明》，中華書局，2007 年 6 月。

第五章
雜俎派筆記小說

　　清末民初的筆記小說中,除了上述從內容上所劃分出的「國史派」、「軼事派」、「事類派」等三類外,還有一種類型,就是「雜俎派」。這派筆記小說的特點是,一部集子或一本書中記人記事的筆記小說只占其中的一部分,其他主要篇幅都是有關典章制度、名物詩文、社會風俗考辨等各種內容。因此,嚴格說來,這樣的集子只能稱其為「筆記」,而不能稱之為「筆記小說」。但因為其中有一部分篇什有人物、有故事情節或有人物對話,確實是值得一讀的筆記小說。為了做到不遺珠有憾,我們特別設立「雜俎派」一類,將這類作品集歸為一類。但所謂「雜俎派」筆記小說,也僅指雜有各種內容的集子或書中那些是筆記小說的部分,不包括非小說的部分。

　　下面我們擇其要者,略事介紹屬於「雜俎派」中的幾部有代表性的作品,以見其創作的基本概貌。

一、世載堂雜憶

　　《世載堂雜憶》,劉成禺撰。劉成禺(1876-1953),本名問

堯，字禺生，筆名壯夫、漢公、劉漢，原籍湖北武昌，生於廣東番禺。曾留學日本成城陸軍預備學校、美國加州大學。早年追隨孫中山從事革命，深受器重，與馮自由齊名。1911 年武昌起義後，離美返國。1912 年，先後出任南京臨時參議院參議員、北京臨時參議院議員。1913 年 4 月第一屆正式國會開幕，出任參議院議員。二次革命時，因反對袁世凱被通緝，南下追隨孫中山，先後出任廣州國會非常會議參議院議員、大元帥府顧問、總統府宣傳局主任等職。北伐戰爭後，曾任監察院監察委員。生平所著除《世載堂雜憶》外，尚有《太平天國戰史》、《洪憲紀事詩簿注》、《世載堂詩集》等。

　　《世載堂雜憶》，不分卷。1996 年山西古籍出版社出版《民國筆記小說大觀》，將其列為第一輯中之一種予以印行。1997 年遼寧教育出版社出版「新世紀萬有文庫」，亦將其列為其中之一種。全書共一百二十五則，其中六則又下分幾小則。如「太平天國佚史」一則下包「狀元遊街」、「大審忠王」等七小則。「晚清朝士風尚」一則下包五小則。全書所寫內容較雜，既有朝廷軍國大事，也有文人軼事，既有科舉等典章制度的記載或考辨，也有人物傳記或家族沿革考證等。記政治之篇，皆多長篇大論。有學者評論其書說：「劉成禺的文學事業，似詩勝於文，且因性格豪放，不屑於餖飣細瑣，故內容不免蕪雜疏於考訂，但文字流暢優美，不失為可讀之作。」[1] 特別是有關文人軼事部分，則短小而有筆記小說的韻致，寫得較好。如《紹興師爺的妙計》一則：

　　　曾國荃為兩江總督時，江西奉新許仙屏振禕為江甯藩司，國藩已逝，許故國藩大營門生也。國荃與振禕交惡，兩方門客，多造蜚語，致國荃必去振禕以快意，乃具摺特參振禕。向例總督奏參三司，廷議無不准者，況國荃為有大功之重臣，被參者更難倖免。摺稿擬就，尚未拜發，事聞於振禕，亟求策於藩署

聘理刑錢之紹興師爺某。某曰：「事已急，非可以言解，只能以情動也。」爰與許定計，迅購金陵大府第一所，一面日夜動工修葺，為書院式；一面會集當地紳耆，及國藩門下在南京者，設立文正書院，教誨諸士，俾不忘國藩功德學行，即所以報先師于萬一。即日書院落成，行上額開院禮，恭請國荃蒞臨。國荃以乃兄之故，又因地方耆宿及國藩門下多人均參與其事，雖怨許，義不能不至。當日群請國荃上書院匾額，振褘自為對聯，懸國藩遺像左右，並伏地痛哭，情極哀摯。聯曰：「瞻拜我惟餘涕淚，生平公本愛湖山。」國荃在場，亦為之墮淚太息。

禮畢，振褘曰：「予受先師教誨知遇之恩，畢生難報，先師已矣，願兩江人士，不忘先師功德在民，刻志求學，繼先師之學行。制軍為先師介弟，見制軍，如見先師也。」國荃歸，罷擬參稿。有以讒言進者，國荃曰：「振褘雖不理於人口，參之，使我對先兄有淒歉之意。」

此段公案，鶴亭前輩曾親見之，謂紹興師爺真能出奇計以拯人之厄也。

這則故事記述紹興師爺出奇策妙計，以柔克剛，迫使晚清權臣曾國荃自撤參奏之摺，使其主子藩司許振褘官場危機轉瞬化解，生動地再現了紹興師爺在清代官場中不可替代的角色形象，讀之令人不能不肅然起敬。

又如《書廣雅遺事》一則中的第三小則「《原道》一篇傲大帥」：

張之洞督兩江，陳散老以故人陳銳知縣需次江南久無差缺，屢向之洞言：「陳令文學政治甚通達，佳吏也。」之洞一日傳見。陳思與之洞一談，必折服之，為最上策。之洞詩與駢文，

是其所長，不如專談古文，或攻其所短。計定入見，之洞問曰：「汝善何種文學？」曰：「古文。」又問：「古文習何文？」曰：「八大家。」又問：「八大家喜讀何家？」曰：「韓昌黎。」問：「韓文最喜讀何篇？」曰：「《原道》。」之洞連聲曰：「《原道》、《原道》。」語未終，舉茶送客，陳銳從此無見總督之望矣。之洞語散原曰：「陳令不佳。」入民國，有人與散老談及，散老曰：「陳伯弢弄巧成拙。」

此寫晚清重臣張之洞考較縣令陳銳的故事，通過賓主對話，即事見人，生動地再現了中國自古以來「文人相輕」的真實心態。

又如《書廣雅遺事》一則中的第四小則「福壽雙全陪新郎」：

張之洞最喜吉兆語，其三子娶婦，婚筵選福壽雙全四人陪新郎。福為漢陽縣薛福祁，壽為江夏縣楊壽昌，雙為督署文案知府雙壽，全為自強學堂俄文總教習候補道慶全。四人宴畢，致賀曰：「公子福壽雙全。」雙壽再致賀曰：「祝大人大富貴，亦壽考。」之洞大悅，遇雙壽青睞有加。

此寫張之洞迷信于吉兆語的故事，讀之令人啼笑皆非。不過，啞然失笑之餘，又不能不引人深思：何以中國人如此迷信口彩，不能破除語言的魔咒？

再如《章太炎師事孫詒讓》一則：

里安孫仲容先生詒讓，尊人琴西先生衣言，任湖北布政使時，與鄂中文士最善。仲容幼時隨宦，琴西問仲容曰：「汝喜讀何書？將來治何書？」仲容對曰：「《周禮》。」琴西曰：「《周禮》難讀，漢學家多譏為偽書，汝豈能斷此公案？」仲容曰：「因難解難斷，是以專治。」鄂老輩多傳此說。鄂人既刊仲容先生《墨子閑詁》，又集楚學社刻其《周禮正義》。武

昌舉義後，《正義》後半未刻，夏鬥寅主鄂，捐資屬鄂老輩完成之，可見鄂人對孫氏父子之推重矣。里安孫氏姻戚居鄂者曰：「仲容得美婦，能文，善治事，侍仲容居樓上，七年未出門。樓唯夫婦能登，外無一人敢闌入。樓上置長桌十餘，每桌面書卷縱橫，稿書錯雜，丹黃墨漬，袍袖卷帙皆滿。寫何條注，翻何書籍，即移坐某桌，日移坐位，十餘桌殆遍。篝燈入睡前，桌上書稿，夫人為清理之。」外人只知仲容閉戶著書，但不知所著何書。七年後，始知與夫人孜孜不倦者，即今日鄂刻之《周禮正義》也。《周禮正義》最精到處，先列各家之說，而以仲容總斷為自成一家之定義。讀其書，初觀浩如煙海，細按則提要鉤玄，洵近代治經獨創體例之佳書也。張之洞督鄂，所不能致者二人，一為長沙王葵園先謙，一為里安孫仲容詒讓，知先生學望之尊矣。

章太炎創革命排滿之說，其本師德清俞曲園先生大不為然，曰：「曲園無是弟子。」逐之門牆之外，永絕師生關係。太炎集中有《謝本師》文。當時太炎聲望尚低，既棄于師，乃走海至里安，謁孫仲容先生。一談即合，居仲容家半載。仲容曰：「他日為兩浙經師之望，發中國音韻、訓詁之微，讓子出一頭地，有敢因汝本師而摧子者，我必盡全力衛子。」是太炎又增一本師矣。故太炎集中署名「荀漾」者，即孫詒讓也。以「荀子」亦名「孫子」；詒讓二字，反切為「漾」。仲容與太炎來往書箚，皆用此姓名。仲容非箋注章句之儒，實通經致用之儒，鄂老輩與仲容父子最善，太炎亦與鄂近世學人最善。鄂人刻《周禮正義》而傳太炎學派，其有息息相感召之意歟？

此寫晚清學者孫詒讓治學之嚴謹、孫夫人相夫之專注，章太炎轉事孫詒讓之始末。文筆雖不甚生動，但述說掌故鑿鑿有據，亦有娓娓

動人之處。

二、庸閑齋筆記

《庸閑齋筆記》,陳其元撰。陳其元(1812－1882),字子莊,晚年自號庸閑,生於浙江海寧一個鼎族之家。先任直隸州知州,後發往江蘇補用,為江蘇巡撫丁日昌所器重,先後代理南匯、青浦、上海等縣令。六十二歲辭官,僑居武林。

《庸閑齋筆記》,共十二卷,計十四萬言。全書「首述家門盛跡,先世軼事,次及遊宦見聞,下逮詼諧遊戲之類,斐然可觀。」(俞樾《序言》)1997 年大陸中華書局出版「清代史料筆記叢書」,將其列為其中之一種。1999 年北京古籍出版社出版「清代野史叢書」,亦將之列為其中之一種,但僅抄錄了其中的四十七則,非為全豹。

《庸閑齋筆記》作為晚清民初的一部筆記小說,其在內容上顯得相當龐雜。既有記述有關清代特別是晚清人物軼事者,亦有談論典章制度、名物掌故者,還有敘述重大史實者,又收有地方民俗、中外交涉等資料,以及考論之類的內容。因此,可稱之為典型的「雜俎派」作品。雖然書中的很多內容有補正史的價值,如「複封攝政睿親王冊文」、「左爵相奏開船政局」、「李爵相奏開輪船招商局」、「錢鏐東平創厘捐法」、「王晼上李秀成陳攻上海策」等,但不能作為筆記小說看,因為它們少了必要的文學特徵與趣味。不過,儘管整體上文學性不足,但在篇幅上還是筆記小說的規模,有些篇目也有一定的可讀性。如《文宗賜林文忠挽聯》一則:

　　道光辛丑，侯官林文忠公奉命至鎮海軍營。比遣戍新疆，居恒常誦「苟利國家生死以，豈因禍福避趨之？」二語不置。不知是公自作，抑古人成句也。然忠義之忱可想見矣。後公以雲貴總督引疾家居。咸豐初元，奉詔起討粵西賊，海內欣望，而公卒於途中。文宗震悼，禦制挽聯以賜云：「答君恩，清慎忠勤數十年，盡瘁不遑，解組歸來，猶自心存軍國；殫臣力，崎嶇險阻六千里，出師未捷，騎箕化去，空教淚灑英雄。」非常知遇，天下臣民讀之，皆代為感泣也。

　　此寫林則徐因道光年間虎門銷煙及隨之而起的中英鴉片戰爭而遭罷免，遣戍新疆，但仍時刻不忘記報效國家；咸豐初年奉詔討賊，出師未捷身先死，咸豐皇帝為之御制挽聯之事，真實地再現了林則徐忠君愛國的形象與咸豐皇帝知人明察的形象。

　　又如《科名熱中之笑柄》一則：

　　嘉興馬淡子明經汾，嗜學工詩，嘗謂余曰：「詩人境地，亦各就其造詣為之。才力大者如清廟明堂，有宗廟之美，百官之富；小者則如竹籬茅舍，佈置幽雅，亦自可人。吾才不高，只可小以成小而已。萬不可貪多務得。譬之蘆簾竹屋中，忽陳黃鐘大呂一器，美則美矣，其如不稱何！」先生累躓鄉試，道光辛巳，會開恩榜，時室中窘甚，妻苦勸其不往，先生不可，典質簪珥而行。出闈，意行甚，日盼捷音。放榜日，佇立門首。會同裡沈蓮溪觀察中式，報錄者誤入其家，鄰人鹹從之入，眾口稱賀。先生大喜，登樓易衣冠，命其妻為著靴，顧而矜之曰：「何如？」語未畢，樓下忽呼曰：「誤矣！中舉者乃沈家也。」一哄而散。先生靴猶未著竟，其妻仰而誚之曰：「如何？」聞之者捧腹。先生歿後數年，乃選景甯訓導。

　　這則故事通過一個富有戲劇化的情節，生動地再現了士子馬生得意傲人與其妻前恭後倨的形象，令人在捧腹一笑之後，又不禁為之掬一把悲涼的辛酸之淚：封建科舉害了多少讀書人，累了多少家庭。

　　再如《曾文正為巨蟒轉生》一則：

　　曾文正公碩德重望，傳烈豐功，震于一時；顧性畏雞毛，遇有插羽之文，皆不敢手拆。辛未十月，到上海閱兵，余供張已備，從者先至，見座後有雞毛帚，囑去之，謂公惡見此物。不解其故。公姻家郭慕徐觀察階告余云：「公舊第中有古樹，樹神乃巨蟒。相傳公即此神蟒再世，遍體癬文，有若鱗甲。每日臥起，床中必有癬屑一堆，若蛇蛻然。然喜食雞肉，而乃畏其毛，為不解耳。」後閱《隨園隨筆》，言：「焚雞毛，修蛇巨虺聞氣即死，蛟蜃之類亦畏此氣。」乃悟公是神蟒轉世，故畏雞毛也。宋文信國公傳為吉安潭中黑龍降生。信國柴市殉難後，是日，其鄉風雨大作，人見黑龍複歸於潭，與公之異將毋同？

　　此寫曾國藩性畏雞毛的軼事，通過對時人傳說或附會之言的記述，表現了中國人崇拜名人甚至神化名人的民族心理特點。

三、石屋餘瀋

　　《石屋餘瀋》，馬敘倫撰。馬敘倫（1885—1970），字彝初，後更字夷初，號石翁、寒香，晚號石屋老人。浙江余杭人。早年追隨孫中山，辛亥革命前在在日本加入同盟會。民國後先後出任上海《國粹學報》、《大共和日報》編輯、總編輯，清華大學、北京大學等校教

授，北洋政府和國民黨政府教育部次長。1949 年後，先後出任中共在大陸建政後的第一任教育部部長、高等教育部部長等。治學方面，於文字學、金石學、訓詁學、老莊哲學、詩詞等皆有所建樹。生平著述頗豐，除《石屋余瀋》《石屋續瀋》二種外，尚有《石鼓文疏記》、《讀金器刻詞》、《說文解字六書疏證》、《老子校詁》、《莊子義證》、《馬敘倫言論集》、《馬敘倫學術論文集》、《馬敘倫墨蹟選集》、《馬敘倫先生書法選集》等。

《石屋餘瀋》，不分卷。1948 年曾由建文書店出版，1984 年上海書店出版社據此影印出版。全書共計一百三十三則，內容相當龐雜，既有記述清末民初政壇人物與文人軼事者，也記書畫掌故者，更有墓誌銘、遊記之類的東西雜入，甚至還有自己的遊記。就形制上看，一般都是篇幅較小者，但偶爾也有篇幅較長者，如《章太炎》就類於人物傳記，篇幅是一般故事的幾十倍。從整體來看，此書即使是寫人物軼事的篇章，文筆也不算優美，但所記述的不少故事還是有可讀性的。如《徐世昌不齒於翰林》一則：

> 得越風社書，屬為文于辛亥革命紀念特刊。越風有紀徐世昌事，大意在為徐粉飾標榜也。世昌為人，已有公論矣，其以翰林發往北洋大臣差遣，侍從以為奇恥。抵直隸，謁總督李鴻章。通者以世昌翰林須開暖閣門俗稱麒麟門者逆之否為問，合肥曰：「此差遣員也，令入官廳，與群僚齒。」詞林益以為辱。其平生所為，直一熱中之官僚耳。至或稱其不附和袁世凱稱帝及反對張勳復辟，要皆為己留地步，諒之則識時而已。北洋系之分裂，實世昌致之，直皖之戰，段祺瑞銜之切骨。芝泉執政時，余親聞芝泉言：「菊人安足語為人？若死，吾並挽聯不屑致也。」耄年猶嗜貨不止，擁財數百萬，而不恤其子婦。其得法蘭西博士之贈，乃以二萬銀元買得黃郛所作戰後之歐洲

（書名或誤）一書以為已有耳。名利既遂，乃欲以理學自文，提倡顏李之學，不知其讀四存篇自省何如耶？其膺選總統後，陳仲騫戲語曰：「吾事事可比東海，只欠一手蘇字耳。」

此寫北洋軍閥徐世昌為北洋系同僚所不齒之事，作者以親歷者的身份敘述原委，讀來頗有鑿鑿有據之感。

書中不僅寫到民國時代的人物，也寫到太平天國時期的一些人事。如《李秀成義子》一則：

杭州雲林寺（俗稱靈隱）西有永福寺，遊人不易至也。余嘗與馬一浮訪之，寺僧僅一人，年近七十，名忘之矣。自云俗姓沈，紹興人，幼時為太平天國軍某將所得，攜至蘇州，忠王李秀成納為義子。秀成義子凡三，而沈最幼。王有夫人三，而沈隸正室，頗得憐愛。予果下馬一，每晨騎而遊。至玄妙觀前進羊肉面以為常。人呼之為三殿下。沈猶能略言府中事，謂忠王府為江蘇巡撫署，柱飾以龍，王頗為蘇人所喜，夫人亦慈。李鴻章攻蘇州，王遣散眷屬，沈從□王郝□□至嘉興，（姓名地點皆記不真矣）降于鴻章，鴻章賞以三品冠服，今其臥室中猶存此冠，導余等觀之。又導視一龕，龕中供神位，署曰：「先考忠王上秀下成」云云。又嘗於佛龕扉中出小冊相似，所書皆太平天國諸王諸將及女丞相傅□□及洪宣嬌等姓名。余嘗摘記之，今不存矣。沈以竹木制為刀鈸等器，時時舞之，蓋幼時所習也。沈自道披剃之由，以降後還故籍，取妻，有子矣，而病，病中夢觀世音菩薩告以不出家且死，遂為僧。沈主持此庵，一切身任之，至七十後始納一弟子。余於十六年後未嘗至寺，沈當已寂久矣。余見沈時，沈已有精神病，自稱玉皇禦妹夫，自畫玉皇妹像，奉之臥室。又從雲林寺山門至其寺途中，亦常有所畫像也。

　　這則故事作者自敘親訪杭州靈隱寺偶見太平天國忠王李秀成義子之事，由此帶出有關忠王李秀成及其義子沈某的軼事，最後寫到沈某晚年得了妄想症的淒慘結局，讀之不禁令人感慨萬千。

　　全書寫人物軼事雖主要集中於清末民初，但偶爾也有寫到清初者。如《清初軼聞》一則：

　　清亡時，杭州府知府滿洲人英霖，嘗為余師陳先生斠宸言：「滿洲相傳，江南一士人入都應試，一日，有客至，衣服都麗。自言主人為豪族，主人甫下世，主人弟為政，欲為少主物色師傅，因知先生德學之懋，願奉束修。即置銀幣錦緞等而去，顧謂士人，幸即豫備，當以人靜時車馬來迎。士人愕然，以所置豐腆，姑視究竟。及期，客率騎而弁者八人駕朱輪兩至，取士人行李于副車，肅士人登車。疾駛經重城，達一所，垣宇寬大，設備華貴。客揖士人，請就寢，命八人者謹事師傅。明日，日加巳，客從主人弟挈少主至，賓主禮甚謹，少主謁師傅如儀，主人弟謂士人：「兄亡，嫂愛弱子，幸勿撻。」殷勤付託而去。客告士人：「有需告八人者，請勿逾此院。吾日當陪少主來去。」自是，少主者日加巳至，加午而退。士人家書往來皆由客通；家月有書，言「收到束修甚厚」。而士人飲食服用之奉亦極贍至；顧以不能逾閾為悶悶，主人弟間時來一慰勞，禮數亦渥。如是一歲，強續聘焉。時以決科為客言，客輒曰：「先生何患不富貴？姑安之，未晚也。」及足三年，士人咨怨，客乃謂：「主人弟已得請於主母，當送先生入春闈，報捷榮歸耳。」離館日，主人弟盛宴勞謝而別，客複送至故邸，士人詫謂：「三年中不知在何世界也。」其實少主即始祖章皇帝也。

　　這則故事是寫清初順治皇帝祕密延師受教之事。敘事頗見條理，

情節亦有懸念，有娓娓可讀之韻致。

四、石屋續瀋

《石屋續瀋》，馬敘倫（生平前已述）撰。此書 1949 年由上海建文書店出版，1984 年上海書店出版社據此影印出版。

《石屋續瀋》，不分卷，共九十四則，計約八萬字。所記內容較為龐雜，既有清末民初政商名流與文化名流之軼事，也有名物考辨、書信載錄以及時尚風俗記載等內容。其記人物軼事部分，似乎在可讀性方面要較《石屋餘瀋》更勝一籌。如《胡雪岩之好色》一則：

> 胡雪岩既致富，蓄妾三十人，衣以錦繡，而色皆殊。常分兩隊，與其婦各率其一，仿象棋指揮作戰以為樂。雪岩設慶餘堂藥店于大井巷，修制鹿茸、龜膠及諸滋補之品，日食皆珍物也，以是體充健，白日行房事焉。雪岩之致富也，以太平天國得勢江南，王有齡、左宗棠先後撫浙，皆依其辦軍需，其所置銀號曰阜康者，馳名國中。阜康一紙書，可以立措鉅款金資也。以是雪岩亦不甯厥居，而所至有外室。有某告余曰：雪岩一日渡錢塘江至蕭山，於橋中見一女，有色，即為其所從客稱之，客其銀號夥也。雪岩歸過其地，則已於女家為其置行館，女出拜稱主人矣，雪岩大喜，蓋夥知其意，為貸女母成之，雪岩數宿而歸，留銀五百兩。後月複資之，每過江安焉。

這則故事寫晚清紅頂商人胡雪岩發跡變泰的經過以及其好色成性的為人特點。敘事有詳有略，泛寫與細寫結合，從而生動地再現了一個漁色之徒的形象。

除了寫商人外，寫得最多的要算是晚清政壇上的政治人物。如
《張之洞》一則：

　　清代官場禮儀，皆有定制，著於《會典》。司道謁督撫，督
撫不迎，而司道退，必送之儀門。蓋故事於二堂治事，距儀門
數十步耳。後多別設簽押房治事，而延客或在花廳，則距儀門
遠矣（儀門在大堂暖閣後），以是督撫送客僅及廳門而止。張
香濤太年丈之洞，南皮大家也。兄之萬狀元及第，官至尚書；
濤丈亦一甲第三人，一門鼎貴。及總督湖廣，垂二十年，恃資
望驕蹇，惟禮名士，視僚屬蔑如也。布政使某者（忘其姓名）
負時譽，濤丈亦不加禮，某不平。一日，白事已，告退，濤丈
才送之廳門，蓋習以為常矣。某忽曰：「請大帥多行幾步，本
司尚欲有白。」濤丈不意有他也，從之，而某殊無所白。行及
儀門矣，濤丈乃曰：「貴司果有何話？」某乃反身長揖，曰：
「實無話，儀制督撫送司道當至此耳，大帥請便。」濤丈為之
氣結，然不能斥也。
　　濤丈起臥不定，或數夕不寐，或一睡數日。其睡不擇時地，
往往即於座上合目，侍人急以身支之，更番至其覺而罷。一日
有急事當入奏，其性本急，立命起草，親有更定，即飭繕發。
故事：發摺（奏書通稱奏摺）當備香案，行大禮，鳴炮以送，
吏役悉以具矣，而丈已合目，如是伺之者三日始覺，則各侍
者，然已無及矣。

　　這則故事所敘乃晚清重臣張之洞的兩件軼事，生動地再現了其
「視僚屬蔑如」的傲慢作風，以及睡眠不擇時地的隨性散漫情性。讀
之有一種如臨其境，如睹其人之感。
　　書中寫晚清大員有栩栩如生之感，寫民國初年軍閥也有生動之
筆。如《張宗昌》一則：

　　張宗昌，少失父，母再嫁，以多力為小鬍子。既洗手，猶為符拉迪沃斯托克無賴魁：包娼、包煙、包賭，入戲園占位獨優。妓女至符拉迪沃斯托克者，必先奉于宗昌。辛亥革命，陳英士任滬軍都督，宗昌緣李征五入英士部下為團長。二次革命，英士失敗，宗昌亦北還，複度其流浪生涯，時已窮困，得俄人周濟之。後輾轉歸張作霖，以此起家，踞山東最久。宗昌雖當方面，無賴之習如故，見好色，必致之，妾至數十人。及敗，居北平，就其宅延少年教其妾讀，宗昌時時就聽之，其妾故多不識字者，亦不習教規，鶯嬉燕逐而已。宗昌既富貴，物色嫁母，得之，事之致孝，母所嫁侯姓者迎與俱來，館之客舍。及除夕，作家人宴敘，而其母獨不樂，宗昌覺之，遽呼：「請侯先生來。」侯至，與坐，其母乃進觴。湯爾和云。

　　這則故事寫軍閥張宗昌的歷史及其發跡過程，其好色無賴的習性與事母甚孝的品格，兩極並存。讀之令人備感真實親切，一個草莽英雄的形象躍然紙上。

　　除了寫政壇、商界、軍界人物外，也有寫文人的篇什。如《父子平等稱呼》一則：

　　建國前，自由平等之說，與西賈之舶俱至，少年聞之，競相傳話而主張焉。吾杭夏穗卿丈曾佑，以光緒十六年春試為進士魁，入翰林，其于書無不讀，重譯之籍亦容心者。其子元琜自杭州求是書院轉入南洋公學，複遊學於德國，歸為北京大學教授，以善相對論名。其在公學也，作書與穗丈，徑稱穗卿仁兄大人，穗丈得之莞爾，即覆書元琜，稱浮筠仁兄大人，浮筠，元琜字也，穗丈不諱，笑語友好，皆服其豁達。同時，陳仲甫與其父書，亦然。仲甫，獨秀故字也。其父以道員候補於浙

江,不修邊幅,仲甫習其風,風流自任。某年,邵裴子寓上海
一逆廬,聞鄰舍嬉笑聲甚大,自窗窺之,則仲甫擁其妻妹,手
觸其脅窩以為樂也。

這則寫民國初年北京大學物理系主任夏元瑮與文學院長陳獨秀與
父輩通信時稱兄道弟的軼事,生動地再現了民國初年受西方思想文化
影響,平等民主的思想在中國教育文化界人士中漸漸形成的真實情
形。

五、小奢摩館脞錄

《小奢摩館脞錄》,撰人不詳。1999 年北京古籍出版社出版「清
代野史叢書」,將其列為其中之一種(作為《棲霞閣野乘》的外六種
之一)。

全書共十六則,內容既有記清末文人軼事者,也有記亭觀、文獻
及風習者。記人物軼事者雖篇目不多,但也有娓娓可讀者。如《王湘
綺為絕代佳人》一則:

　　湘潭王壬秋闓運,治樸學,有前清乾嘉老輩風,海內群推為
碩果。顧守舊殊甚,人頗議之。江西陳伯嚴,曾從壬秋問奇
字。伯嚴為陳右銘寶箴子,或傳右銘撫湘時,壬秋嘗往來署
中,與伯嚴互為講習。伯嚴一日侍父側,父顧問先生為何如
人,伯嚴謹對曰:「東方歲星遊戲人間一流也。」父笑領之。
已而作諧語告之曰:「我初不解古絕代佳人作何狀,若先生者
真個一絕代佳人矣。汝幸自持,慎勿被其勾引到舊學窩中,溺
而不返也。」人或謂右銘此論,可續《世說新語》。

　　此寫晚清重臣陳寶箴提醒王闓運治學取法前清乾嘉樸學作風要有節度，要有與時俱進的觀念。但是，陳氏在表述這層意思時並不是一本正經地予以說教，而是用戲而不謔的詼諧語言表達，使王氏能愉快地接受。可見，陳氏教育後學是頗注意方法的。

　　又如《宋板四庫全書》一則：

　　　前清顯官如翁叔平、張孝達、端午橋輩，頗好古學，喜收藏，一時都中古籍金石碑刻搜羅殆盡。外省屬吏欲借內僚為援引，往往以金石書翰代土儀，頗投時好。聞某太守至京師，攜《欽定四庫全書提要》一部，送某相國，外自署「宋板四庫全書」六字，付琉璃廠裝潢。及呈時，某相國笑曰：「提要為本朝著作，君從何得此宋板也？此乃無價瑰寶，實不敢收。」某大慚而出，一時傳為笑談。

　　這則寫某太守送禮的故事，寥寥數語，生動地再現了某相國的幽默詼諧與某太守弄巧成拙的醜態，讀之讓人忍俊不禁。

六、花隨人聖庵摭憶

　　《花隨人聖庵摭憶》，黃濬撰。黃濬（1991－1937），字秋嶽，又稱哲維，室名「花隨人聖庵」。本籍臺灣，後改籍貫為福建。少聰穎，十七歲畢業于京師大學堂譯文館，授舉人，為七品京官。曾留學日本早稻田大學。民國後，先後在北京政府陸軍部、交通部、財政部任職。後得汪精衛賞識，1932 年 8 月任南京國民政府行政院祕書，參與機要。1937 年夏，其子黃晟從日本留學歸來，在外交部任職。同年 8 月父子二人因向日本出賣情報，雙雙以通敵罪伏法於白門。（參見黃

吉奎《花隨人聖庵摭憶・整理說明》，中華書局，2008 年 7 月）。所
著除《花隨人聖庵摭憶》外，尚有《花隨人聖庵摭憶補篇》、《壺舟
筆記》、《尊古齋古鉨集林》初集和二集、《衡齋藏印》、《衡齋金
石識小錄》、《尊古齋造像集拓》、《尊古齋陶佛留真》等。其人雖
墮為不齒於人的漢奸，但在詩歌創作、文物收藏與鑒定上的造詣則是
學界一致肯定的。至於《花隨人聖庵摭憶》一書的史料價值，國學大
師陳寅恪在其《寒柳堂未定稿》中曾予以高度肯定：「秋岳坐漢奸罪
死，世人皆曰可殺。然今日取其書觀之，則援引廣博，論斷精確，近
來談清代掌故諸著作中，實為上品，未可以人廢言也。」

　　《花隨人聖庵摭憶》，曾於 1943 年前後在北平首印（因黃氏友人
瞿兌之序作於此年）。「初版僅印百部，未廣流傳，且非全編。二十
世紀六〇年代，香港龍門書店高伯雨據 1943 年初版影印。該二書版本
相同，僅收至 1936 年 12 月為止，全目三百四十七條。黃氏友人林熙
稱，在黃被誅後，「很懷念這部筆記，深恐年深日久漸被消滅，而不
知北平已有單行本也，因耗重資請人入某大學圖書館檢出《中央時事
週報》，以一年之力鈔為八大冊。未經印入單行本那部分文字，曾於
1966 年刊于《大華半月刊》，今又印單行本，名曰《補篇》云」。此
即 1970 年 1 月 16 日由香港大華出版社印行之《花隨人聖庵摭憶補
篇》，全書凡八十四則。1978 年，臺北九思出版社出版影印本全書
《摭憶》（包括增印《摭憶》補篇）。1983 年，上海書店出版社重印
《摭憶》（包括補篇），對原本若干訛誤予以訂正，並請專家為全書
新編條目，標明頁碼，以便檢索。此乃中國大陸出版該書之第一種全
本。」[2] 1998 年上海書店出版《民國史料筆記叢刊》，將原版予以縮
印，納之為其中一種。1999 年山西古籍出版社與山西教育出版社合作
出版「民國筆記小說大觀」，收其為第四輯之一種。2007 年大陸中華
書局出版「近代史料筆記叢刊」，又在上海書店版與山西版的基礎上
予以整理，出版了上中下三冊的新版《花隨人聖庵摭憶》（包括《補

篇》）。

　　《花隨人聖庵摭憶》（包括《補篇》）作為「雜俎派」的代表
作，其主要價值在於其「補正史之未逮」方面。雖然其中也有一些筆
記小說的形制，但往往記史實有餘，而文筆欠生動，特別是即事予以
考據議論的特點，使所敘故事少了很多小說生動活潑的韻致。如《摭
憶》第二十七則《踐卓翁與天蘇閣》：

　　林畏廬晚年，自署踐卓翁。踐卓之義，眾皆莫解。久乃等知
先生民國初元，以北大教席事，與教育次長董恂士鴻禕迕，大
怒。踐卓者，踐董卓也。董卓者恂士也。此真匪夷所思。又徐
仲可署所居為「天蘇閣」，亦莫詳取義。比聞夏映庵言，徐先
生以為女子以蘇州而天足者為美，故曰「天蘇」，此尤想入非
非矣。

　　這則故事寫了清末民初兩位名士，一是小說家林紓，一是文史專
家徐珂。林紓對教育次長不滿，以自署別號表達之；徐珂雖為老派人
物，卻主張女子放足。兩個書生，一個孩子氣十足，一個天真可愛而
又想入非非，形象頗是生動。只是作者敘事文筆不夠生動，讀來少了
些引人入勝的韻味。
　　又如《摭憶》第九十二則《左宗棠恃功使氣》：

　　左文襄氣矜之隆，一時將帥，莫之與京，郭筠仙為力相揚挖
之人，而與之郄嫌終身，他無論矣。總督陝甘時，與吾鄉林歐
齋先生（壽圖）亦相牴牾，卒以籌餉不力，劾歐齋去職。相傳
林于左素不滿，左以諸葛自命，嘗署「老亮」。一日公宴，坐
中有言某事者，左詡其先見之明，掀髯大笑曰：「此諸葛之所
以為亮也。」無何，某事失機，歐齋戲易其詞嘲曰：「此諸葛
之所以為諸葛也。」（諸音葉豬，文襄甚肥，材官謂其滿腹燕

窩魚翅故事,即其腹甚墦之證。)文襄聞之深憾,遂摭事去
之,此與其去郭筠仙由於瑞芝之細事相類。今考歐齋集中《高
將軍歌》,末二句云:「一生謹慎諸葛君,綸巾羽扇信軼群,
胡為殺我高將軍?」自注云:「高、王兩提督為文襄二健將,
賴以平閩殲寇於粵之嘉應州者。高軍門西征,為部下所戕。文
襄素以諸葛自命,常署曰『老亮』,故詩云然。高名連陞。」
其滿左處可見。《憶昔行》云:「備胡未久悵移師,北征孤憤
攄臣甫」二句,下自注云……

　　這則故事寫左宗棠恃功使氣的個性,通過其與僚屬林歐齋宴中戲
語的細節描寫,真實而生動地再現了一個封疆大吏自負而又使氣的個
性特徵。可惜篇中考據議論的文字太多,使小說少了其應有的生動
性。

七、蟄存齋筆記

　　《蟄存齋筆記》,蔡雲萬撰。蔡雲萬(1870－?),字選卿,江
蘇鹽城人。早年院試中式,補縣學生員。民國初年,曾入淮揚護軍使
馬玉仁幕,任使署祕書兼師部書記官。馬玉仁兵敗後,回鄉出任《鹽
城日報》主筆。後來寓居上海,與陳蝶仙、周瘦鵑等滬上文人相過
從。(參見《出版說明》,上海書店出版社,1997年1月)
　　《蟄存齋筆記》,不分卷,共計二百六十七則。其書「編次淩
亂,蕪雜不精,廣涉前朝掌故、民國軍事、人物行跡、社會習俗、詩
文箴銘、風光景勝、奇聞異見,不一而足。」[3] 雖然內容龐雜,但其中
所記的人物軼事,不少頗有可讀性。如《洪楊軍之前後兩聯》一則:

　　前清武功之盛，當以洪楊之役為最著。嘉慶川楚之役，蹂躪
僅及四省，淪陷不過十餘城。康熙三藩之役，蹂躪尚止十二
省，淪陷亦止三百城。洪楊之役，佔有至十六省，分擾至六百
餘城，歷時亦十有五載。其時清祚未終，居然危而複安。中如
李秀成、楊秀清二王（此均為賜名，與天王洪秀全「秀」字排
行）及石達開、陳玉成、李侍賢輩，撚軍中如苗沛霖、張洛
行、張總愚、賴文光輩，皆天生梟桀之雄，使之縱橫於殺劫，
武緯文經，儼然大有人在。曾撰有聯云：「舊主本仁慈，只因
吏酷官貪，敗壞六七王事業；新君更英武，行見人歸天與，收
回十八省河山。」味其詞意，大有興王氣象。無如政治不良，
崇尚邪教，大拂民意，互相猜疑，致將東王楊秀清慘殺，對於
翼王石達開尤加讒忌，遂有日就衰落之勢。曾、左、彭、李諸
公因得收削平僭偽之功，蔚為中興大業。曾文正之九弟沅浦，
以五萬餘眾圍攻金陵二年餘，合圍後，洪楊殘軍已成阱獸，不
可複振。金陵系十三門，對徑長四十餘裡，居民繁盛，故當地
諺語有云：「城內外一日所須，百牛千豬萬擔糧。」其大可
知。此時又有人撰聯嘲之云：「一統江山，四十二裡半；滿朝
文武，三十六行全。」政令既不改良，人才又複雜亂，固宜事
業之不克有終也。

　　這則故事以兩副聯語為線索，將相關史實綰合在一起，生動地再
現了太平天國由盛到衰的歷程，讀之不僅讓人感慨萬千，更由此汲取
到深刻的歷史教訓。

　　又如《俞曲園自挽聯句》一則：

　　俞曲園先生文章學問，可算清代一著作家。然曲園所以得成
為著作專家者，實為環境所迫。任河南學政時，因出題割裂聖

經不成文理，經河南巡撫曹鑅溪奏參革職。曲園既成閒散之身，初無所事，後得李少荃制府之提挈，聘主紫陽書院講席，職亦清閒，遂獲著成《群經平議》、《諸子平議》二百餘卷。曾閱其刊本，有果于自信處，亦有未能確定處。年逾八十始卒。有自挽聯云：「生無補于時，沒無聞於世，辛辛苦苦著成二百五十卷書，流布四方斯亦足矣；仰不愧於天，俯不怍於人，浩浩落落歷數半生三十年事，放懷一笑吾其歸乎！」此聯出自曲園手筆，尚不能認為佳構，吾鹽有虞閘官者，其子紹鶴與予有文字交，談及其尊人有自挽長聯，頗為邑人士所傳誦。聯云：「進院學一名，下鄉場七次，作小官卅餘年，過去皆空，浮生若夢；朝念經幾卷，午飲酒數杯，晚做工八段錦，老來俱廢，不死胡為？」此聯趣味較勝曲園，不得以其官小而易忽視之也。

這則故事寫了晚清學者俞樾與一個閘官各作自挽長聯的故事，表現了兩個文人對於生死問題坦然視之的達觀態度，讀之令人解頤，也讓人思索省悟。

又如《吳三桂與吳梅村》一則：

三代上人患好名，三代下人患不好名。孔子垂教，以沒世不稱名為疾。名之為義大矣哉！陶太尉侃嘗慨歎云：「生無補于時，沒無聞於後。」羊太傅祜登峴山，垂淚云：「古今賢達，登此山者何可勝數，當時則榮，沒則已矣。」此賢哲之好名也。桓溫夜撫枕歎云：「大丈夫不能流芳百世，亦當遺臭萬年。」賈頫自知所為不德，每憂身後諡傳，難逃史筆之誅，此權奸之好名也。大凡古今知好名之人，對於一切敗名之事，自必有所顧忌而不肯恣意妄為。苟不好名，不獨蕩檢逾閑，即失地喪師辱國之恥亦恬然安之而不以為非。

　　吳三桂忘君父之大仇，辱身事虜，其人固不足責者也。一日
閱及吳梅村所作《圓圓曲》（圓圓系吳三桂妾名，姓陳氏）有
云：「痛哭六軍俱縞素，沖冠一怒為紅顏」，「若非壯士全師
勝，爭得蛾眉匹馬還？」又云：「妻子豈應關大計，英雄無奈
是多情。全家白骨成灰土，一代紅妝照汗青」等句。三桂讀
竟，汗流浹背，惶愧幾無地自容。乃派員密齎萬金往謁梅村，
請將此數聯刪改。三桂可謂固有之天良猶存一線者矣，較之
「笑罵由他笑罵，好官我自為之」者流，尚覺此善於彼。奈何
梅村既不受金，複不改詩，此其所以為詩史也。三桂又有複其
父吳襄書二則：（一）「奉諭云陳妾騎馬來營，如此青年女
子，豈能令其遠道獨行，父親何以失算至此」；（二）「來諭
云，以時日計，陳妾當已抵營，何曾見有蹤跡？嗚呼哀哉，今
生不可得而見矣」。附錄于此，是三桂之重視女色而輕棄君親
也，益信矣。

　　這則故事敘寫吳三桂因見吳偉業所作《圓圓曲》觸及到他叛明降
清的醜史，遂令人懷金求刪。不意，吳偉業既不受金，亦不改詩。這
則故事所寫的兩位吳姓人物，都是明末清初的著名人物。吳三桂乃明
朝駐守山海關的軍事統帥，因為他的倒戈，清軍得以順利入關，滅了
明朝；吳偉業是晚明文壇領袖，崇禎四年以會試第一、殿試第二，榮
登榜眼，歷任翰林院編修、東宮講讀官、南京國子監司業等顯職，但
明亡後卻降清出仕。二人雖同屬漢奸，卻也都同有悔恨之意，良知沒
有完全泯滅。正因為如此，吳三桂看了「沖冠一怒為紅顏」之句而為
之「汗流浹背，惶愧幾無地自容」。而吳偉業在降清出仕二十年後，
則沉痛地表達心聲道：「忍死偷生廿餘載，而今罪孽怎消除？受恩欠
債應填補，總比鴻毛還不如。」這則故事所寫兩個漢奸的形象，讀之
令人覺得真實，貼切歷史的本相。因此，頗具文學價值。只是故事開

頭引經據典的文字過長，最後又有一段附注與議論，則又使其文學趣味大打了折扣，良可惜矣。

再如《金聖歎》一則：

> 金人瑞，蘇州吳縣人也。相傳其父亦清代諸生，閉門授徒，生瑞之夕，塾中所供至聖孔子神位旁若有人大發歎聲，故號聖歎。托弛不羈，有才無行，好批評說部，文筆翻瀾，有剝蕉抽蘭之妙，君子每譏焉。性好侮慢神聖，尤為不敬之大者，故卒陷大辟。據傳者云，一日觀音大士降壇，瑞居然問及婦人隱處作何狀，乩判詞四句，後兩句云：「無知小子休弄乖，是爾出身所在。」關帝臨壇，瑞乃敢問及被殺時痛苦若何，乩示有「爾十年後便知」之語。後因吳縣諸生十六人抗糧，瑞實被眾要人，時適有海寇一案，吳縣知縣遂將諸生纂入逆案，均論斬。將刑日，其子先來哭別，瑞乃從容不迫，以「蓮子心中苦」句命子屬對。蓮讀為連，雙關語也。子方痛父被殺，猝不能對。瑞代對云：「梨兒腹內酸。」梨讀為離，亦雙關語也，可謂巧矣。臨刑笑而大聲曰：「斷頭天下之至痛也，聖歎竟以意外得之。」複口占云：「炮響催魂去，刀開血染沙。黃泉無旅店，今夜宿誰家？」較文文山公臨刑之口占四句云「浩氣還太虛，丹心照千古。平生未報恩，留待忠魂補。」，真有天淵之別矣。按《宋史》附注有云，文山公就義時，第四句僅吟得「留待忠魂」四字，頭已落地，口中噴出鮮血在地上成一「補」字，其精誠可謂至矣。死重於泰山，或輕於鴻毛者類如此，惜哉聖歎也！痛哉聖歎也！

這則寫金聖歎為人玩世不恭、臨刑從容淡定的故事，生動地表現了一個特立獨行的封建文人形象，讀之令人感歎，亦讓人惋惜，誠為一個感人至深的文學形象。只是故事末尾的一段考辨與議論，則顯得

不倫不類，使本有的文學趣味頓時減色不少，真乃佛頭著糞之敗筆。

八、辰子說林

　　《辰子說林》，張慧劍撰。張慧劍（1904－1970），筆名石珍、余蒼、江馬等，安徽石埭人（或曰江蘇南京人）。二十世紀二〇年代開始發表文學作品，三〇年代起先後主編南京《朝報》、《南京人報》、杭州《東南日報》及上海、重慶、成都《新民報》副刊，有「副刊聖手」之譽。1949 年後，曾任江蘇省作家協會副主席等職。（《出版說明》，上海書店出版社，1997 年）所著除《辰子說林》外，尚有《明清江蘇文人年表》、《西方夜譚》、《慧劍雜文》、《白居易和他的詩》，以及歷史小說《屈原》、，傳記作品《李時珍》等。

　　《辰子說林》，不分卷，共計二百七十八則。1997 年上海書店出版社出版「民國史料筆記叢刊」，將其列為其中之一。全書所記多是民國初年的人事，旁及外國人事，既有軼事掌故，也有議論考辨等。雖然內容較為龐雜，但記述民初人物軼事還是頗有娓娓可讀的。如《太炎不癡》一則：

　　　　太炎先生晚年，性氣稍和而態甚莊肅，一日與黃季剛同坐閒話，忽發問曰：「季剛汝試答我，婦人身上諸物，以何物為最美乎？」季剛忍俊不禁，則徐徐答曰：「未知也，先生之見如何？」太炎先生欣然曰：「以我觀之，婦人之美，實在雙目。」季剛大笑，起曰：「人謂先生癡，據此以觀，先生何嘗癡也？」

　　這則故事通過章太炎與黃侃師生二人的對話，生動地再現了兩個學究的癡人形象。章太炎問出的話本來就是癡人癡話，而黃侃則贊老師不癡，這正好反襯出黃侃之癡。

　　又如《徐梁》一則：

　　安福系用事時，林畏廬門下有二士，皆權熱不可一世。一為徐又錚（樹錚），一則梁逆鴻志。梁逆與其兄白原同納贄林門，而畏翁不喜之。偶見梁作詩有「漸老從亡妾，還翻未讀書」句，以為峻刻過甚，非端士之吐屬，梁逆亦不甚過從。又錚雖拜門少晚，而執禮甚恭，嘗牽引畏翁少子出為小官，畏翁溺愛此子，不能禁也。安福系盛時，或問畏翁：「二門生如何孝敬？」畏翁苦笑曰：「我有一子，一門生教之做官，一門生教之嫖院而已。」前者指徐，後者指梁。

　　這則故事寫民初名士林紓對兩個弟子的評價，形象地表達了他教書育人的目標──讀書不是為了做官，讀書是要明白做人的道理，同時也巧妙地批評了徐樹錚與梁鴻志的人格，讀之耐人尋味。

　　再如《賭徒》一則：

　　王逆克敏以豪賭揮霍聞于時，實秉其父王子展之遺傳，子展蓋以博起家者也。子展最初為粵中一小吏，以縱博敗事，又囊無一錢，至欲自殺。博場主人憐之，饋以四金。子展即以此四金麾師反攻，一夜間獲彩千金。乃納捐，複為小吏。漸得張香濤之信任（張時撫粵），拔為撫署副文案。香濤去，子展又以墨敗，後走依盛宣懷，任所謂招商局總辦，死上海。子展自謂一生得力於博，以「爭僥倖，求成功」為其人生的哲學，日夕以此教誨諸子，故王逆克敏幼時，即以險獪稱。子展死，克敏兄弟取遺產一部，購上海香檳標而勝，自是益信賭之可恃。克

敏之賣國歷史，始于中法實業銀行時代，先後幾二十年，貪黷驕悍，無所不為，而其財終不雄，蓋大多數仍瀉於博也。北洋政府時代，人稱克敏為「賭之元，抵押之王」，蓋時時拮据，遂無物不押，歷年藏書值百萬，亦押于天津某銀行，多年不贖，某銀行至今尚存爛帳。

這則寫王克敏與其父好賭成性的故事，既生動地再現了王克敏及其父王子展的個性特徵，也揭示了王克敏後來之所以墮落成為漢奸的內在原因，令人深思。

九、退醒廬筆記

《退醒廬筆記》，孫家振撰。孫家振（1863—1939），字玉聲，號漱石，別署海上漱石生、退醒廬主人等。上海人。早年曾任《申報》編輯，後任《新聞報》、《時事新報》、《輿論時事報》主編。又自辦《采風報》、《笑林報》、《新世界報》、《大世界》等小報，並創辦上海書局、「萍社」（謎社）。曾任舊上海伶界聯合會會長。所著除《退醒廬筆記》、《退醒廬著書談》、《嫩芽樓筆談》、《滬壖話舊錄》等筆記體作品外，尚有《海上繁華夢》、《續海上繁華夢》、《如此官場》、《一粒珠》等小說多種。（參見《出版說明》，上海書店出版社，1997 年）

《退醒廬筆記》，分上下兩卷。1925 年 11 月上海圖書館出版過初版石刻本，1997 年 1 月上海書店出版社據此整理，將其列入「民國史料筆記叢刊」。全書共一百五十一則，上卷七十六則，下卷七十五則。所記內容除了民初文人軼事，還有很多二十世紀初舊上海的種種

風俗習慣及社會瑣聞等，甚至還有酒令、食譜等記載。雖然內容龐雜，真正稱得上是小說的篇什不多，但因作者本身是個小說家，長於文筆，因而不少寫人物軼事的篇什往往寫得均生動傳神、娓娓可讀，凸顯出筆記小說簡潔生動的韻致。如卷上《南巡軼事》一則：

　　清高廟南巡時，駐蹕鎮江金山寺，相傳方丈僧某一日隨蹕至江幹散步，上見江中舟楫往來如織，戲問僧曰：「汝知有舟若干艘？」僧從容曰：「兩艘。」上曰：「如是帆檣林立，只兩艘乎？汝果何所見而云然？」僧曰：「山僧見一艘為名，一艘為利，名利外無有舟也。」上為之怡然。後見江幹有售竹籃者，問此物何用，僧以藏東西對。上曰：「東西可藏，南北豈不可藏乎？」僧曰：「東方甲乙木，西方庚辛金，木類、金類之物籃中可以藏之。南方丙丁屬火，北方壬癸屬水，竹籃決不可以藏水火也。」上為點首者再，謂具此粲花妙舌，可向眾僧說法。會上欲於寺門外照牆上親題一額，詞臣擬「江天一覽」四字，上固短於視者，誤為「江天一覺」，立揮宸翰書之，詞臣相顧愕眙。僧曰：「紅塵中人苦於罔覺，果能覽此江天心頭一覺，即佛氏所謂悟一之旨也。大佳，大佳！」於是，竟付鐫匠敬鐫之，今此四字猶存。

　　按高廟每因短視貽誤，如西川之為四川、滸墅關之為許墅關，亦皆當日察視未明，信口誤呼所致，惟以出自綸言，臣下即奉為聖旨，竟改西川之西為四，滸關之滸為許，相沿迄今，一何可哂。是則此覺字之誤，縱無寺僧釋以禪理，詞臣亦斷不敢以改易請也。此一則聞之于王志在先生萃祥。先生邃于醫，余家人有疾必延之診視，輒應手而愈，積日既久，遂成忘年交。每暇過從，喜縱談古今事，娓娓不倦，惜未筆之於書，今大半遺忘之矣。

這則寫金山寺方丈侍對乾隆皇帝的故事，通過細節描寫，即事見人，生動地再現了僧人機智善言的形象，讀之令人印象非常深刻。只是故事末尾綴加的考辨議論，未免狗尾續貂，使原本生動的故事頓時少了不少文學的趣味。

又如卷上《紀文達公軼事》一則：

> 紀文達公軼事散見於諸家筆記者甚多，幾至人云亦云，罔敢下筆，虞蹈竊襲之譏，惟憶王志在先生曾言一事似為他書所未見，爰縷述之。
>
> 文達公為翰林時，一日入值院中月試，其詩題為「眼鏡七律一首得他字」。眼鏡羌無典實，他字更不知所本，諸人幾為擱筆，文達獨灑然，其押他字官韻云：「舜目重瞳不用他。」揭曉得首列，眾因詢以他字果何出處，文達始言先一日入值南書房，上欲看書，侍臣以眼鏡進，上搖手止之曰：「不用他。」翌日試題適為眼鏡，所得又系他字，以是即用本地風光，否則「不用他」三字何可入詩，豈不畏貽鄙俗誚耶？一時翰苑中人僉服文達之隨處留神，且機警過人焉。

這則寫清代才子紀曉嵐詩思敏捷的故事，通過一個具體事例，即事見人，生動地再現了一代文宗真實的才情學識，讀之讓人由衷感佩的同時，也由此省悟到這樣一個道理：才子並非天生，要靠孜孜不倦的勤奮學習以及平日「隨處留神」，才能事事通達，才情過人。

再如卷上《巧對》一則：

> 庚子歲拳匪之亂，余在《新聞報》總持筆政，幾無片刻之暇，而同人海甯梅幼泉茂才好與四明張康甫君弈，晚間輒喜以此為戲，落子丁丁，然與印報之機軸聲相應，余頗佩其閒適。時清帝光緒出走西安，駐京各國公使因拳匪仇洋故紛向政府責

難，聶功亭軍門士成等深恨匪之誤國，出師痛剿，共期滅此朝食，焰始漸戢戢。余觀弈有感，戲以象棋綴成一上聯曰：「大帥用兵，士卒效命，車轔轔，馬蕭蕭，氣象巍巍，祝此去一炮成功，今而後出將入相。」欲對下聯，苦思不得，乃登《新聞報》徵求，後有憤時客者竟以全副骨牌錯綜為對曰：「至尊在野，長短休論，文泄泄，武遝遝，議和寂寂，致邇來兆人失望，竟徒勞搶天呼地。」以全副骨牌對全副棋子，可謂文章天成，妙手偶得，尤巧在切合時事，造句煞費剪裁而純任自然，絕無斧鑿痕跡，誠令余為之拜倒也。

這則故事通過兩個文人以棋子與骨牌為對作聯語的情節，既鮮明地表現了兩個文人的才情智慧，也生動地再現了兩個憂國憂民、憤世嫉俗的讀書人形象。同時，也讓人對漢語漢字與中華文化的魅力有了深刻印象。

十、民國野史

《民國野史》，一名《朝野新譚》，薑泣群編撰。薑泣群，浙江鄞人，生平事蹟不詳。著述除《民國野史》外，尚有《虞初廣志》等。

《民國野史》，民國六年由光華編輯社出版發行。1999 年山西古籍出版社與山西教育出版社聯合出版「民國筆記小說大觀」，將之作為一種列入第四輯。此書分為甲編（二十七則）、乙編（三十一則）、丙編（二十五則）、丁編（三十二則）、戊編（八則）、己編（二十八則）、庚編（三十八則），共七編。每編篇目不一，長短亦

不一，共計一百八十九則。有的一則下面則包含有幾小則甚至幾十則小故事，如戊編第八則《紀豔》就包含了「泥絮鴛鴦記」、「揚州春夢錄」、「金閶秋聲記」等二十小則。全書所記內容，作者在《凡例》中概括說：「是編悉為吾中華民國開幕前後之奇聞軼事」，「是編命名《朝野新譚》，故上自建設偉人之歷史，下逮閭閻畎畝之瑣話，以及光復前野外戰記，凡可驚、可愕、可泣、可歌，足資譚助者，無不兼收並蓄，以饜閱者之眼界。」據此看來，似乎全書所記皆是人物軼事，屬於「軼事派」作品，其實不然。書中真正記人物軼事的內容並不是太多，而是遊記、人物傳記、名物考辨、通訊墓銘、詩詞掌故等等，不一而足，是典型的「雜俎派」作品。書中所記內容，從來源看，有不少是鈔錄他書，而非作者所撰。這一點，作者在《凡例》中已有說明：「是編或採錄舊聞，或掇拾新事，間或輯諸名人筆記，皆標明作者姓名以避剽竊之嫌。」從小說的角度看，比較有可讀性的，主要是那些記人物軼事的篇什。這些篇什，有的是採錄於他人筆記作品，如丙編第二十三則《盛宣懷之腿》：

> 辛亥盛杏蓀在津日，有人饋以火腿一對，謂是宣威雲腿。而其人誤書為宣懷雲腿，盛見之大怒，對來使曰：「老夫一雙腿，尚留以有用，不勞汝等饋送也。」及盛事敗，即日倉猝出都，遁至青島，人言此即宣懷腿之用處。（《釧影樓叢話》）

這則故事寫盛宣懷軼事，篇幅短小，卻很生動，有筆記小說的韻致。但這是錄自包天笑的《釧影樓叢話》，而非作者自撰。

《民國野史》中雖然很多篇什或直接採錄他人之作，或錄他人筆記連綴而成篇，而且往往有很多議論的文字，但也有一些篇什是作者自撰。在這些自撰的篇什中，有一些還是有一定的可讀性的。如乙編第三則《汪兆銘暗殺史》：

　　汪兆銘者，一代之文豪也。名聞四百余州，為人慷慨好義。
庚戌年春，廣東之革命軍失敗後，汪大憤，乃決意單身入北
京，將暗殺清攝政，以報其使軍人慘殺同胞之仇。當時孫逸仙
與黃興皆止其勿行，徐圖萬全之策。汪不聽，謂「苟止我行，
當投海以死」。其決意之堅，立心之固，實非凡人可及。言詞
慷慨，黃興為之淚下，乃從其計，更約以相助。於是，汪與同
志男女六七人，起程入北京，開照相店以為表面上之掩飾。一
面密購軍火，結交宮人，在宮內密埋炸藥，連結電線，以為點
炸藥之用。其運動之巧妙，裝置之精細，實出人意想之外。佈
置已周，時機將熟，正當大功告成之頃，不期為奸奴探悉，即
行告發，大事遂失敗。汪兆銘與其同志黃樹中竟被獲，下投獄
中。

　　汪、黃二人既被獲於法庭上，被問時，汪謂此事是一人之計
畫，並無同謀者。而黃則欲救汪，謂此事是黃一人之計，不關
他人，此實為當時之美談也。於是問官即判此二人，均為主謀
者，一同治罪。汪被審時，其態度泰然，應答裕如，其從容慷
慨，實使人感泣。問官問何故出此陰謀，汪即執筆疾書，立成
數千言。措詞慷慨，懇切光明。問官觀之，心為之動，本擬處
以死刑，因減等，定為終身監禁。在獄三年，逢武昌起義，清
政府欲買人民之歡心，乃准張鳴岐之電奏使出獄。

　　這則故事與陳灝一《新語林》卷五《豪爽》第十三所寫汪精衛之
事相同，但文字不同，雖稍顯簡略，但敘事亦宛轉有致，頗有娓娓可
讀的韻味。

　　又如丙編第七則《妓女太監離婚判》：

　　壬子冬，北京地方審判廳判決程月貞與張靜軒離婚一案，當

時喧傳海內。程本蘇州名妓，張系前清內監，為東安市場集賢球場主人。太監娶妓，事本離奇，而承審推事林君鼎章，此判決理由書，文尤藻麗，亦新北京中風流佳話也。為錄判辭於下，其文曰：「此案程月貞提起離婚之訴，根據三種理由曰：『太監也，重婚也，虐待不堪也。』但使三者有一，已與法理不背，然據趨重家族主義之立法例，配偶者知有離婚原因，逾一年者，不得起訴。則前兩種之理由已不成立。至其根據第三理由，則須有其他事實上之證明，不能憑空提訴。但張靜軒之辯訴狀及口頭陳述，均稱甘心離婚，可見雙方愛情業已斷絕。至張請追還身價並追程所攜逃動產等情，查人身不得為所有權目的物，前清之季，已懸屬禁。況在民國，前此身價之款，豈容有要償權。張又變其主張，謂『我乃代彼還債，有字據為憑，並非身價之比』等語。夫程因張代還債務，而以勞力為濟。然張既娶程之後，則依中國慣習，夫婦財產並無區別。婚姻成立之時，債權債務之主體合併，權義即已消滅。從前既無特定契約，事後豈能重新主張。至程隨身必需之衣服首飾，按諸法理，亦無褫剝一空，以償債權之辦法。張又謂『非將贖身銀元，及拐攜錢物追繳，實難從其離婚』等語。殊不知離婚乃關於公益之事項，還債僅關於私益之事項。若因錢債之故，而遂拘束其離婚之自由，與法理未免逕庭。況張本竈室餘身，只應雌伏，而鵲橋密誓，竟作雄飛。陳寶得雌，固已一之謂甚。齊人處室，乃欲二者得兼；而如程者，籍隸章台，身非閨媛，桃花輕薄，本逐水而無常。柳絮顛狂，豈沾泥而遽定。在程既下堂求去，不甘鴛譜之虛聯。在張則覆水難收，無望黐膠之由續，尚必作蒹葭倚玉之想，求破鏡之重圓，恐複有蒺藜據石之占。歡入宮而不見，所以聚頭萍絮，何如池水分流；並命蕙蓮，盡許花風吹散。至若玉台下聘，雖有千金，而金屋藏嬌，

條將二載。一雙條脫，既經璧合于羊權；十萬聘錢，詎望珠還
于牛女。是則程固可請從此逝，而張亦無容過事要求者也。雖
然事非所天，黃鵠不妨高舉，而物各有主，青蚨何可亂飛？同
衾人縱許裯分，阿堵物豈容席捲？蓋一則監守自盜，未能舉證
剖明；一則人財兩空，亦應原情矜恤。用定期限，勒令償
還。」

　　太監與妓女離婚，這種事情聽來就覺得匪夷所思；寫判決詞，理
應簡明扼要，而故事中的承辦法官則將之寫成了一篇華麗的駢文。讀
此故事，不禁讓人感歎：在中國特有的社會土壤中，一切不該發生的
事都會發生；在中國特定的文化背景下，一切不合常規的思維都會時
時有之。正因為如此，所以太監可以與妓女結婚、離婚，法官可以不
務正業而賣弄文筆將判決書寫成駢文。

　　再如已編第二十四「紀趣十二則」之第八《黎副總統之妙譬》：

　　今春三月十五日午後五鐘，黎副總統在瀛台慶雲殿設宴延
賓，到者十二人。首座為義大利武參贊阿利威君，次為新簡比
利時公使汪榮寶君，參謀次長陳宧君，參謀本部第三局長張聯
棻君，政治會議議員李慶芳君。又有軍界五六人，屆八時散
會。撮其情形如左：

　　阿君帶有日俄兩國勳章，聞系常在日本意國使署，能操英法
語。未入座之前，與黎副總統談甚久。黎公熟於英語，所談者
為義大利軼事。阿君謂在六百年前，義大利有十二人，由青島
抵中國，曆汴梁、揚州等處，是為歐人來東亞之嚆矢。此數人
回意後，著有《東遊日記》，流行歐洲。哥倫布見而奇之，亦
欲遊中國一次。放舟東下，以路途錯誤，乃抵美洲。談話時在
慶雲殿之南間，對室為大餐間，桌上有人造花三盆，並皆佳
美，望之若真花者。席中雖是西餐，參以中國食品，如燕窩、

燒鴨、魚翅等。黎副總統笑謂眾客云：「若請客專用西菜，大家多不喜歡吃，必參以中國菜方好。譬如制定憲法，亦不能專采西洋之形式，必須參照中西之習慣。」可謂妙喻生趣，眾皆粲然。席散後，陳次長與副總統談話甚久，多關係我國之風俗習慣者，談畢遂盡歡而散。

這則記民國副總統黎元洪談吐風雅的故事，敘事尚屬宛轉，但趣味並不高，作為軼事佳話似乎有些牽強，作者對此津津樂道則更沒必要。

十一、枛盧所聞錄

《枛盧所聞錄》，瞿兌之撰。瞿兌之（1894－1973），名宣穎，字銖庵，晚號蛻園。湖南善化（長沙）人，現代史學家。出身望族，父為清季軍機大臣瞿鴻禨，其外姑為曾國藩滿女崇德老人。早年就讀上海聖約翰及復旦大學，曾任北洋政府國務院祕書長、編譯館館長、河北省政府祕書長及南開大學、燕京大學教授等職，1949 年後長期居滬，以著作為業。（《出版說明》，遼寧教育出版社，1997 年 3 月）生平著述頗豐，除《枛盧所聞錄》外，尚有《人物風俗制度叢談》、《中國駢文概論》、《方志考稿》、《汪輝祖傳述》、《李白集校注》、《劉禹錫集箋注》等。

《枛盧所聞錄》，1935 年 7 月曾由申報月刊社初版，1996 年 9 月山西古籍出版社出版「民國筆記小說大觀」，將其列為其中之一種，存於第一輯中。1997 年 3 月遼寧教育出版社出版「新世紀萬有文庫」，將之與《養和室隨筆》並為一冊，作為叢書之一種予以印行。

全書共計九十八則，所記內容較為龐雜，既有記人記事者，也有文史典故、見習時尚的記述，還有考辨議論的文字等。從小說的角度看，有價值的主要是那些敘述人物軼事的篇什。所敘人物軼事以清人居多，但也涉及到明代人物甚至唐代人事。雖然全書記人物軼事的篇幅並不算多，但也有短小質樸、娓娓可讀者。如《新名詞》一則：

> 張文襄雖主新政，而思想陳舊，亦出人意表。其在鄂督任時，公文不用新語，必苦思所以代之者。及入管學部，一日稿中偶有新名詞，公批曰：「新名詞不可用。」部員某年少好事，戲夾簽於內曰：「新名詞亦新名詞，亦不可用。」次日更定上之，而忘去此簽。公見而慚怒，竟日不語，遍翻古書，欲有以折之，卒不可得，乃霽顏謝焉。然當時新政皆自日本稗販，而譯者未諳西文原義，又不通古訓，一概直襲，若文襄者，固無可厚非也。

這則張之洞嫌用新名詞的故事，以生動的細節描寫，即事見人，鮮活生動地再現了在寰宇一體、風雲激蕩的晚清時代，自稱新派開明的朝廷重臣張之洞因循守舊、固步自封的形象，讀之讓人印象深刻，感慨良多。

書中寫人物軼事的內容雖多，但最多的還是鈔自前人筆記或著述。儘管如此，仍有一些篇什經由作者羅織改編後有自成一文的效果，不乏生動的韻致。如《汪中與武憶》一則：

> 《莊諧選錄》載，汪容甫嘗一日與其夫人戲，突從後抱其頸，夫人驚問為誰，容甫怒曰：「豈有他人而敢如此乎？」遂致失歡。此事不知所本。觀容甫自敘有「溝水東西」等語，豈即以是耶？
>
> 武虛谷任縣令時，嘗至濟南謁大府，大府無心詰之曰：「聞

君兄弟行居二。」虛縠疑以《水滸傳》中事謔之。拂衣起曰：「知縣已無兄。」欲逕出，大府丞婉詞謝之。

　　翁覃溪與虛谷亦有淵源，而虛谷獨不喜。殿試日，翁奉派收卷，至殿中，語之曰：「汝為我小門生，汝知之乎？」虛谷大怒，抵几起曰：「此豈認老師太老師處耶？」奮拳欲毆之。事亦見《更生齋集》，武似太甚。然翁亦倨傲可憎也。乾、嘉中名士使氣及性情乖僻乃如此。

　　這裡寫到三個文人的故事，一是汪中的生性好疑，二是翁方綱的倨傲自大，三是武憶的使氣乖張。三人都是清乾嘉年間著名文人，汪（字容甫）是著名哲學家、文學家、史學家和揚州學派的代表人物，翁（字正三，號覃溪，晚號蘇齋）是內閣大學士和著名書法家、文學家、金石學家，武（字虛谷，一字小石，號半石山人）是著名書畫家。短短一段文字中，各有性格的三個文人形象都鮮明地表現出來，讀之讓人印象深刻。

　　又如《曾文正諧詩》一則：

　　曾文正喜詼諧，其《日記》中親記一事云：有建德李把總文書一通，面用移封。余戲于封上題十七字令云：「團練把總李，行個平等禮，云何用移封？敵體。」
　　又其督兩江日，嫌公牘上所用官銜太長。亦自題一絕於上云：「官兒儘大有何榮，字數太多看不清，減去數行重刻過，留教他日作銘旌。」亦見《日記》。

　　這則故事採錄曾國藩日記中的片斷而成文，於寥寥數字中就將一代權臣曾國藩的文人本色表現得淋漓盡致。

十二、網廬漫墨

　　《網廬漫墨》，昂孫撰。昂孫，清末民初人，生平不詳。此書不分卷，也不明確立目分則，但全書實際上是由一則則小故事綴合而成。1996 年山西古籍出版社出版「民國筆記小說大觀」，其中有「雲在山房叢書三種」被列入其中第二輯，《網廬漫墨》即屬「雲在山房叢書三種」之一。

　　全書所記內容較雜，有讀史或讀書箚記等文字，也有許多歷史人物軼事之記述。所寫人物中，各時代都有，但以清代人物為多，晚清民初政壇人物也有涉及。如下一則寫洪述祖之事，便是民初政壇軼事：

　　謀刺宋教仁之洪述祖，字蔭芝，北江之曾孫也，世居陽湖，以文學名其家。述祖不肖，未克承先志，性放浪，好與無賴交，鄉人多齒冷。年既壯，從劉銘傳入臺灣。時法人內犯，防務分崩，述祖以能英文，參預軍事，動中劉意，劉頗倚任之。述祖遂驕侈無忌，侵吞國款巨萬，事為劉察知，將治以軍法，述祖不得已，乃破其私囊，賄劉之私人斡旋之，得不死，僅下獄三年。既而由台流滬，運動得律師翻譯，舞文弄墨，藉端勒索，滬之人恨之刺骨。述祖自知為怨府也，複挾策北上，遊說名公世卿。適李經芳使英，百計充隨員。將行，李辭于軍機瞿鴻機，瞿備詢參隨，李以名單呈，閱至述祖。瞿驚然曰：「此巨犯也，國人聲罪而致討之，君與同事，獨不慮騰笑外人，貽君一生之玷乎？」李深韙瞿語，歸即辭述祖，述祖固詰其所以，李乃以瞿言告，述祖由是深銜瞿，謀傾其所短。時奕劻老病，議政多不預，瞿之承獨對非一日矣。滿清西後，時以刻財訾奕劻，而禦史趙啟霖複抗疏嚴劾之，後頗有違言。瞿喜甚，

歸以語夫人，輾轉而入于曾廣銓之耳。曾時方官部丞，又充《泰晤士報》之訪事，以謀缺不遂，久甘心于奕，乃以其情騰播於倫敦報界。會後以新春召各國公使夫人入宴，席間提詢奕劻出軍機事，後頗滋疑，既而曰：「出予之口，入瞿之耳，無第三者也。」立召奕女入，嚴斥其老父，而奕與瞿之惡感，遂不可解矣。奕子載振，私語其幕僚，事為述祖所得，奔告學士惲毓鼎。惲與述祖同鄉，而亦不慊于瞿者，乃周內四大罪，上疏嚴劾之。後盛怒，將下旨褫瞿職，奕又力贊之，鐵良獨不可，乃以開缺回籍之旨下。述祖之心，陰險甚矣。嗟乎，滿清之天下，破壞於小人；民國之江山，斷送於鐵血。述祖亦可以死矣。

這則寫洪述祖其人其事的文字，以質樸簡約的語言，流暢宛轉的敘事，通過典型細節描寫，鮮明地再現了一個混跡於官場的險惡之徒洪述祖的形象，同時也借此揭示了其後來成為謀殺宋教仁元兇的原因。

此書除了讀史或讀書劄記，或是考辯議論的文字之外，但凡寫人敘事，文筆都相當生動，娓娓可讀。其寫政壇人物有聳動人心之筆，寫鄉野隱逸也同樣搖曳生姿，讀之耐人尋味。如開卷第一則寫「秦古董」一篇，人物形象就非常鮮明生動，值得玩味：

余于丁未之秋，偕友人游于淮。淮之北有奇人焉，年古稀，能辨鉤畫。衣冠古拙，若農家流。居傍淮水，能述沿革之歷史，自周秦起以迄當代，記憶不少紊。與之談時事，則精神矍鑠，幾忘其倦。而若人良，若人惡，某事成，某事敗，是非所及，如水之濯物，鏡之鑒形，與麟經狐筆以不朽。每日暮，農者輟其田，工者歇其作，相率而聚於社，必強老者縱譚今古事，藉以刷新其耳鼓。老者雄于辯，且素以開通民智，改良社

會為己任，故亦樂與村人共話。時清廷惑于汪盛言，將蘇浙路權，抵借外債若干萬，業有成約矣。愛國之士，連袂而興，「拒款」、「拒款」之聲，奔騰澎湃於錢塘、揚子之潮流。朝野抵觸，函電交馳，成命尚未收回也。是日，老者方剖談是事，村中人環坐于地，予適經其處，屏息而聽之。老者之言曰：「一國猶一家然，家用拮据，向其戚友商借時，或有操契券及金飾以為抵者，是款非不可借也。所以為害者，則在款項到手，不審量其用途，而任意揮霍之。今日所抵款項，某署所營造洋房耗去若干萬，某軍隊改壯觀瞻耗去若干萬，曾不轉瞬而不辦一事，而此大宗之借款已消歸烏有矣。地方生財，只有此數，計惟陸續商借，方能因應自如，初則百萬萬，還增至千萬萬，外人僅就此區區路權而沒入之，豈其苟哉？譬之蕩子破家，有出無入，此亡國之道也。」又曰：「南方人物，距政府較遠，富有保國保家之思想，故能群起而攻。其在皇帝較近之地，則噤若寒蟬，不敢出聲。爾輩不聞某宦者言，北京人氏譬若牛馬，非壓力猛重，必不進行乎？」言已，環而聽者闃然，老者亦引去。噫，此老也，愚魯類鄉農，蠢鄙似化外，而其政治之常識有如此者，孰謂中國人遜于歐美哉！予聞其言，峭然而悲，蕭然而敬，思有以傳之，為詰其姓氏於頃之環聽者，僉曰，若姓秦，不知名，以能道故事，里中人咸呼之為秦古董云。

這則故事，通過「秦古董」向鄉民闡釋其對蘇浙路權問題的看法這一典型細節，即事見人，由小及大，生動地再現了一個具有遠見卓識的鄉野隱逸形象，讀之讓人油然而生敬意，更讓人感到無限欣慰：中國有民智若此，泱泱中華不會亡。

十三、梵天廬叢錄

　　《梵天廬叢錄》，柴小梵輯錄。柴小梵（1893－1936），名萼，又名紫芳，浙江慈溪人。1917 年東渡日本，在慈溪籍華僑吳錦堂創辦的中華學校執教。1924 年回國，先後任職於安徽省財政廳、廣東籌餉處、黃埔軍校等，1930 年起任河南省政府祕書。雖享世僅四十四年，但生平著述頗豐。除匯輯《梵天廬叢錄》外，尚有《紅冰館筆記》二十八卷、《簣詩草》三百一十篇、《吾藥錄》、《蛉洲集》、《慈溪方言考》、《松海精舍筆錄》、《簣零墨》等。作者早慧，成名亦早，為一時之俊彥。《蔗詩話》有讚語雲：「慈湖柴小梵才藻驚人，洋洋灑灑，動輒千言，風發泉湧，不可節制。在海上結『青社』，所與酬唱，皆一代勝流」。南社詩人楊了公譽之曰：「兩代明清掌故譜，四明巨手重東南」。葉恭綽稱其「有經天緯地之才」。（參見慈溪新聞網）

　　《梵天廬叢錄》，共三十七卷，約五十六萬言。1926 年中華書局曾據其手稿影印出版，線裝十八冊。1999 年山西古籍出版社與山西教育出版社聯合出版「民國筆記小說大觀」，將之收入第四輯，予以重排出版。全書所記，「舉凡朝野遺聞，藝林佚事，典制考據，名物原始，無不兼包。」（裘毓麟序）王揖唐在序中評述此書時有云：「凡朝野掌故，祕聞軼事，以及詩文評騭，名物考據，莫不兼收博取，巨細靡遺。衡其體例，蓋與潘永因之《宋稗類鈔》、朗瑛之《七修類稿》等書相近……要自與今之蕪雜剽竊、苟以欺世者不同。」從內容分佈看，卷一至卷十六，基本上是記明清兩朝人物軼事。而自第十七卷以下，則內容較雜，既有名物考辨，也有書畫、楹聯、詩文及其掌故等記述，還有僧尼盜妓、狐鬼鳥獸、習俗時尚等各種內容的記載。因此，從分類來看，它屬於典型的「雜俎派」作品。就內容性質來說，真正屬於筆記小說，而又有可讀性的篇什，主要是卷一至卷十六

的記人物軼事的部分（卷十七以後也有少數篇目可稱之為筆記小說者）。如卷一第二則《明太祖軼事》之第四小則《智騙主人》：

> 嘗為人牧牛，私殺小犢煮食之，將尾插入穴，誑主者曰：「犢陷入地中矣。」主者拽尾不能出，真以為陷也。

這則寫明太祖朱元璋少時誑主之事，雖寥寥數言，但卻即事見人，生動地再現了一代雄主的過人智慧。

又如卷一第二則《明太祖軼事》之第八小則《劉伯溫尋主》：

> 劉伯溫見西湖五色雲起，知為天子氣，應在東南。微服以卜命風鑒，遊江湖間密訪之。先之會稽王冕家，與之閑行竹林中，潛令人放炮。冕聞響而驚，歎曰：「膽怯。」往海昌賈銘家。時新建廳事，甚精潔，故唾汙之。銘出見，命拭去，歎曰：「量小。」遂往臨淮，見人人皆英雄直諒。即屠販者，氣宇亦異。買肉討饒，即大斫一臠。與之算，多王侯貴人命，歎曰：「天子必在此也！不然，何從龍者之眾耶？」及見太祖，遂深相結納：許定大計。後仍以薦聘起者，明出處之正也。

這則寫劉基元末雲遊四方訪主的故事，通過其對王冕之膽、賈銘之量的試探，對臨淮屠販之徒氣度的觀察等細節描寫，生動地表現了劉基善於察人的卓越眼光，再現了一個神祕莫測的亂世謀士形象。

又如卷二第二則《高宗南巡》之第三小則《絕聯無對》：

> 高宗游蘇西郭諸山，如玄墓、支硎、穹窿、七子、上方、靈岩、天平，無不為鑾輅所至。玄墓至今尚有禦座椅在。舟至橫塘，聞燒酒之美，乃得「橫塘鎮燒酒」五字，命扈駕諸文臣作對，皆瞠目枯思以辭不能，至今未有下聯。蓋五字偏旁，實具五行，非有天造地設之妃耦，不能稱佳作也。

　　這則寫乾隆皇帝出五字兼包「金」、「木」、「水」、「火」、「土」五行的上聯而眾臣皆不能對的故事，既表現了乾隆文思的敏捷，也表現了他喜歡賣弄才情、附庸風雅的一貫作風，讀之讓人有如見其人之感。

　　又如卷二第十則《慈禧太后》之第一小則《賞賜不及恩人》：

　　　咸豐三年，惠徵任蕪湖關道時，慈禧后尚在閨閣，隨侍任所。適太平軍來攻，倉卒出奔。後弱，不良行。蕪人有王某者（莫知其名字，業錫工，為漕坊蒸鍋，最精，性嗜酒，人因呼為王燒酒云），負之而趨，遂免於難。及入都應選，正位西宮，至文宗、德宗兩朝，垂簾聽政，四十餘年。而王某沉湎於酒，佯狂里市，不獲邀沐恩施，豈亦所謂貴人多忘事，抑王某之數奇乎？

　　這則寫慈禧有恩不知圖報的故事，意在即事見人，形象地再現其刻薄寡恩的形象，讓世人認識西太后真實的嘴臉與為人。

　　除了對慈禧刻薄寡恩的人品予以批判，書中還對慈禧放蕩無恥的私生活予以揭露。如卷二第十則《慈禧太后》之第四小則《晚年淫肆》：

　　　慈禧后晚年淫肆，不減武曌。以德宗及新黨之故，稍有顧忌，不欲以穢聲資人口舌。然豔跡之播，已如日月之食，人皆見之。初幸安得海，安為丁寶楨斬後，乃幸李蓮英、小德張，西宮有所謂慎恤膠者鬥許。又有一種淫香，男子聞之，即搖搖思枕席。此皆陰令兩廣督撫祕密致之，以備綢繆助淫者。

　　這則宮闈祕聞，以鑿鑿有據的細節，真切地再現了一個放蕩不羈、淫逸無度的慈禧形象。年老尚如此，則其年輕時又如何？不禁讓人遐思無限。

　　除了寫明清帝王及各色人等，書中還寫到洋人。如卷三第一則
《庚辛紀事六十七則》之第二十五小則《洋兵好色》：

　　　洋兵好色，勝於華人。嘗於拳匪巢穴中獲少婦數人，有殊
　　色。三數洋兵持回營中，問其身世，知為良民，被拳匪所掠
　　者。迫欲汙之，皆不從，至於衫褲盡裂。問汝等已汙于匪，尚
　　有貞節可言乎？則同聲答曰：「彼雖匪，然固為中國人也；汝
　　等鬼子，安得犯上國婦女。」洋兵怒，驅之出，毆死之於道
　　上。

　　這則寫洋兵好色與中國婦女誓死不從的故事，既讓人對拳匪與洋
兵激起無比的憤怒，又讓人對這些中國婦女的民族節義湧起無限的敬
意。同時，也讓我們由此見出孔子「夷夏之大防」觀念對中國人思想
的深刻影響。曾聽一位日本教授誇口說，日本妓女都是愛國者，她們
的「下水道」只對日本人，而絕不對外國人。其意是說，日本是上
國，看不起世界諸國，特別是亞洲人等。如果他看到這則筆記小說，
聽到「上國婦女」怒斥洋兵的輕蔑口吻，相信他會慚愧不已的。

　　說到日本妓女的愛國，就使人情不自禁地想起中國近代史上的一
位愛國妓女賽金花。關於她的愛國之心，書中卷三第一則《庚辛紀事
六十七則》之第二十七小則《賽金花獻策士計》即有記述：

　　　瓦德西統帥獲名妓賽金花，嬖之甚，言聽計從，隱為瓦之參
　　謀。金花故姓傅，名彩雲，洪殿撰之妾也。隨洪之西洋，豔名
　　噪一時。歸國後，仍操醜業。至是，為瓦所得，以善西語，凡
　　瓦之欲使中國過於難堪者，金花必爭之，以故中國之隱獲其惠
　　者實不少。一日，謂瓦曰：「滿清搜人材，在八股試帖，將相
　　於斯出焉。」瓦乃于金台書院考試，示期懸榜如昔。文題「以
　　不教民戰」，詩題「飛旆入秦中」。試日，人數溢額。瓦為評

判甲乙，考得獎金者，鹹忻忻然有喜色。自行此舉，於是昔之
譽金花者，皆從而訕之矣。然一時人心已死，名臣大老且有願
執梃為降奴者，固難以此責之一賤妓。又使瓦雖示期考試，而
我中國人相率以國恥為戒，裹足不前，則其計亦不售。今顧若
此，夫複何說之辭。

賽金花慫恿瓦德西開榜取士，其意令人莫測高深。到底是為中國
儲才，還是有意羞辱中國士人而促其振作，或是牢籠瓦德西意志，讓
其沉醉其中而不能自拔？不管其意何在，其使中國「隱獲其惠」之心
當有之。讀此一則軼事，我們對賽金花其人當有正確認識矣。

作者襃揚妓女賽金花，似有影射晚清滿朝文武官員及士大夫不及
娼妓之寓意，但也沒有一筆抹殺所有官員。如卷五第三則《彭剛直
公》之第十一小則《斬李鴻章之侄》，就是正面寫晚清官員形象的：

剛直巡至皖，合肥李傅相方勢盛。猶子某，素很法，時出奪
人財物妻女，官不能問。一日，奪某鄉民妻去。鄉民詣剛直訴
之，剛直留鄉民，而命吏以刺邀某至，出鄉民謂某曰：「此人
告若奪其妻，有之乎？」某自恃勢盛，直應曰：「然。」剛直
大怒，命笞之無算，而府縣官皆至，悚息哀求，剛直不聽。俄
撫藩俱以刺至，請見。剛直命延接，而陰囑吏曰：「趣斫
之！」巡撫足甫登舟，而吏持頭來繳令矣。剛直乃移李傅相書
曰：「令侄實壞公家聲，想亦公所恨也，吾已為處置訖矣。」
傅相覆書謝之。

這則寫晚清重臣彭玉麟（字雪岑，號雪琴，自號退省庵主人，官
至兵部尚書有，諡剛直）設計斬殺橫行鄉里、無惡不作的李鴻章之侄
的故事，既真切地再現了其嫉惡如仇、剛直不阿的形象，也生動地再
現了其機智過人的處事風範。

十四、康居筆記匯函

　　《康居筆記匯函》，徐珂撰。徐珂（1869－1928），原名昌，字仲可，浙江杭縣（今杭州）人。曾多次參加科舉考試，終未獲功名。1895 年在京參加康、梁發動的「公車上書」活動，1909 年加入「南社」。袁世凱天津小站練兵時，曾為生計故而充其幕僚。後來曾先後出任《外交報》、《東方雜誌》編輯和商務印書館雜纂部長。生平著述頗豐，除《康居筆記匯函》外，尚編有《清稗類鈔》、《清朝野史大觀》、《天蘇閣叢刊》等。

　　《康居筆記匯函》，1997 年山西古籍出版社出版「民國筆記小說大觀」，將之作為其中之一種，列入第三輯中。全書包括《範園客話》（十七則）、《呻餘放言》（一百七十五則）、《松陰暇筆》（二百一十一則）、《仲可筆記》（三十則）、《天蘇閣筆談上》（三十則）、《天蘇閣筆談下》（二十一則）、《云爾編》（二百二十九則）、《夢湘囈語》（五十則）、《知足語》（一百一十三則）、《梅西日錄》（二十三則）、《雪窗閒筆》（十則）、《雪窗零話》（三十四則）、《雪窗雜話》（十六則）。所記內容非常龐雜，既有人物軼事，也有風俗時尚記載，更有詩文掌故述錄、方言俗語記述、稱謂名物原始、書畫圖冊記聞，以及園林建造、出版藏書等等，不一而足。從內容來看，這是一部典型的「雜俎派」筆記小說彙編。就所記述的人物軼事來看，所記人物上至宋代，下至民初。雖文筆不夠生動，但也有一些具有可讀性的篇什。如《範園客話》第二則《趙匡胤》：

　　　　自古匹夫之得天下，稱皇帝，未有易予宋之趙匡胤者。其即
　　　　位之日，為正月乙巳，即初五日也。是月元日辛醜，周群臣方
　　　　賀正旦，忽得遼師南下與北漢合兵之奏報，周恭帝宗訓命匡胤

率京衛諸將禦之。次日壬寅，慕容延釗令前軍先發。又次日癸卯，大軍次陳橋驛。將士聚謀，欲先立匡胤為天子，然後北征。又次日甲辰，遲明，諸將直叩匡胤寢門。匡胤驚起，即被以黃袍，羅拜呼萬歲。又次日乙巳，遂行禪代禮，而匡胤即皇帝位矣。自發謀至成事，僅三日。逐一帝易一帝，蓋無有易於此者。史言匡胤為人望所歸，將士陰謀推戴，殆事後文飾之辭歟？質言之，直是匡胤與其弟光義、其臣趙普乘機取利，奪天下于孤兒寡婦之手而已。汪頌閣謂此等舉動，雖可以愚一時，而不可以欺臣民，欺子孫。觀畢沅《續資治通鑒》所載，即可知陰謀詭計，終難逃後人之指摘也。《續通鑒》云：「時石守信、王審琦皆帝故人，各典禁衛。普數言於帝，請授以他職，曰：『彼等必不吾叛，卿何憂？』普曰：『臣亦不憂其叛也，然熟觀數人者，皆非統禦才，恐不能制伏其下，為一軍伍作孽，彼亦不得自由耳。』帝悟。於是，召石守信等。酒酣，屏左右，謂曰：『我非爾曹，力不及此。然天子亦有大艱難，殊不若為節度使之樂，吾終夕未嘗高枕臥也。』守信等請其故，帝曰：『是不難知，居此位者誰不欲為之？』守信等頓首曰：『陛下何為出此言？今天下已定，誰敢複有異心？』帝曰：『卿等固然，設麾下有欲富貴者，一旦以黃袍加汝身，汝雖欲不為，其可得乎？』」又云：「天雄節度使符彥卿來朝，帝欲使典兵。趙普以為彥卿名位已盛，不可委以兵權。屢諫不聽。宣已出，普複懷之，請見，曰：『惟陛下深思利害，勿複悔。』帝曰：『卿苦疑彥卿，何也？朕待彥卿至厚，豈能負朕？』普曰：『陛下何以能負周世宗？』事遂中止。」書此竟，聞總統曹錕辭職矣。

這則故事記宋太祖趙匡胤稱帝過程及其權謀，先正筆敘其事，後

則引《續通鑑》的記述以相映照,從而使其細節描寫相互補充、相互映襯,以此凸顯歷史的真相、突出趙匡胤其人的真面目。末一句「書此竟,聞總統曹錕辭職矣」,看似畫蛇添足,與主題無關,實則正是作者要記趙匡胤其人其事的目的所在,即借古諷今,嘲弄曹錕為了謀取總統大位而用賄選手段的卑鄙無恥行徑。

作者由趙匡胤的權謀而聯想到曹錕的賄選,自然就會讓讀者想到竊國大盜袁世凱。《範園客話》第十三則《袁項城小站練兵》即是寫袁世凱的:

> 袁項城嘗應京兆試,不第,乃從吳武壯公長慶戍朝鮮,以中書科中書保同知知府道員,而簡浙江溫處道,督練新建陸軍(後改武衛右軍)於小站(距天津城七十裡),擢直隸按察使,皆未嘗一日履任。尋以侍郎候補,而練兵如故。光緒戊戌八月,護理北洋大臣、直隸總督,始入署拜印,有官守,未幾而仍還小站練兵。

這則故事寫袁世凱發跡變泰的經歷,特別提到其小站練兵始終不輟的細節,意在強調袁世凱這個亂世梟雄獨到的眼光(深知兵權的重要性),從而真切地再現其深謀遠慮、機心叵測的奸雄形象。

除了寫武人,書中對文人軼事亦多有著墨。如《呻餘放言》第四十六則:

> 往者印度哲學家太戈爾來吾國,所至講學,海甯徐志摩為之傳譯。蓋深信精神文明,思乙太戈爾學說,為吾人補偏救弊,故能奔走南朔,不厭不倦。繼而與其友設雲裳公司於滬之靜安寺路,鬻婦女裝飾品,則又極物質文明之盛矣。丁卯仲冬,天馬會之劇藝會,演劇於夏令配克戲院,乃複登臺奏技,為《玉堂春》之末,飾藩司,誠多材多藝哉。其婦陸小曼,為旦,飾

蘇三。小曼又演《販馬記》之旦，飾李桂枝。

這則寫民初著名詩人徐志摩的軼事，通過其為太戈爾傳譯、設雲裳公司、登臺演戲等細節描寫，真切地再現了徐氏多才多藝的風流才子形象。

寫才子風流浪漫之事固然為人所津津樂道，而寫士人憂國憂民胸懷則更令人肅然起敬。如《呻餘放言》第一百十一則：

> 曩為汪穰卿同年（康年）撰家傳，有「居恒感傷國事，疾首蹙額，常若負重憂於其身」三句，識穰卿者見之，謂為善狀其容貌。穰卿生當叔季，聞見日非，宜爾爾。其弟頌閣，杜門謝客，壹志讀書。又徼天之幸，得患重聽，惡德惡聲之見聞，較恒人為少。偶與珂相見，亦複有疾首蹙額之狀，蓋日閱報章所致也。吾至是乃羨周梧生之聾且瞽，無所聞見，不必祈死而可終其天年矣。

此寫民初文人汪康年昆仲感傷國事日非而時有「疾首蹙額之狀」的故事，形象地表現了汪氏兄弟憂國憂民的愛國情懷，讀之讓人仿佛重見傳統士大夫「國家興亡，匹夫有責」的風範。

除了寫政壇、文壇人物，小說也寫了一些女性形象。如《松陰暇筆》第九十五則《慈母夜紡課經》：

> 嘉興金匋丞觀察蓉鏡，為檜門總憲德瑛之裔。嘉慶以前，雖已徙禾而獲籍仁和。道光後，始應禾中郡縣試。錢孫同年兆蕃，其昆弟行也。匋丞嘗直樞密，乞外為直牧，擢湖南永順守。文章經濟，為世所宗，源於大母之教也。大母徐太恭人，以節孝稱於鄉。蓋道光十一年，夫星衢先生卒，太恭人年二十五，匋丞尊人始三歲，窮煢酷毒，幾不欲生。既而曰：『是藐孤者，厥世所系。』乃鬌髻而起，為之母，為之師，丈於是得

有成立，而訓誨並及于孫，旬丞是也。太夫人年六十一謝世。旬丞五歲失怙，育於太恭人，始教之書。粵寇擾禾，避地海上，未嘗一日廢讀。日不足繼以夜，太夫人手織具，一燈熒然，展卷督課。其有不省，委曲教導，必使喜躍樂誦乃已。故環堵之中，老人端坐而紡，稚子膝席而諷，軋亞蜂午，聲滿閨閫，與鼓漏相應。歲時伏臘，親串往還，必使背誦所讀書，或演說古今節義事，以為笑樂。此旬丞之所以倩潘雅聲寫《夜紡課經圖》以寄慕思也。旬丞於宣統十七年乙丑（即中華民國15年）5月，自題詩云：「吾有一幅慈母圖，抱持廿年走江湖。顯揚不及車八驥，閉戶苜蓿真非夫。尚留面目牽衣襦，且開書卷對絲絇。收身仍是一腐儒，童心不改髫髦吾。祖孫饑哦輒過晡，紡磚絡緯聲滿隅。生成欲報淚將枯，說法請施牟尼珠。」

　　這則故事所寫徐太恭人夜紡課子的內容，與乾隆年間進士蔣士銓（蔣是乾、嘉時期著名詩人，與袁枚、趙翼並稱乾隆三大家）所寫《鳴機夜課圖記》的內容相似，都是舐犢情深的感人的故事，讀之讓人對母愛的偉大而無限感動。這則故事敘事宛轉，語言簡潔，但文筆不失生動的韻致，如「日不足繼以夜，太夫人手織具，一燈熒然，展卷督課。其有不省，委曲教導，必使喜躍樂誦乃已。故環堵之中，老人端坐而紡，稚子膝席而諷，軋亞蜂午，聲滿閨閫，與鼓漏相應」一段，尤見語言功力。

十五、眉廬叢話

　　《眉廬叢話》，況周頤撰。況周頤（1859－1926），原名周儀，

後改名周頤（以避宣統皇帝溥儀名諱），字夔笙（一字揆孫），別號
蕙風，晚號蕙風詞隱。廣西桂林人（原籍湖南寶慶）。光緒舉人，後
官內閣中書。曾入賓兩江總督張之洞、端方之幕。清亡，以遺老自
居，寄寓上海，鬻文為生。生平於詞用力甚夥，與樊樊山、朱祖謀、
鄭文焯號稱晚清四大家。生平著述頗豐，除《眉廬叢話》外，尚有
《餐櫻廡隨筆》、《香東漫筆》、《蘭雲菱夢樓筆記》、《西底叢
談》、《選巷叢譚》、《蕙風簃隨筆》、《蕙風簃二筆》、《歷代詞
人考略》、《宋人詞話》、《漱玉詞箋》、《餐櫻廡詞話》、《詞學
講義》、《玉棲述雅》等多種。其詞結集行世者則有《蕙風詞》兩
卷、《秀道人修梅清課》一卷，與張祥齡、王鵬運聯句詞作《和珠玉
詞》一卷。又輯有《薇省詞抄》十一卷、《粵西詞見》兩卷、《詞話
叢鈔》十卷。

　　《眉廬叢話》，共分九卷，每卷幾十則（但不明確分則，每則也
無標題），或是記人物軼事，或考辨名物之原始，或述典章制度之沿
革，或敘歷代詩文掌故等等，不一而足，內容相當龐雜，屬於典型的
「雜俎派」作品。所記人物軼事主要是清代，晚清人物較多，如左宗
棠、郭嵩燾、剛毅、翁同龢、辜鴻銘等政壇或文壇人物等都有記述。
如卷一寫曹振鏞一則：

　　　道光朝，曹太傅當國，陶文毅督兩江，兼鹽政。時以商人藉
　　引販私，國課日虧，私銷日暢，至有根窩之名，謀盡去之，而
　　太傅世業釐，根窩殊夥，文毅又出太傅門下，投鼠之忌，甚費
　　躊躇。因先奉書取進止，太傅覆書，略曰：「苟利於國，決計
　　行之，無以寒家為念，世寧有餓死宰相乎？」文毅遂奏請改
　　章，盡革前弊，其廉澹有足多者。惟其生平薦曆要津，一以恭
　　謹為宗旨，深惡後生躁妄之風。門生後輩，有入諫垣者，往
　　見，輒誡之曰：「毋多言，豪意興。」由是西台務循默守位，

浸成風氣矣。晚年恩禮益隆，身名俱泰。門生某請其故，曹曰：「無他，但多磕頭，少開口耳。」道、鹹以還，仕途波靡，風骨銷沉，濫觴於此。有無名氏賦《一剪梅》詞云：「仕途鑽刺要精工，京信常通，炭敬常豐。莫談時事逞英雄，一味圓融，一味謙恭。大臣經濟在從容，莫顯奇功，莫說精忠。萬般人事要朦朧，駁也無庸，議也無庸。」其二云：「八方無事歲年豐，國運方隆，官運方通。大家裏贊要和衷，好也彌縫，歹也彌縫。無災無難到三公，妻受榮封，子蔭郎中。流芳身後更無窮，不謐文忠，便謐文恭。」損剛益柔，每下愈況，孰為之前，未始非太傅盛德之累矣。

這則故事所寫的曹太傅，便是道光時代權傾朝野、盛極一時的曹振鏞，乃乾隆朝寵臣、翰林院侍讀學士、太子太保曹文埴之子，為乾隆四十六年（1781 年）進士。歷仕乾隆、嘉慶、道光三朝，嘉慶十一年以後已官加太子少保、翰林院掌院學士、協辦大學士、升體仁閣大學士。到嘉慶二十五年，則更官至軍機大臣。到了道光朝，則官武英殿大學士、軍機大臣兼上書房總師傅。後又因平喀什噶爾功績晉太子太師，再晉太子太傅，並賜畫像入紫光閣，位列功臣之首，真可謂是位極人臣。死後賜謐文正，入祀賢良祠。上面這則故事雖只寫到曹振鏞兩件事，但其為人及其形象已栩栩如生地呈現出來。振鏞乃鹽商子弟，祖上以業鹽發家，親屬亦多為揚州鹽商，世享特權。乾隆六次南巡，多次駐蹕揚州，都是由其父曹文埴承辦差務。鹽業既是曹氏家族的命脈所在，振鏞又身居廟堂高位，擁權而繼續維護曹氏家族的既得利益乃是理所當然。但是，當兩江總督陶澎兼理鹽政時欲取消商鹽壟斷權而實行票法，投私書於振鏞，振鏞則對門生的改革思路予以支持。這一典型事例，真切地再現了振鏞居廟堂之高而著眼國家大局、不徇私情的闊大胸襟，體現了宰執之臣「以天下為己任」的風範。第

二個事例是通過振鏞對其門生「多磕頭，少開口」的為官經驗傳承，體現了振鏞為人為官的圓融特點，揭示了道、咸二朝時代官場中人物「風骨銷沉」的原因。兩個事例，一正一反，以小見大，即事見人，將曹振鏞的形象全面而完整的呈現出來，可謂善寫人物之筆矣

除了寫清初與中葉政壇人物軼事鑿鑿有據，寫晚清人物軼事而娓娓可讀者則更多。如卷一寫左宗棠軼事曰：

> 左文襄體貌魁梧，豐於肌，腋氣頗重。某年述職入都，兩宮召對，文襄陳奏西北軍務情形及善後方略，縷析條分，為時過久。值庚伏景炎，兼衣冠束縛，汗出如沈，僅隔垂簾，殊蒸騰不可耐。語次，玉音謂：「左大臣殊勞苦，宜稍憩息。未盡之意，可告軍機王大臣。」隨命內監扶掖之。文襄不得已，退出，意極憤懣，謂身為大臣，乃不見容傾吐胸臆，而不知其別有所為也。

這則寫晚清重臣、收復新疆功臣左宗裳奏事未竟被黜退而生氣的軼事，既鮮明地表現了左氏為人率真的形象，同時也即事見人，形象地再現了兩宮太后不顧大局、不識大體的女流作風。清廷由此等女流當政，如何能收攏人心，集聚人才，重整山河？

除了寫政壇軼事，寫文壇佳話者亦不少。如卷二寫晚清翁同龢與潘祖蔭的故事：

> 常熟翁叔平相國，少時由監生應鄉試。某年，同潘文勤典試陝西，內廉正副考官分住東西房，每日同在堂上閱卷。至第三日，叔平曰：「吾明日在房閱卷，不到堂上矣。」文勤問其故，叔平曰：「君閱卷，見不佳者，則曰：『此監生卷也。』棄之。吾亦監生也，豈監生而皆不佳者乎？」相與一笑而散。明日，仍同在堂上閱卷。不時許，文勤見不佳者，又如昨者之

言矣。老輩真率，不斤斤於世故，風趣可想。

這則寫翁同龢與潘祖蔭鬥嘴的故事，生動地再現了兩個同為晚清重臣而又同是文人的率真而風趣的形象。翁同龢是咸豐、同治兩朝大學士，也是同治與光緒兩代皇之師，官至戶部、工部尚書、軍機大臣兼總理各國事務衙門大臣。雖地位顯赫，也是進士出身，然早年參加鄉試不是以秀才而是以監生身份應試，略有遺憾。潘祖蔭為咸豐二年殿試探花（進士榜一甲第三名），其祖父潘世恩則為乾隆狀元，歷任乾、嘉、道、咸四朝而為宰輔，自己則歷任侍讀學士、工部尚書、刑部尚書、軍機大臣等（後加太子太保，贈太子太傅，卒諡文勤），故自視甚高。因為二人有此背景，這才有上面這則故事的發生。潘遇試卷不滿意時則曰「此監生卷也」，本是無意；而在翁聽來，似覺有心，以為潘是在諷刺他，故有不願同堂閱卷之語。但不滿發洩後，二人相視一笑，第二天翁又來同堂閱卷，潘則繼續罵人擲卷。這一幕仿佛兩個小孩在嬉戲，一派天真浪漫也。讀之讓人倍感親切，趣味橫生。

除了寫文人的率真可愛外，還有寫文人智慧者。如卷五有一則文人續對的故事便是：

> 歲在甲午，東敗於日，割地媾和。李文忠忍辱蒙垢，定約馬關。一日宴會間，日相伊藤博文謂文忠曰：「有一聯能屬對乎？」因舉上聯曰：「內無相，外無將，不得已玉帛相將。」文忠猝無以應，憤愧而已。翌日乃馳書報之，下聯曰：「天難度，地難量，這才是帝王度量。」則隨員某君之筆。某君浙人，向不蒙文忠青眼者，相將度量，繫鈴解鈴，允推工巧。（卷五）

這則寫李鴻章屬員巧妙續對而勝日本人挑釁的故事，真切地表現了中國文人的睿智，同時也鮮明地呈現了晚清時代中國士大夫面對失

敗而仍不肯正視的「天朝心態」，由此揭示出中國在近代之所以落後挨打的深層原因，令人深思反省。

從正面寫文人的篇什不少，從負面來寫文人者亦有。如卷三中便有一則寫文人的笑話：

> 偶與藝風繆先生談「而」字典故，有兩事絕可笑。某甲作八股文一篇，自鳴得意。其友請觀，不許；請觀其半，亦不許。乃至小講、承題、破題，至於一句，皆不許。請觀其第一字，許之。及其鄭重出示，乃是「而」字。又道光戊戌科，江南鄉試，首題「博學而篤志，切問而近思」。解元鄭經文，平分四比，拋荒兩「而」字，似「博學篤志、切問近思」題文。殿軍甘熙文純用交互之筆，于四項之首，一律作轉語：似「而博學而篤志，而切問而近思」題文。說者謂解元文，題目中兩「而」字移置殿軍文題目二句之首矣。昔有人讀《大學》：「知止而後有定定，而後能靜靜，而後能安安，而後能慮慮，而後能得。」謂句末少一「得」字。迨後讀《論語》：「少之時，血氣未定，戒之在。色及其壯也，血氣方剛，戒之在。鬥及其老也，血氣既衰，戒之在。」謂衍一「得」字。忽恍然悟曰：「原來《大學》中所少『得』字，錯簡在此。」因第二事牽連記之。

這則故事寫讀書人的笑話，讀來別有情趣。「而」是連詞，或表示承接，或表示轉接，這是基本的漢語句法。一個連「而」都不會使用的人，竟自鳴得意地認為自己做的八股文很高妙，實在令人不可思議；讀古籍，當先正確斷句，這是讀書人的基本功。《大學》中「知止而後有定，定而後能靜，靜而後能安，安而後能慮，慮而後能得」，《論語》中「少之時，血氣未定，戒之在色；及其壯也，血氣方剛，戒之在鬥；及其老也，血氣既衰，戒之在得」，是讀書人耳熟

能詳的名句，而故事中的那位士子卻讀出了上述那樣的破句，實在令人匪夷所思。試想，一個連斷句都不會的人，要想讀懂聖人之書，領會經典的深意，那有可能嗎？答案不言而喻。

除了寫政壇、文壇上的許多大人物的軼事，小說中還寫到了處於社會低層的人物包括女子。如卷一有這樣一則：

> 富陽董文恪少時，以優貢留滯京師，寓武林會館。資盡，無以給饔飧，館人薃之甚。不復可忍，乃徙於逆旅，益複不見容，窘迫無所歸。有劉媼者，自號精風鑒，奇其貌，謂必不長貧賤也。屬假館餘屋，善視之，俾俟京兆試。董日夕孟晉，冀博一第自振拔，且副媼厚期。榜發，仍落第，恚甚，恥複詣媼。徘徊衢市，饑且疲。道左一高門，惘然倚而立，不知時之久暫也。俄有人啟門，問為誰，董以實告。其人色然喜，延入。少憩，出紅箋，屬書謝柬，署名則侍郎某也。書畢，持以入，須臾出，殷勤具雞黍。食次，通款曲，則侍郎司閽僕，以薦初至，適書謝柬，主人丞獎許，因請留董代筆，薄酬資斧。董方失路，欣然諾之。自是一切書牘，悉出董手，往往當意。僕輒掠美以自固，日見信任，不與他僕伍。居頃之，侍郎有密事，召僕至書室，命擬稿。僕惶窘，良久，不能成一字。侍郎窮詰，得實，大駭。丞具衣冠出廳事，延董入見，且謝曰：「辱高賢久涸廄養，某之罪也。」因請為記室，相得甚歡。侍郎夫人有細直婢，性慧敏，略通詞翰，及笄矣，將嫁之，婢不可。強之，則曰：「身雖賤，匹與隸，非所堪，乃所願，必如董先生，又安可得，甯終侍夫人耳。」侍郎聞之，昕然曰：「癡婢，董先生蹋雲驥，指顧騰上，甯妻婢者？」會中秋，侍郎與董飲月下，酒酣，從容述婢言，且願作小紅之贈，勸納為室。董慨然曰：「鯫生落魄，盡京師不獲一青睞。見拔於明

公，殊非望。彼弱女子能憐才，甚非錄錄者，焉敢妾之？正位
也可。」侍郎益重之，謀于夫人，女婢而婿董焉。逾年，董連
捷成進士，官至禮部尚書，生子即富陽相國。相國登庸時，太
夫人猶健在。知其事者，傳為彤管美談云。

這個故事中的董文恪，即雍正、乾隆時代的著名畫家董邦達（字
孚存，一字非聞，號東山，浙江富陽人，雍正進士，乾隆時官侍讀學
士，入直南書房，後以內閣學士兼禮部侍郎致仕，卒諡文恪。其子董
誥，乃嘉慶時太子太師）。小說較為詳盡地描寫了其落魄京師並逐漸
發跡的過程，其中除了寫到某侍郎外，著重寫了三個人，一是劉媼，
二是某侍郎的司閽僕，三是某侍郎夫人的細直婢。這三人都是身處社
會底層，卻都有獨到的察人眼光。小說通過他們對董邦達的幫助與愛
護的細節描寫，生動地再現了三個小人物慧眼獨具的形象，也形象說
明了一個道理：有智慧者不分貴賤，有眼光者不限伯樂。

劉媼與細直婢的慧眼識英雄固然令人欽佩，妓女的愛國之舉則更
令人肅然起敬。如卷四一則寫晚清名妓賽金花的故事即是此類：

蘇州名妓賽金花，有一事絕可傳。本名傅彩雲，光緒中葉，
曾侍某閣學，出使德意志國。歐西國俗，男女通交際酬酢。賽
尤瑤情玉色，見者盡傾。德武弁瓦德西，其舊識中之一人也。
庚子聯軍入京，瓦竟為統帥，賽適在京，循歐俗通鄭重，舊雨
重逢，同深今昔之感。自後輕裝細馬，晨夕往還，於外人蹂躪
地方，多所挽救。琉璃廠大賈某姓，持五千金為壽，以廠肆國
粹所關，亟應保全，乞賽為之道地。賽慨然曰：「茲細事，何
足道。矧義所當為，阿堵物胡為者。」竟毅然自任，卻其金，
亟婉切言於瓦。明日，下毋許騷擾之令，而百城縹帙，萬軸牙
籤，賴以無恙，皆賽之力也。比者，滬濱妻屑，憔悴堪憐，集
菀集枯，如夢如幻，或猶捕風捉影，捃撫莫須有之談，形諸楮

墨，恣情污衊。嗟嗟，無主殘紅，亦既隨波墮圈。彼狂風橫雨，必欲置之何地，而後快於心耶。

這則寫妓女賽金花卻千金、救國寶的故事，以一個典型細節的描寫，生動地表現了一個亂世風塵女子重義輕利、愛國愛邦的形象，讀之令人油然而生敬意，思之令人感慨萬千：居廟堂之高者未必以國家利益為念，操醜業的風塵女子思想境界未必不高過達官貴人。

十六、「雜俎派」其他作品

清末民初的「雜俎派」筆記小說，除了上述幾部代表性作品外，還有如下幾部似乎亦可略筆稍及之。

《汪穰卿筆記》，汪康年撰，汪詒年編訂，並加按語注釋。1997年上海書店出版社出版「民國史料筆記叢刊」，將其列為其中之一種。2007 年大陸中華書局出版「近代史料筆記叢刊」，也將其列為其中之一種。全書共八卷，其卷次安排，汪詒年《序》中有云：「以篇幅長者為《紀事》，列卷一；其餘則為雜記，列卷二至卷六，仍以國內事實列前，域外見聞次之，諷諭、諧談等又次之；卷七為《雅言錄》，紀載新舊書籍之存佚並源流，兼及書畫、碑版等：卷一記事，凡屬長篇記述事件始末情況者，均編入此門；卷二至卷六雜記，以國內事實、域外見聞、諷諭諧談為序次，編列材料；卷七雅言錄，記述古今圖籍之源泉存佚，兼論書畫碑版等，蓋先兄於此等事特有偏嗜，故別為一卷，不與諸卷相參雜也；卷八為《附錄》，雖出他人手筆，然先兄既為刊諸《芻言報》中，它知尚有傳播之價值，故特列諸編末。」由此可知，此書是典型的「雜俎派」作品。其真正可當作筆記

小說來讀的，唯卷八《附錄》所附「紀陳大帥軼事」、「紀鮑子爵軼事」、「紀左恪靖侯軼事」等十二篇而已，所記皆是晚清政壇重要人物之軼事。

《日知堂筆記》，郭沛霖撰。全書分上中下三卷，共計六十七則。2007 年大陸中華書局出版「近代史料筆記叢刊」，也將其列為其中之一種。「內容『上自朝章掌故，下逮嘉聖歡謠，或闡揚忠貞，或臚述耆舊，凡是關於政事文章，人心風俗者』」，都在記錄之列。所記多是作者親歷親聞，「記載包括新疆、西藏、青海等邊地情形，太平天國戰役，科舉考試取錄製度，河堤工程，孔廟寺觀，讀史考異，詩詞聯語，風景名勝，等等。」[4] 全書雖絕大多數皆非小說規格，但也有一些篇什（如卷上《宣宗成皇帝顧命》）敘事詳盡、情節完整，也有人物對話，可以看作是生動的小說。因此，從整體上看，此書屬於典型的「雜俎派」筆記小說。

《養和堂隨筆》，瞿兌之撰。書中內容，二十世紀四〇年代曾在《中和》月刊上連載。1997 年 3 月遼寧教育出版社出版「新世紀萬有文庫」，將之與《杶廬所聞錄》並為一冊，作為叢書之一種予以印行。全書共計一百二十九則，所記內容非常龐雜，既有文史典故的記載，也有風土習尚的記述，還有考辨議論的文字，政治、經濟、軍事、文化及社會生活的各個方面都有所涉及，但記人物軼事的篇什不多，僅有的一些也多由前人筆記或著述引述而來。如《清初翰林前輩》、《康乾南巡實況》等，皆是羅織前人筆記作品而成新篇的。

《籛醉雜記》，何聖生撰。三卷，共一百零一則。1996 年山西古籍出版社出版《民國筆記小說大觀》，其中第二輯中有民國楊壽枏所輯「雲在山房叢書三種」，《籛醉雜記》便是這三種之一。書中所記皆晚清時代之事，但內容較雜，既有皇諭奏疏之錄載，也有典章制度之考述，還有宮廷祕聞及政壇軼事等其他內容的雜記，屬於典型的「雜俎派」作品。其中，寫宮廷祕聞、人物軼事的篇什，較有可讀

性。如卷一「前湯後張」、「穆宗好冶遊」等篇，寫得都有筆記小說的韻致。

　　《上海軼事大觀》，陳伯熙撰。1997 年上海書店出版社出版「民國史料筆記叢刊」，將其列為其中之一種。不分卷，分「天文」、「地理」、「人物」、「風俗」、「語言」、「生活」、「物產」、「古跡」、「名勝」、「市政」、「工商」、「交涉」、「宗教」、「教育」、「報紙」、「交通」、「軍事」、「俠烈」、「善舉」、「藝術」、「迷信」、「遊戲」、「娼優」、「雜記」等二十四類。所記主要是清末民初上海灘上的人與事，既有風習記述，也有語言掌故，更有各種物事考辨，內容非常龐雜。其中可以當筆記小說閱讀的軼事僅「人物」、「娼優」、「雜記」等幾類中的一些人物軼事。如「人物」類中的「袁公殉難記」、「陸春江之強項」、「野雞大王徐鏡吾」等，「雜記」類的「左宗棠蒞滬之軼事」、「偵探誤偵康有為」、「章太炎結婚之趣」等，尚有一些可資閱讀的文學趣味。

　　《光宣小記》，金梁撰。1997 年上海書店出版社出版「民國史料筆記叢刊」，將其列為其中之一種。書不分卷，共一百零五則。雜記典章制度、宮城官衙、科舉出版、人物軼事等，內容非常龐雜。記人物軼事的部分，雖然數量不多，但也有娓娓可讀者。如《張文襄公》、《李蓮英》、《某相士》等篇什，都寫得質樸而清新，有相當的可讀性。

　　《蜷廬隨筆》，王伯恭撰。1966 年臺灣文海出版社影印出版「近代中國史料叢刊」（沈雲龍主編），將其列入第二十四輯。1999 年山西古籍出版社與山西教育出版社聯合出版《民國筆記小說大觀》，將其列入第四輯予以印行。書不分卷，共一百零二則，主要記述晚清人物軼事，但也有述說掌故與考辨名物的篇什，屬於「雜俎派」作品。其中寫清末民初人物的，多有筆記小說的韻致。如《載濤載洵》、《袁項城》、《馬眉叔》、《袁克文》等，都有一定的可讀性。

　　《民國趣史》，李定夷撰。全書共分為「壽星記」、「遺老傳」、「官場瑣細」、「裙釵韻語」、「社會雜談」、「慶頌聲」、「宋哀錄」、「縉紳傳」、「神怪談」、「續情史」、「新黑幕」、「博物院」、「雜貨店」等幾類。民國六年（1917）上海國華書局曾出版發行過此書第一集的第二版，只有「壽星記」、「遺老傳」、「官場瑣細」、「裙釵韻語」、「社會雜談」等六部分（北京「全國圖書館文獻縮微中心」有此書縮微膠片，2007 年，存國家圖書館）。此書也是典型的「雜俎派」筆記作品，記人物軼事的筆記小說只是其中的一部分，而且文筆並不見佳，故事並不生動。

〔注〕

1　《世載堂雜憶・出版說明》，遼寧教育出版社，1997 年 3 月。
2　黃吉奎《花隨人聖庵摭憶・整理說明》，中華書局，2008 年 7 月。
3　《蟄存齋筆記・出版說明》，上海書店出版社，1997 年 1 月。
4　《日知堂筆記・整理說明》，中華書局，2007 年 1 月。

參考文獻

1. 《辭海》（縮印本），上海辭書出版社 1990 年 12 月。
2. （美）費正清 等編（中國社會科學院歷史研究所編譯室譯）《劍橋中國晚清史（1800－1911 年）》下卷，中國社會科學出版社，1985 年 2 月。
3. 吳禮權《中國筆記小說史》，臺灣商務印書館，1993 年 8 月。
4. 《歷代筆記小說大觀叢書・出版簡介》，上海古籍出版社，1999 年 12 月。
5. 苗壯《筆記小說史》，浙江古籍出版社，1998 年 12 月。
6. 劉篤齡《異辭錄・前言》，中華書局，1997 年 12 月。
7. 浩明《三十年聞見錄・前言》，岳麓書社，1985 年 2 月。
8. 《清代野記・整理說明》，中華書局，2007 年 4 月。
9. 《方家園雜詠紀事・整理說明》，中華書局，2007 年 7 月。
10. 《睇向齋祕錄・整理說明》，中華書局，2007 年 4 月。
11. 徐澤昱《一士談薈・整理說明》，中華書局，2007 年。
12. 《金鑾瑣記・整理說明》，中華書局，2007 年 6 月。
13. 《新語林・出版前言》，上海書店出版社，1997 年 1 月。
14. 李稚甫《藥裏慵談・出版說明》，江蘇古籍出版社，2000 年 1 月。
15. 《南亭筆記・出版說明》，山西古籍出版社與山西教育出版社，1999 年 4 月。

16. 林語堂《關於〈京話〉》，《宇宙風》第22期，1936年8月1日。

17. 陶端《父親陶菊隱寫北洋軍閥》，《炎黃春秋》2007年第2期。

18. 《新華祕記・整理說明》，中華書局，2007年4月。

19. 《復辟之黑幕・整理說明》，中華書局，2007年6月。

20. 《世載堂雜憶・出版說明》，遼寧教育出版社，1997年3月。

21. 黃吉奎《花隨人聖庵摭憶・整理說明》，中華書局，2008年7月。

22. 《蟄存齋筆記・出版說明》，上海書店出版社，1997年1月。

23. 《日知堂筆記・整理說明》，中華書局，2007年1月。

後記

　　中國筆記小說的創作有著悠久和輝煌的歷史，筆者曾在二十年前所寫的《中國筆記小說史》（臺灣商務印書館，1993 年 8 月出版）中作過論述。由於古今學者對於「筆記小說」概念向來模糊不清，常常將「筆記」與「筆記小說」二者混同。正因為如此，專門將具有文學趣味的筆記作品從傳統的「筆記」中剝離出來，以此而與以考辨名物、述說典章制度、備載史料等為職事的筆記作品相區別，就顯得非常必要了。二十多年前，筆者之所以發凡起例寫作《中國筆記小說史》，正是基於這種思考。但是，當時學術界沒有人對此研究論題予以關注，也沒有人專門從這個角度思考，更沒有人進行具體研究。因此，筆者在無複傍依、沒有前人研究作基礎的情況下，只得硬著頭皮充當「第一個吃螃蟹」的勇者。但是，敢吃「螃蟹」是一回事，但如何吃「螃蟹」則又是另一回事。為了將《中國筆記小說史》寫下去，筆者從孔老夫子「正名論」得到靈感，在書的緒論部分開宗明義地界定了「筆記小說」的概念。這個定義雖是個人的「一家之言」，未必就是正確的，但卻第一次明確地將「筆記」與「筆記小說」區分了開來，使真正具有文學趣味的筆記作品有了一個獨立而專屬的學術名稱，從而使中國筆記小說史的研究能夠「名正言順」地自成一個獨立的研究領域。

　　值得欣慰的是，在拙著《中國筆記小說史》問世後的幾年，臺灣

便有以「中國筆記小說史」命名的同類學術著作出版； 同時，以「筆記小說」為研究物件的研究論文也逐漸多了起來。特別是拙著《中國筆記小說史》1997 年 8 月被大陸的商務印書館引進版權出版簡體版後，中國筆記小說在大陸的研究也逐漸展開，並有了同類著作的出版。這一點，是筆者始料不及的，也讓筆者深受鼓勵，原本惴惴不安的心也漸漸安定了不少。直到今天，以「中國筆記小說史」為關鍵字，通過 Google 或 Baidu 搜索引擎搜索，互聯網上銷售的仍是商務版簡體版《中國筆記小說史》。而同類作品，則很少再有銷售或再版重印的機會了。之所以如此，大概與如下兩個方面的原因有關。首要的一點，應該是臺灣商務印書館作為海內外權威學術出版機構的號召力，以及大陸北京的商務印書館的學術影響力。其次的一點，可能是因為筆者所撰寫的《中國筆記小說》是此領域的拓荒之作，包括「筆記小說」的定義、中國筆記小說發展演進的論述架構，都由拙著奠定。而後來者，在「筆記小說」的概念界定與學術體系的建構方面都始終擺脫不了拙著寫作模式的影響。正因為如此，我們在看同類著作時，不僅發現其「筆記小說」的概念界定基本類同於拙著（雖然有些著作不明引，但從參考文獻引列拙著的事實來看，其受拙著「先入為主」的影響昭然若揭），而且歷史分期與論述的章節模式也與拙著大同小異。甚至還有不應該受到的影響也沒擺脫掉。比方說，拙著《中國筆記小說史》只寫到清朝滅亡就終止，結果其他同類著作也只寫到清亡而止。這樣的架構可能會引起學術界的誤解，以為中國筆記小說的創作到清亡就徹底終止了。

其實，拙著之所以只寫到清亡為止，那是筆者個人寫作的習慣，並非說中國筆記小說的創作到清亡即止。筆者覺得，研究歷史，要堅持「距離」原則。因為中國有句老話，叫做「當局者迷，旁觀者清。」對於歷史事件或歷史人物的評估、判斷，如果想得出客觀的結論，研究者應當有「旁觀者」一樣冷靜的頭腦，這樣他的判斷力才不

至於出問題。那麼，如何才能做一個歷史研究冷靜的「旁觀者」呢？唯一的辦法就是跳出歷史現場之外，與歷史事件或歷史人物保持一定的距離。宋人蘇軾《題西林壁》詩有雲：「遠看成嶺側成峰，遠近高低各不同。不識廬山真面目，只緣身在此山中。」我們認為，看歷史事件或歷史人物，就像看山一樣，愈是跳得開、站得遠，就愈能看清其全貌，看出其「廬山真面目」；否則，離歷史事件或歷史人物時代太近，就會因為種種因素而迷失其中，看不清其真相所在。如此，必然得出錯誤的判斷。基於這種認識，筆者研究學術史，一般都秉持「距離」原則，研究的下限不延伸到現代或當代，一般總會劃定先秦到清亡為學術史研究的範圍。在寫《中國筆記小說史》時是如此，寫《中國言情小說史》時也如此，寫《中國修辭哲學史》、《中國語言哲學史》時還是如此。可見，筆者所著《中國筆記小說史》只是將筆記小說研究的下限放在清亡為止，而不是認為中國筆記小說的發展到清亡就終止了。事實上，清亡之後，中國筆記小說的創作並未消歇，民初筆記小說的創作事實上是相當豐富與活躍的。筆者對這一歷史時段的筆記小說創作有非常濃厚的興趣，也搜集了相當多的資料，而且多年一直在進行，只是在撰寫《中國筆記小說史》時因堅持「距離」原則而沒涉及於民初而已。

　　後來，隨著民初許多筆記小說的陸續出版面世，筆者搜集的資料也日益豐富，同時感於學界對中國筆記小說發展史的上述誤解，遂逐漸動搖了不碰觸現當代史的理念，起念要續寫民初的筆記小說史。可是，每每想起自己一慣堅持的理念，結果又多次放下了。沉靜了多年後，事實上還是放不下要研究民初筆記小說的衝動，就像錢鐘書先生所說的那樣：「打消已起的念頭，仿佛跟女人懷孕要打胎一樣的難受。」（《圍城》）2009 年，終於有一次機會讓我下定決心要續寫民初筆記小說史。因為這年上半年，筆者有幸獲聘臺灣東吳大學，任中文系客座教授。客座教授何為？顧名思義，自然是要給學生上課的。

　　既然是請來上課的，那當然是要客隨主便。東吳中文系給我事先排定了三門碩士班課程，其中一門就是《中國筆記小說史》。之所以要特意排出這門課程，大概是因為我上世紀九〇年代曾在臺灣商務印書館出版過一本拙作《中國筆記小說史》，雖然是將近二十年前的事了，有幸大家至今還記得有這樣一本小書。

　　既然要給東吳大學中文系的碩士班上《中國筆記小說史》這門課，重操已經荒疏了十多年的舊業，那自然就要認真備課。在備課的過程中，特別是在教學過程中與同學們相互切磋研討中，不斷發現自己二十年前所寫的《中國筆記小說史》有不少需要完善的地方，其中包括民初筆記小說的內容應該補入。於是，我一邊教學，一邊整理前此研究民初筆記小說的資料，準備將此方面的內容納入教學中。可惜的是，因一個學期的時間有限，直到學期末，《中國筆記小說史》的教學內容還沒有完成，民初筆記小說的內容自然更無法講授了。為此，我感到非常愧疚。因為我曾經在課堂上明確跟同學們約定要講民初筆記小說部分，同學們也充滿期待，因為這一部分內容他們非常感興趣，而包括我的《中國筆記小說史》在內的同類著作中都沒有講到這一部分，他們有一探究竟的衝動自然可以理解。為了彌補遺憾，我離開臺灣前，特意到臺灣商務印書館拜訪了前此給我的另一部拙著《古典小說篇章結構修辭史》做責任編輯的李俊男先生，將修改增訂《中國筆記小說史》的想法向他彙報。經過討論，李先生覺得有可行性，決定讓我將原書的第一章略作修改，再增加最後一章，專談民初筆記小說。限於原書版式，增加部分以一萬字左右為宜。與李先生談妥後，我欣喜地告訴同學們，雖然沒有時間再講民初筆記小說史的內容了，但此書不久將新增一章專講民初筆記小說史的內容。等到增訂本出版，我送給每位選課同學一本，以償還積欠的「課債」。

　　六月底，我從臺灣回到上海後，就立即根據李先生的意見著手修訂《中國筆記小說史》的工作。但是，隨著資料搜集與整理工作的深

入展開，發覺修訂舊作原來比重寫一部新作還要困難得多。再說，新增的一章要以一萬字篇幅概述民初筆記小說創作的全貌，幾乎是不可能。在一邊整理資料和寫作，一邊矛盾猶豫的過程中，約定交稿的時間就到了，可是修訂稿卻離約定要求越來越遠了。最後，只得硬著頭皮再向李先生彙報實情，承蒙寬容，另約交稿時間。但是，第二次約定的時間又到了的時候，增訂的最後一章，其內容卻隨著滾雪球似的民初筆記小說資料的不斷發掘而寫成了十幾萬字的初稿。這時，再回頭考慮將此十幾萬字的文字壓縮成一萬字，發現為時已晚，也不太可能。於是，只得再硬著頭皮將實情稟報李先生，並提出一個異想天開的想法，將已寫成的初稿續加整理，同時增加資料，深入研究，最後寫成一部《清末民初筆記小說史》（之所以如此命名，是因為民初創作筆記小說的作者大多是從亡清過來的，很多人所寫內容也是以過來人的口吻寫亡清之事）。沒想到，李先生再次寬容地接受了我的這異想天開的想法，並予以熱情地鼓勵。

應該說，這部小書最終能成稿並將出版與讀者見面，這應該歸功於臺灣商務印書館對我學術研究一以貫之的熱情支持，歸功於李俊男先生不斷提供的寶貴意見與適時給予的熱情鼓勵、指教。在此，謹向臺灣商務印書館多年來所給予的支援與栽培表示衷心地感謝！對責任編輯李俊男先生所給予的熱情幫助和所賜予的寶貴意見表示衷心地感謝！

其次，這裏也衷心地感謝臺灣東吳大學中文系給了我一次講授《中國筆記小說史》課程的機會，使我有機會重拾舊緒，在教學中與同學們切磋研討而生靈感，最終在教學工作的推動下促成了這部《清末民初筆記小說史》的寫作與出版。在此，衷心地感謝東吳大學中文系師生在我客座東吳期間給予的諸多關照、幫助與鼓勵。

再次，我也應該感謝岳父母蒙進才、唐翠芳二位老人。沒有他們十年來替我照顧孩子，我不可能有機會長年累月、心無旁騖地潛心於

學問。

　　再次，這裏也向我的太太蒙益表示感謝！她是全球五百強企業的一家德國公司中國區的財務總監，可謂是日忙夜忙。但是，為了讓我能在規定的時間內完成寫作任務，她克服重重困難，替我扛起兒子吳括宇的課業輔導任務，真的不容易！

　　再次，也要感謝我的兩位學生謝元春（博士生）、朱雯雯（碩士生）。她們都是學習異常勤奮的好學生，因此視力都不太好。但為了替我覆勘十幾年前積累的資料，她們不辭辛勞，付出了大量的勞動。

　　最後，也要感謝在我學術研究道路上予我以不同方式支援與鼓勵的所有學界前輩或時賢，感謝廣大讀者多少年來的關愛與支持！

吳禮權

2010 年 2 月 8 日於復旦園

作者簡介

　　吳禮權，字中庸，安徽安慶人，1964 年 7 月 25 日生。文學博士（中國修辭學第一位博士學位獲得者）。現任復旦大學中國語言文學研究所教授，復旦大學全國重點學科（漢語言文字學學科）博士生導師，湖北省特聘「楚天學者」講座教授。曾任日本京都外國語大學客員教授、臺灣東吳大學客座教授。現兼任中國修辭學會副會長，上海市語文學會副會長。迄今已在國內外發表學術論文一百五十餘篇。出版《中國筆記小說史》、《中國言情小說史》、《中國修辭哲學史》、《中國語言哲學史》、《中國現代修辭學通論》、《修辭心理學》、《現代漢語修辭學》、《委婉修辭研究》等學術專著十五部，《中國修辭學通史·當代卷》、《闡釋修辭論》、《中國修辭史》等合著八種。學術論著曾獲國家獎三項，省部級獎五項，專業類全國最高獎一項。曾多次赴日本等海外進行講學或學術研究、學術交流，並受邀在日本早稻田大學等校作學術演講。

清末民初筆記小說史／吳禮權著.
　--初版.--臺北市：臺灣商務，　2011.08
　　面；　　公分

ISBN 978-957-05-2512-0(平裝)

1.筆記小說　2.晚清小說　3.中國文學史

820.9707　　　　　　　　　　99011897

清末民初筆記小說史

作者◆吳禮權

發行人◆施嘉明

總編輯◆方鵬程

主編◆李俊男

責任編輯◆賴秉薇

美術設計◆吳郁婷

出版發行：臺灣商務印書館股份有限公司
台北市重慶南路一段三十七號
電話：(02)2371-3712
讀者服務專線：0800056196
郵撥：0000165-1
網路書店：www.cptw.com.tw
E-mail：ecptw@cptw.com.tw
網址：www.cptw.com.tw

局版北市業字第 993 號
初版一刷：2011 年 8 月
定價：新台幣 340 元

ISBN 978-957-05-2512-0

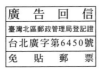
100台北市重慶南路一段37號

臺灣商務印書館　收

對摺寄回，謝謝！

傳統現代　並翼而翔

Flying with the wings of tradtion and modernity.

讀者回函卡

感謝您對本館的支持，為加強對您的服務，請填妥此卡，免付郵資寄回，可隨時收到本館最新出版訊息，及享受各種優惠。

■ 姓名：＿＿＿＿＿＿＿＿＿＿＿＿　　　　性別：□ 男　□ 女

■ 出生日期：＿＿＿＿年＿＿＿＿月＿＿＿＿日

■ 職業：□學生　□公務(含軍警)□家管　□服務　□金融　□製造　　□資訊　□大眾傳播　□自由業　□農漁牧　□退休　□其他

■ 學歷：□高中以下（含高中）□大專　□研究所（含以上）

■ 地址：＿＿＿＿＿＿＿＿＿＿＿＿＿＿＿＿＿＿＿＿＿＿＿＿＿＿＿

■ 電話：(H)＿＿＿＿＿＿＿＿＿＿(O)＿＿＿＿＿＿＿＿＿＿

■ E-mail：＿＿＿＿＿＿＿＿＿＿＿＿＿＿＿＿＿＿＿＿＿＿

■ 購買書名：＿＿＿＿＿＿＿＿＿＿＿＿＿＿＿＿＿＿＿＿＿＿

■ 您從何處得知本書？

　　□網路　□DM廣告　□報紙廣告　□報紙專欄　□傳單
　　□書店　□親友介紹　□電視廣播　□雜誌廣告　□其他

■ 您喜歡閱讀哪一類別的書籍？

　　□哲學‧宗教　□藝術‧心靈　□人文‧科普　□商業‧投資
　　□社會‧文化　□親子‧學習　□生活‧休閒　□醫學‧養生
　　□文學‧小說　□歷史‧傳記

■ 您對本書的意見？（A/滿意　B/尚可　C/須改進）

　　內容＿＿＿＿＿＿編輯＿＿＿＿校對＿＿＿＿翻譯＿＿＿＿
　　封面設計＿＿＿＿價格＿＿＿＿其他＿＿＿＿＿＿＿＿＿

■ 您的建議：＿＿＿＿＿＿＿＿＿＿＿＿＿＿＿＿＿＿＿＿＿＿

※ 歡迎您隨時至本館網路書店發表書評及留下任何意見

臺灣商務印書館　The Commercial Press, Ltd.

台北市100重慶南路一段三十七號　電話：(02)23115538
讀者服務專線：0800056196　傳真：(02)23710274
郵撥：0000165-1號　E-mail：ecptw@cptw.com.tw
網路書店網址：www.cptw.com.tw　部落格：http://blog.yam.com/ecptw